是梦

张哲 著

广西师范大学出版社
• 桂林 •

目 录

1 引 子

13 第一章

二〇一六 / 二〇〇九

昭庆寺 宝石山

51 第二章

二〇一六 / 二〇〇四

观巷 八卦田

103 第三章

二〇一六 / 一九九六

九溪 狮虎桥

149 第四章

二〇一六 / 一九九二

宝极观巷　天竺

205 第五章

二〇一六 / 一九八八

白堤　白莲花寺前

253 第六章

二〇一七 / 一九八四

松木场　弥陀山

291 尾　声

引子
姜远的日记

我时常想起奶奶。

想起她属蛇，最怕的也是蛇，连蛇这个字都听不得。

想起她把我们四个叫到一起，问，好吃不，香不？我们说，香。她又笑嘻嘻问，以后你们长大了挣工资了，孝不孝顺我，给我买啥好吃的？老虎抢先说，奶油蛋糕。姐姐说，土豆。妹妹说，香蕉。

我好像什么也没有说。

想起我们四个玩摸摸儿。轮到妹妹摸，我们躲。我被逼到门后面，眼看就要被抓住，她悄悄走进来，挡在妹妹面前，让我从胳膊底下钻过去，救了我一命。妹妹抓住了她，急忙去往她脸上摸，摸了两下就笑了，摘下眼罩一扔说，奶奶捣乱。

想起姐姐和老虎在北屋吵架。她过来帮老虎骂了姐姐。姐姐眉头一皱说，你怎么这么偏。晚上打麻将，她笑嘻嘻说，嘉嘉说我偏呢，你们给我评评这个理儿，都是我孙子孙女儿，我偏谁了，谁我也不偏。后来我和老虎打架，她说，你是哥哥，要让着弟弟。我头一歪说，真偏！她沉默地走开，像是心碎了。

想起她看纸牌。那是东北带回来的，背面画着水浒人物，可以像麻将那样打，也可以算命，酒色财气，兴衰成败。如果我生她的气，她就哄我说，来，奶奶和你看牌玩。我倔得要命，明明心思活络，嘴巴却不肯放松，大喊一声，看个屁！

想起她打麻将，语言自成一派。抓牌时说，你是谁？抓到一张废牌时说，不爱看。刚要吃牌却被对家碰走了时说，犯小人！

想起暑假，我和妹妹吃了午饭，在北屋地上铺了席子下游戏棋。她走进来说，还是这空调屋凉快。她在边上躺下，看我们玩了一会儿，忽然说，哎呀，我可能站时间长了，脚脖子这怪酸的，给奶奶捏捏好不，看谁劲儿大。

想起冬天她在家腌酸菜。一过年，一大家人天天酸菜炖肉，麻将扑克，一屋子热气腾腾。

想起每年除夕，她都让我去楼下找棵小桃树，绕着它转三圈，嘴里还得念口诀，小树小树你别长，过了三年你再长，让我先长……我嗤之以鼻，迷信！她很认真地说，啥迷信，东北那些孩子都这样。总之我是一次都不肯去的。

后来她换了个办法，对我说，这些日子晚上听半导体，有卖增高鞋啥的，管长高的。我打断她，关我什么事？她说，让你妈给你去买啊。我很不耐烦听她说这些，就说，我妈没钱！她说，那奶奶给你买。我头都懒得抬，你买了我也不穿。她愁眉苦脸，为啥不穿呢，穿了好长高啊。我火了，你自己那么矮，你怎么不穿？她很伤心，不识好歹，不穿就不穿，我还省钱呢。我不理她。她忍不住又接一句，听奶奶话，待明儿过年，还是找棵小树去那儿转吧。

想起她给我讲的树叶和树花的故事。印象最深的是那个恶毒老太婆的结局，走两步，退三步，咣一下，倒地上就死了。

想起她讲的另一个故事。有一个农村女的，男的很早就死了，她一个人把儿子带大，对儿子可好了。但是这个儿子是个不孝子，跟妈不亲，有时候不高兴了，还要打她骂她。有一回把他妈打完了，说，这破家有啥好待的，我再也不回来了。他妈怎么留也留不住。搁那以后，就是这个女的自己一个人活，过了好几年，也活得挺好的。这儿子在外边呢，瞎混了几年，慢慢觉着还是妈对自己好，心里头就有愧，所以就想回去了。那天一早上，他在他们村子附近的小山坡上远远地那么看，看到他妈正在地里割麦子。他可高兴了，一边冲他妈跑一边叫，妈我回来了，妈我回来了……他妈听见了，也很激动，那个高兴啊，麦子也不割了，啥也不干了，两个人越跑越近越跑越近，眼看快要碰着了，儿子脚没停好，往他妈身上那么一撞，他妈手没拿稳，那镰刀就划到肚子里，把他妈扎死了。儿子这时候哭得，哎呀，后悔啊。后悔有啥用？这个就是老天爷的报应。

想起她爱看的电视：讲八路军的，讲农民的，股市直播。她不爱看的电视：露肚脐眼儿的。

想起她的绝技：立正，双腿并拢，保持绷直，弯腰，两只手掌啪的一声整个按到地上。不服不行。

想起我写了她的名字给她看。她戴上老花镜，瞟了一眼就说，王素兰。我惊呆了，你不是不认识字吗？她很得意，五十年代那会儿，好歹我还上过几天啥扫盲班呢，简单的还认得几个。那一刻，我充满希望地看着她，我说奶奶我教你认字吧。我列了详细的教学计划，先从简单的教起：大、小、多、少、好、坏、元、角、分……每天教你十个，一点儿不多吧？她大声求饶，哎呀，我上哪记得住那么些去！

想起爷爷。他打呼噜特别响，奶奶不堪其扰，经常失眠。后来我经过多次测试，发现了秘技。我得意地告诉她，打呼噜的时候往他手里塞支笔，他立马就安静了。

爷爷一辈子正直迂阔，不会拍马屁。他走了之后很多年，她想起他，还是叹口气说，你爷爷啊，是个傻爷爷。

想起有一天，我从学校回杭州，下午去看她，两个人对坐闲聊。我说，你和爷爷是鞍山哪儿人？她说，张家峪，那时候东北叫日本人管着，我妈妈和他妈妈都被派去干活儿，每天中午我们去给妈妈送饭送水，碰上了有说有笑的，我妈妈和他妈妈也挺好的，所以就做了亲家。一开始的时候，有个日本当官的女儿看上了你爷爷，还上门提亲，你爷爷说啥都不肯，你看他胆子多大，多倔呢。我说，从来没听你说过这些。她笑了，早说啊，都是过去的事，我还寻思你不乐意听呢，你要乐意，下回早点来，我能给你讲一下午。我说，好。

想起那年冬至。爷爷十周年，全家去上坟。她也要去，我们怕她伤心，不让去。回家后，她让我们吃掉那些坟头上供过的点心。她说，供过的吃了好，啥病也不得。大家笑笑。笑啥，不信？今天吃了，保准你们来年不得病。

我们每人吃了一块，可是她没有吃。

想起第二年，整整一年。她得了胰腺癌，我们瞒着她，只说是胆结石。

三月十二号，南方的春日竟然落下大雪，窗外泡桐树白了半棵。她在房间里扔鱼仙，忽然大笑着跑出来，哎，你们瞅，立起来了，立起来了，我的这个病准能好！

三月十六号，她站在窗台外面擦玻璃，老虎在一旁缠着小姑姑说话。我说，奶奶你下来吧，多危险。她说，没事，怕啥。刚说完，整个人就摔下去了，我冲到窗台口，往下看一眼，脑袋都发晕了。小姑姑已经急得跟疯了一样飞奔出去，我也勉强跟上，下楼梯的时候绊了一下，醒了。

三月十八号早晨，我坐到她的床边，摸着她的手问，你怕不。她勉强笑了笑，能不怕么。医生推她去手术室，大家跟着一路小跑。她仰起头，在人群中艰难地找到我，远远地冲我说，以后可得多吃点啊。

她问，我啥时候能回家？他们说，五一吧，再观察观察。四月底，我们打算接她出院。医生把爸爸叫去，对他说，经过观察，癌细胞再次生长并迅速扩散，你们要做好准备，可能只剩几个月。

我很担心。那天晚上，小姑父请我们一家三口出去吃饭，他说姜远你放心，我们就算砸锅卖铁，也要把奶奶的命救回来。

我没有办法想象她会离开我。每天我都穿过小区和公园，再翻一座天桥，去医院看她。后来有一天妈妈说，奶奶还不知道自己的病，你去得太多，她反而会怀疑。于是，我改成隔一天去一次。我想尽可能多待在她身边。

以后去任何一家医院，闻到那种气味，我就仿佛回到那年夏天的一个个闷热而惆怅的傍晚。

住院期间，她最大的爱好是修剪花枝，尤其是那些红色的花。据说红色能鼓舞人心，我们特别给她带去一件红衣服。花也红，衣服也红。端午节的第二天我去看她，她从枕头后面拿出一小段树枝，上面还挂着颗青色的小桃子。瞅瞅，好看不？昨天你大姑姑带我下楼摘的。我说，好看，你别弄丢了，还放那放着。

第二个爱好是让我捶腿。我一边捶，一边摸她膝盖，嘴里还念，一把金，二把银，三把不笑是好人！她就笑了。

第三个爱好是让我和妹妹陪她练习走路。每天绕着那层病房走，六遍，图个吉利。有一天她非要试着去走楼梯，我吓坏了，但是拗不过她。她忿忿地说，这老破医院，把我心都待乱了，我都没病了，你们带我回家去吧，我现在可有劲儿了，能搁武林门走到黄龙洞那儿，信不信？

她前前后后换过几个病房，同房的也大都是癌症病人。有的和她一样每天有家人轮流陪，有的昨晚人还在，第二天就被秘密运走了。有一个四十三岁的女人，不知道得了什么病，头发都掉光了，从进病房起就一直昏迷，有时还会突然喷射状呕吐，她憔悴的丈夫每天守着她，让人十分同情。后来她奇迹般醒了过来，而且逐渐能走路了，和丈夫轻声用普通话交流，见了我们，总是淡淡地、友善地微笑。

有一个老太太，也是癌症，家人们也都瞒着她。大女儿很端庄，像是老师，三天两头带着丈夫儿子来看她。小儿子四十多了，样子还行，据说一只眼睛看不见，而且一直没结婚。老太太在医院住久了变得厌世，天天喊，让我去死，我不要活了呀。

还有一个萧山的老头，一直陪着他住院的家人。老头话多，经常过来找我们搭讪。有一次他说，刚才那个是你二儿子吧，一看就是当官的，有福相。她就顺着他说，是，当官的他。老头说，昨天那个是大儿子吧，肯定很有钱，我一看就看出来了。她就说，那是，家里小汽车都有好几辆呢。老头又说，你这两个孙子孙女儿都好，都孝顺。她笑了，指着妈妈说，这是我大儿媳妇！又指着我说，这是她儿子，上海念大学。老头问，大几啦？她中气十足地答道，研究生！

这一年，老虎也上了大学。去北京之前，他从灵隐寺请了块玉的护身符送给她。我问，你国庆回来不？他说，可能不回吧，毕竟才刚去。我沉默不语。他又说，医生说外婆最多撑到过年，过年之前我一定会回来看她。

十一月十六号，我回杭州给她过生日。他们特意把她接回了家。她见到我第一句话是，姜远，奶奶好想你。

但我很快发现她大部分时间里变得头脑混乱，语言含糊，不认人。是药的副作用，听小姑姑说，癌细胞已经扩散到全身，为了尽量减轻痛苦，只能这样，希望能撑到过年。

她忽然朝沙发的方向大叫，那儿有个小孩，瞅没？撵他走！我们看过去，哪里有什么人影。她唉声叹气，快把他撵走，别叫他进来！

我感到毛骨悚然。难道她看见了什么我们看不见的东西吗？我凑近她，像以前那样轻轻按摩她的脚踝。奶奶，认得我不？她盯着我看了一会儿，怎么不认得，你扶我起来，躺乏了。我给她穿上那件大红的外套。她笑了，哎呀，这回我也得我大孙子济了。她坐在床上，我在身后抵住她，充当她的靠背，把下巴放在她肩上，轻轻环抱住她。电视机屏幕映出我们的影子。她问，我瘦没瘦？我忍住，说，还好。

小姑姑捧着蛋糕端到她面前，大家唱起了生日歌。生日快乐，我们说。她也迷迷糊糊地跟着点头，双手合十，做出许愿的样子，嘴里嘟囔着说，生日快乐。

十二月六号，我在学校食堂吃完饭，准备回寝室，二婶来电。你不要急，你听了千万不要急……

我赶到杭州。医生说，她已经不会对周围做出反应了，只是靠药物支撑着，估计还剩一两天，你们家属早做准备吧。我走到她身边，大声喊，奶奶你看见我了吗？我回来了你知道不知道？她的眼睛直直盯着我，嗓子里低沉地嗯了一声。我抓住医生说，你听见了吗，我奶奶还有知觉，她看见我了。医生摇头说，这不可能，也许她只是喉咙有痰。

十二月七号，晚上，平时很少出现的姐姐慌慌张张地赶到医院，连老虎都从北京飞回来了。小姑姑把儿子推到前面，大声叫喊，妈，老虎回来了，我们大家都到齐了，你看见没？你点点头，你看见了就点点头啊！没有任何反应。小姑姑号啕大哭，被其他人拉到了外面。

那天，爸爸留下来陪夜。我回家，睡得很不踏实。凌晨三点一刻，我从一个长长的怪梦中惊醒，起身去厕所。我问妈妈，我爸没打电话来吧。没有。我略微放心，钻回被窝。刚要入睡，电话铃突然响起。

追悼会。我扑在她身上，哭得昏天黑地。

我真的再也见不到她了，无论去哪里也都找不到她。

后来有人从背后把我一直拖去另一个房间，在那里，我捧着她的遗像坐着等候。一段时间之后，他们说即将火化，我冲出去，分开人群，站在最前面。我看着她被送入焚化炉。焚化炉有三只，分别用红色颜料写着福、禄、寿，她是中间的那只。

爸爸为她捡骨灰的时候，我坚持要去看。一个人，变成了一堆灰。

天空这时下起了小雨。我们从殡仪馆出来，将她的骨灰送去墓地安葬。车子特意沿着西湖绕了一圈，让她再看一眼花港的一湖碧水。望着车窗外的风景，大姑父感叹，杭州真好，真是人间天堂。姐姐低声自言自语，真有天堂的话，谁也不知道是什么样子。车厢里一片沉默，没有人再说话。

在她的抽屉里，他们找到一张贺卡。是一九八九年我亲手做给她的。她属蛇，那年也是蛇年，我在卡片里做了一条螺旋状的蛇，打开时，蛇会变成立体的。卡片上写着，祝奶奶健康长寿。那时我还小，不知道她怕蛇。

五七，他们将她所有喜欢的衣服、物件，都给她烧过去。还有那副水浒纸牌。虽然我很舍不得，想留作纪念，但还是给了她。我想，她和爷爷可以在那里看牌玩。

在一件背心的口袋里，小姑姑摸到一个凸起的东西。掏出来看，是端午节那截挂着小桃子的树枝。我轻轻一碰，它就破碎成片，跌落到火焰里，化成灰烬。火光卷着灰烬直冲上天，我仰望夜空，使劲想象着她的脸。

回想起那年，我似乎学到一件事。原来时间真的是流动的，没有什么人什么事会永远不变。

那时我绝对不会想到，十年里我兜兜转转，毕业，去了北京，又回到杭州，最后竟住进了她和爷爷的房子里。这个地方，我们每个人都再熟悉不过，内部如今被我粉刷一新。她以前的卧室，那时叫边屋，被我改成了书房。而北屋，一度是我们小孩子玩闹的房间，现在留给了我的狗。

外部却几乎没有变。这个小区建于七十年代，居民如今大都垂垂老矣。晚上一过八点，四下一片漆黑。巷道被高大的泡桐树树叶遮住，下过雨，地上总是经久不干，阴冷得要命。

我还是会时常遇见她的幻影。

在厨房，她会打开锅盖，夹一块肉塞进我的嘴里。趁热吃，她说，别叫他们瞅着。

在厕所，她抓住我的手，热腾腾的毛巾一下糊过来，揩把脸再走！

冬天晚上睡觉，我缩成一团。黑暗中，她在耳边说，别蜷腿儿睡，伸开！你爸就是蜷腿儿才长不高，你瞅你二叔，一米八几，他就从小伸腿儿睡。

就算我离开这房子，走到楼下一抬头，她还是趴在北屋的窗台目送我离开，就像小学时每天中午那样。

打完这些字，我的狗忽然叫了起来。推开北屋门，她果然站在窗边。我忍不住问她，别人都说人死如灯灭，可是你怎么还在这里？

她叹了口气，可不，放心不下你呗。

我说，可是都过了十年了，我已经不是小孩子了。你看，我都快到中年了。

她一愣，啥，十年了？

我点点头。

她沉默了许久，又说，外头乱八七糟的，我哪儿也不乐意去。要不这么着吧，我再待十年行不？

第一章

二〇一六

天成的意识逐渐模糊。

他听见有人窸窸窣窣，好像在叫他的名字，又好像同他无关。

肯定是本地新闻台。每天晚上七点半，东家长西家短，几兄弟分房子，媳妇虐待阿婆，大奶不敌小三，无非都是这种事情。当年天成走南闯北，此种节目见得多了，但各地民风毕竟不同，有的野路子，有的电视台做起来又容易粗鄙，江南毕竟温文之乡，尺度拿捏还算得当。吵当然要吵的，否则看什么，吃相越难看，节目越好看。所以特设调解员，立场要正，架子要稳，当事人撒泼实在过分了，给其当头一棒，以示节目教化之功。此种调解员，在上海谓之老娘舅，本地电视台有样学样，现成拷贝，谓之和事佬。

和事佬这只节目，天成在外面同朋友吃老酒吹牛皮，绝对不可能提及。小市民叽叽喳喳，上得了什么台面，自己档次怕都给它拉低。酒桌上他只谈艺术，谈国学，谈政策。小赵有一次说，我们家里面，天成是第一大才子。姜远，不要小看你爸爸，他是生不逢时，假使迟生个二十年三十年，绝对大有可为。

天成客气笑笑，心里百般受用。但其实只要在家，和事佬天天要看。原先用以佐酒，现在老酒不敢碰了，天天闷了头吃饭，有气无力，吃完往沙发一躺，斜着眼睛照看，哪怕当成背景音，听也要听它完来。

不过这天夜里，他只觉浑身乏力，头昏脑涨。听见电视里的人在哭喊打闹，他自己倒醒不转来，好像胸口有东西压着，话讲不出，气透不出。突然啪一声，似一记惊堂木敲在天灵盖上，天成登时清醒，身体猛抖了抖。四下一看，电视关着，哪里还有啥和事佬，倒是雪颖刚开了家门，提着鞋准备出去。天成茫然问道，做啥去。雪颖道，有点事情，马上回来的。天成道，啥事情，我车子送你去。雪颖道，不用送，我蛮快就回来，你要睏到床上去睏，沙发上像啥样子。天成急道，到底啥事情，你这副样子，肯定有事。雪颖道，我不好告诉你的。天成道，你说。雪颖道，那你一定不要急，你自己心脏病，你要有数。天成急道，说啊。雪颖道，小玫电话打来，你们阿姐好像危险了，在抢救。

车子开到浣纱路，其间雪颖接了几通电话，天成分明听见那一头小玫的哭声，心知不妙，一口气憋了半天，终于长长叹出。转进医院地下停车场，到处车都停满了，横竖转了好几个来回，终于找到一只空位，天成恶狠狠骂了一句，雪颖只当没听到。

坐电梯上一楼，找到抢救大厅，姜远早已迎在外面，却不跟天成打招呼，只挽住雪颖，对她道，还在抢救，但希望不大。三人同进大厅，左手笃底一张病床，周围医生、护士、炳炎、小玫、小赵，围得密密麻麻，天鸣、敏儿家远，尚未赶到。天成凑过去，只见颂云衣衫不整，两只眼睛圆睁着，好像在看着他，嘴里却插着比水管还粗的管子，呼吸机疯狂地工作，像打气筒。小玫眼睛又红又湿，边上炳炎丢了魂，槁木一般杵着。天成愣愣站了半晌，侧着头朝雪颖道，我去旁边坐一歇。

一个男人凑过来，跟天成年纪仿佛，穿浅紫色工作服，是医院护工，小声道，我看她血压一直上不去，危险。天成别过头去不理。男人道，是你啥人。天成道，我姐。男人道，看起来还蛮年轻，可惜。天成皱眉。男人道，寿衣可以准备起来了。天成回头瞪着他道，你说啥。男人道，寿衣啊，人一死，就要趁热换上，凉了就不好办了，你们有需要就找我。天成腾地站起来，三角眼里放出凶光，指着那男人鼻子骂道，有你啥事情，人还在这里抢救，你来触啥霉头，正儿八经工作不去做，围在这里猫哭老鼠，看我们家的笑话是不是。雪颖听见，连忙来劝，炳炎将那护工拉到一边，对他小声耳语。

天鸣、敏儿到时，小赵在门口打电话。进内一看，呼吸机已经撤掉。医生叫炳炎签字，病床周围帘子拉起，雪颖和小玫进去，匆匆给颂云换了寿衣，是为小殓。天鸣一米八六的个子，跌坐在天成身旁，哭得一抽一抽，眼睛鼻子都挤到一起。小玫将白布盖在颂云脸上，敏儿怔怔站在一边看着，自言自语道，嘉嘉怎么办呢，最后一面都没看到。天成听了，更觉五内如焚。

先前那护工来拉人，众人或号哭或啜泣，围在推车四周，坐专用电梯下楼。外面夜凉如水，往急诊大楼背后绕过去，黑漆漆一条小路，尽头一幢两层楼房，天成知道，那便是太平间了。护工道，家属派两个人跟我进去帮忙，里面阴气重，男人最好不要进。小玫和雪颖对望一眼，从人群中出列。炳炎抢上前跟那护工握手，嘱他好生关照，一张粉红钞票无声无息，滑进对方手掌心。

宋时杭人多行火葬，底层贫民一切从简，殓以槥而焚之，富贵人家如信佛教，往往也学僧人作乐焚尸。一九五一年设殡仪馆，三十多年后终于明令，市区内只准火葬，不准土葬。

殡仪馆在杭城之西、灵隐之北、西溪之南。此地名叫龙驹坞，是山清水秀的好地方。天成下车四望，主楼等设施都同几十年前初来时并无两样。如今城内处处天翻地覆，反倒这里旧貌依然，想及此处，不免顿生滑稽之感。

也有一些变化。比如花圈柜台，当年一个白胡子老头坐定，两条白联上书何字，死者亲友姓甚名谁，一一持毛笔写来，其书法并不出众，只是务求工整。那时也同老头聊过几句，记得他是大户人家出身，后来家道中落，去印局当学徒工，四九年后成了居委会干部，办民校，当模范，到老了托亲戚关系在殡仪馆写字，不为谋生，只因这里天天人来人往，图个热闹。如今柜台后换了个年轻后生，戴眼镜，微胖脸，头发油腻，穿一件深灰色摇粒绒两用衫，将来客的姓名身份一一输入电脑，某某长辈安息，某某小辈敬挽，格式全都已经做死，一键打印出来，楷体字规矩又清秀，然而毕竟少了些人情味。天成默算那白胡子老头的年齿，恐怕他也早已魂归此地了。

天鸣抱花圈去灵堂，天成并不去争，默默跟在后面，只见小玫小赵夫妻在灵堂内忙于布置，却不见其他人。趁小玫不注意，穿过灵堂后门，沿一条长长的甬道徐行，见一间办公室开着，便进去张看。只有一个工作人员低头整理东西，戴着口罩，并不讲话。墙上玻璃镜框里两行字，用透明彰显廉洁，以细节体现关怀。再低头看写字台面，案板底下压着各种表格，其中一张收费价目表，竟分门别类详细列明。普通淡妆，一百五十元；浓妆，三百元；头部破损需要修补，两千元；头部严重变形扭曲，五千元；头部无法还原，需以木雕代替，两万元。如此等等，措辞过于骇人，天成不忍再看。

寻到隔壁一间，果见众人在此默立。天成上前，只见化妆师工作已毕，颂云安详躺着，皮肤样貌不变。雪颖端详了许久，伸出两对手指，将颂云前额的头发往上挑得更抛一些，是她以前钟爱的烫头样式。众人明白，还未到尽情释放哀伤的时刻，都只是木木地站着，只有敏儿想起早年颂云对她种种好，背过身对门无声抽泣。

姐，姐姐。天成压在喉底低唤，见她无反应，知道此去真是阴阳永诀，顿时心头鼻头齐齐一酸，几乎要哭出来。

追悼会上，炳炎致辞。各位亲朋好友，颂云生于一九四八年十一月十三日，因长期患病，于二〇一六年三月十六日晚上八点半，经全力抢救无效逝世，终年六十八岁。颂云摆脱了病魔给予她的痛苦和烦恼，摆脱了人世间的一切痛苦和烦恼，颂云一路走好。我在此向兄弟姐妹们表示由衷感谢。感谢大家在颂云患病期间的照顾和安慰，一方有难，八方相助，血浓于水，千真万确。真切盼望大家今后保重身体，健全心灵，活得越来越好，我深信这也是颂云的愿望。再次谢谢大家，炳炎在这里给大家鞠躬了。

火化须耗一小时。

等候室里，姜远抱着颂云遗像，身边天成颓然坐着，雪颖和敏儿有一句没一句交谈，天鸣闷声不响。两辈人皆是黑衣，宛如电影里一般肃杀。天成道，老虎呢。小玫道，跟他爸外面抽烟去了，这里闷，他说透透气。天成惊愕道，他啥时候学的抽烟。小玫道，你当老虎还是小孩呢，三十岁了，他自己有数。天成道，总归不太好。小玫道，哥，你现在知道抽烟不好了，那时候我们多少人说你，妈在的时候就劝，忘没忘，雪颖为这个跟你吵了多少次，姜远也劝，你要是早点听，心脏也不至于搞成这样。天成道，我抽烟是为了工作。小玫道，那老虎也是为了工作，他们台里事情多，压力大。天成笑笑。

小玫走到姜远边上，姜远忙要站起让座，却被小玫按下，跟他共挤一个座位。姜远，你觉没觉得，老虎现在性格变了。小时候多动症，人来疯，现在我发现，他永远是听，自己不说话，有时候电话里我说了半天，他没反应。我说，老虎啊，你怎么没声音呢。他很冷静地说，在听，你继续。我后来想，他大学就去了北京，还去了两年国外，我虽然是他妈妈，已经十年没有一起生活了，有时候觉得这个孩子有点陌生，不是当初我记忆里的小老虎了。

姜远想起老虎小时候调皮捣蛋，把颂云的戒指扔到楼下树丛里，又将一颗红中丢进抽水马桶，报废一副麻将牌，已经是二十多年前了。旧事胶片般闪了一通，一面安慰道，老虎有出息，嘴上不多表露感情，心里都懂。小玫哀声道，早上来这的路上，我跟老虎说，我们这代人年纪都大了，以后再像这样突然接到爸爸妈妈电话，十有八九，也不是什么好事情，你要有心理准备。姜远不答。小玫道，我想了想，我的前半生真是顺风顺水，什么苦头也没真正吃过，一直到三十八岁那年，第一次，经历到至亲离开这种事。那时候真是，人家讲天塌了，真真正正天塌了。那天我从殡仪馆回到湖光新村，站在楼下左瞅瞅，右瞅瞅，发了一个多小时呆。突然东头一个老头，骑个自行车过来，高高大大，穿个西装，我以为你爷爷回来了，整个人一激灵，高兴了一秒钟，再一看不是，哦，爷爷没了，从今往后，哪都看不到他了。姜远道，我懂，小姑姑。小玫停了停又道，有一件事，小姑姑跟谁都没说过，爷爷那时候阳台上养的仙人掌，自己弄的肥料，奶奶老说他，整那破玩儿干啥。爷爷没有了以后，仙人掌和肥料我都拿回家了，谁知道那肥料臭有臭的道理，居然到现在还长得挺好。奶奶呢，也有个东西我拿回去做了纪念，她那年不是把草席剪了，做了枕头芯子吗，那个枕头我一直收着，小姑父有几次看到了说我，这么旧的枕头，为啥不掼掉。我瞪他一眼说，做啥，我姆妈的。他一听，哦哦，那是要留的。这两件东西，我藏到现在，当成宝贝一样，想起爷爷奶奶了，看一眼，就觉得他们还在。

姜远轻拍小玫的背，三下。你自己身体也要当心。小玫抹泪道，其实现在想想，大姑姑在这件事上确实蛮开明，不留墓地挺好。爷爷奶奶的墓还有我们，一年去上几趟，我们以后呢，你们四个小的，除了你常在，还有谁呢。所以我现在，想法也慢慢转变过来了，人家说树葬、海葬，我听听都觉得挺好。我想像外国人那样，埋在草地里，上面种棵树也好，种棵花也好，又优雅，又环保，也算造福人类子孙后代。

姜远听了，正欲点头，炳炎忽从隔壁探出头喊道，出来了出来了。小玫跳起奔过去，其余人慌忙跟上。只见一堆白骨自炉内运出，仍略具人的形状，却破碎成百段千根。小玫大叫一声，早已哭倒在老虎怀里，炳炎捶胸顿足，老泪满脸，被雪颖强拉住，嘴里仍喊，颂云啊，颂云，你怎么变这样了。

天成强忍悲苦，去帮炳炎将颂云遗骨扫拢，装入他自带的一只青花瓷瓮中，却听小玫在身后沙声哭道，赵一耀，我再也不同你吵了，人一辈子，最后都是一个空。

晚上豆腐饭，本地人民大会堂宴会厅，有颂云当年支边的战友参加。那战友算是姜家的世交，姜远记得小时候，梅登高桥边上星星娱乐城吃年夜饭，那人喝得发痴，搂住小赵说悄悄话，两个人一起跌在地下，扯到桌子台布，打翻一盆醉虾，全家笑作一团。现在回想起来，姜远不喜那种无度的醉态，又怕被问东问西，因此拉了老虎单独出去，对那战友抱个歉道，大伯你们好好叙旧，我们两兄弟单独聚聚。小赵会意，对那战友耳语了两句，二人大笑放行。

姜远看看手机时间，拉老虎往少年宫后门走。时值黄昏，各色辅导班放学，小孩大人如无序的潮涌。老虎道，印象中这片地方，以前好像是个小型儿童乐园。姜远道，叫是叫练武场，里面独木桥、梅花桩，还有小小动物园，想不到现在变这样了。老虎道，嗯。姜远道，我们以前也要上培训班，但总归还好，现在的小孩，一到周末，各种培训班接连不断，小孩吃力，家长也吃力，因为必须陪牢。我有的同学，平时工作只有单休，唯一的假期还要陪小孩上课，成天同学群里叫苦连天，做人做成这样，小孩不如不生。老虎道，嗯。

正门一侧，登月火箭和摩天轮仍在，坐的人却寥寥。姜远记得一年冬天，君山带四个小孩来少年宫，门口小摊卖弹簧蛇、糖葫芦、电动小汽车、变形金刚、小兔子、掼炮和小手枪。老虎看到小汽车和小手枪，大眼睛痴痴地盯着，赖在地上，拖也拖不走，君山给买了棉花糖，一人一根，连哄带骗才将他劝开。棉花糖两个女孩都爱吃，老虎要争第一个吃完，手撕下来往嘴里塞，姜远偏不舍得立刻吃完，一点一点含化了。登月火箭坐一圈，五毛钱一个人。对面新建的益智楼，二楼办玩具展销，好多人。又去滑小丑滑梯，坐小火车，爬军舰，钻山洞，看小小动物园里的猴子。老虎顽劣，全程不听指挥，到处乱窜，嘉嘉怒道，下回再也不带你出来了。他更不服，绕着广场满地跑，君山担心出事，叫另三个孩子去追。花坛里朱槿都谢了，青石板有几块是碎的，块与块之间的缝隙里，绿草也早枯萎了，三个人兵分三路，左中右包抄过去，嘉嘉居中，眼看逼得老虎无处可逃，却被他一个闪身，往臂下一逃，嘉嘉急去拉时，只抓住他那顶嫩黄色毛线帽。老虎得意极了，转身嬉皮笑脸道，笨蛋，来啊，有本事抓我啊。话未说完，早被身后姜远一把扯住，往后脑勺狠狠拍了一巴掌。

正欲扭他去见君山，却听他呜呜大哭起来。姜远一愣，骂道，装，装什么装。老虎只是哭，过路的人听了，三三两两围过来看，姜远又气又心虚，不知如何是好。君山也闻声赶来，问怎么了，两个女孩目光闪躲，都不肯答，只有老虎哭哭啼啼道，姜远打我。君山安慰一番，又拿大道理跟姜远讲，叫他身为哥哥要懂事，不该欺负弟弟。君山是宽仁长者，讲起话来慢悠悠的，丝毫不是怪罪的意思，只是姜远自尊心强，被安了欺负弟弟的罪名，心里不肯善罢甘休，几个月不跟老虎说话，连带对君山也是冷冷的。

老虎笑道，忘了。姜远道，不会吧。老虎道，大致上有个印象，模模糊糊的，好像确实经历过这件事，能想起个一星半点，但也可能是听了你说的，潜意识里自我暗示有这么回事，其实根本早就不记得了。姜远道，嗯。老虎道，其实外公的样子，如果不是有照片，我记忆里也很淡了。他走那年我才八岁，只记得他很高很高，老是戴个毡帽，穿个大衣。姜远道，嗯，又道，那你外婆呢。老虎道，外婆那时候，我已经上大学了，那一年的事，我当然不会忘的。姜远道，嗯。

广场上没有小摊，都是学生和家长。对面是西湖，然而浓霾锁天，望之不甚清楚，索性走昭庆寺里街，几家酒吧点缀其间。穿到保俶路上折返北行，姜远道，北京工作忙吧。老虎道，一阵一阵。等到绿灯过了马路，姜远道，韵韵工作也忙吧。老虎道，她比我还不如，而且我们工作时间错开，她下班了我上班，有时候连续一个礼拜都见不到面。姜远笑道，白天不懂夜的黑。老虎道，本来她想跟我回来送送大姨，我说算了，心意我代为转达。

说起来，倒是婷婷怎么回事，人不回来，群里发句话表示一下也好吧，一句话不讲，一个电话不打，说得过去吗。姜远道，估计她也苦。老虎吃惊道，怎么说。姜远道，从小没离开过家，突然远嫁到千里之外，还是县城里，真正叫天天不应。老虎道，阿斌待她好吗。姜远道，我也不清楚，听说大吵过几次。老虎道，夫妻之间吵吵架，属于正常范围，不过这个姐夫我拢共也只见过一次，办酒前一周吃过一次饭。我们几个兄弟姐妹，大家从小一起玩，一起长大，没想到婷婷嫁到海南，转眼之间，我和她都四年不见了。

姜远笑笑，带路拐进宝石山下二弄。此处数家异国风情餐厅，被周围的夜店和烧烤摊挤着，逼出几分江湖气。二人进了一家不用排队的日料店，姜远选定一张四人桌，老虎示意服务员撤掉两套餐具，姜远欲言又止，喝茶看菜单，看手机。生鱼片拼盘上桌，二人客气一番，斯文开吃。姜远道，你妈今天找我聊，说希望能跟你多点交流。老虎道，我知道。姜远道，你妈不容易，四个人她最小，现在倒像顶梁柱一样，家里大事小事，一样一样张罗。你大姨病了这么多年，她送菜送饭，每个礼拜去好几次。今天遗体告别，她呜哇呜哇地哭，我听她喊，姐啊，以后我送饭还能往哪送呢。老虎道，嗯。姜远道，她这个人，情绪激烈，大喜大悲，一定不要影响身体。老虎道，其实今天去的路上，她想想大姨命苦，没忍住，又在车上大哭。我爸发了火，说她不爱惜自己，不知道为旁人着想，她听了又气又委屈，一激动，开门就要跳。车还在开呢，三十码，这种危险动作，吓得我爸赶紧停车。后来还是我做工作，教育我爸，我说你心是好的，但方式方法要注意，我爸这才去给她道歉。姜远道，他们互补，你爸理性。老虎道，理性是好的，但一旦过了头，难免不近人情，他现在年纪越大越强势，他说一，没人能说二。他这种个性，我从小就吃了苦头的，将来我自己的小孩，我绝对不会再让他们重蹈覆辙。

二人沉默一阵，姜远低头吃菜，看看手机，忽然朝老虎低声说了几句。这时候已过六点，门外天色渐暗，灯牌纷纷亮起，排队的人多了起来，男男女女声音嘈杂，而店内在放日本动漫的主题曲，是年轻男性的歌声，明亮而有张力。老虎点头，吃一口茶，眼睛眨巴眨巴，有心事。姜远道，怎么不讲话了。老虎道，我在想，你、我、嘉嘉姐姐、婷婷，我们四个，最后谁都没有符合他们的期待，没有变成他们设想中的样子，大概已经可以说明，他们这一代失败了。姜远道，这个说法有意思，但有点怎么讲，上纲上线。老虎摇头道，确实失败了，彻彻底底失败了。现在社会上，舆论对这代人很不宽容，其实他们最不幸，你懂的。姜远不答，夹了晶莹剔透一块三文鱼，却因芥末蘸多了，冲得眼泪鼻涕几乎一齐喷涌出来。

二〇〇九

下了飞机，阳光在眼皮上累聚堆积，直到世界变得白花花一片，温度在小臂上朝沸点推进，一只无形的手伸出，将皮肤表面撕出一道小口，汗珠渗出，灌进更多更猛烈的光。

却不觉得很热。原来这就是北方，姜远想。到了晚上，预租的房间未通网络，行李也仍在箱中，懒得整理。关掉电灯，走到阳台上。不远的远处，北三环灯火通明，车流不息，其中有某种生硬的壮阔，是他从未领受过的。他感到一股近乎原始的吸引力，恍惚间身体创造出一种节奏，和庞大如巨兽的城市温柔共振。

六岁的夏天，姜远来过北京。雪颖问，幼儿园毕业了，九月份你就是小学生了，大孩子了，这个暑假最想干什么，最想要什么，妈妈给你一个奖励。姜远道，我想要水浒扑克。雪颖听了有点意外，姜远道，别的小朋友就有。雪颖窘道，这个妈妈不知道去哪买，我想想办法看，其他呢，还想要什么。姜远想了想道，我想去北京。雪颖道，怎么会想去北京呢。姜远指着《中国名胜词典》道，想去万里长城和故宫，我想看看故宫到底有多大，里面的珍宝到底是怎样的。

那时雪颖请了长病假在家，天成单位里假却不好请。天成道，现在这种情况，要么算了。雪颖道，答都答应他了，说到就要做到，为人父母，自己首先要做表率。天成道，他这么瘦，哪里吃得消，你又不能干，一去就是千里之外，我是绝对不放心的，万一出点事情。雪颖道，长青现在暑假，要么我问问，如果他有空，叫他陪了去。

两个礼拜之后，雪颖和长青带着姜远上路，坐了二十七个钟头的火车，终于到了北京，借宿在表叔家里。表叔夫妻都是知识分子，知道长青是大学讲师，晚上拉他进屋，关了房门倾谈一夜，雪颖不敢造次，哄着姜远早睡，自己伴着隔壁嘀嘀嘟嘟的说话声，难以成眠。白天带姜远各处玩，天文台四季星座、动物园游乐场、军博大炮枪支、明定陵地宫、天坛回音壁。姜远瘦归瘦，劲道倒是大，不生病也不掉队，每天睡得最晚。有一天连玩雍和宫、北海、故宫三处，乾清宫外面，长青讨饶道，走不动了，我在台阶上歇一歇。姜远仍拉着雪颖，要把故宫走遍，雪颖腿都抬不起来了，咬一咬牙，又陪他逛了一大圈，花十块钱去了钟表馆和珍宝馆。公共汽车路过天安门，远远指给姜远看一眼，姜远吵着要去，急得要哭，雪颖慌忙哄住。八达岭入口小摊贩云集，买一件黑猫警长汗背心，上面六个大字，我登上了长城！姜远奶声奶气道，不到长城非好汉，我现在是好汉啦。雪颖看着他幸福的神情，心满意足。姜远道，妈妈，我要在长城上照张相给奶奶看看，她那么大年纪都没来过，说不定看了我的照片就会下决心了。

雪颖听了大笑。想起结婚那年，蜜月就是南京、青岛、北京，一路游遍。那时风气尚未全开，二人走在潮流之先，一个学杜秋，驼色风衣配褐色墨镜，一个米色底深紫竖纹排扣夹克衫，领口内衬浅蓝色毛衣，公共场所并不避忌，照样勾肩搭背，牵手搂腰，时时引人侧目。东四小巷口，有人卖瓶装酸奶，天成道，酸奶听说是好东西，我爸爸原先喝过，营养价值极高。各自买了一瓶，雪颖欢天喜地吞了一口，几乎要吐出来。

游长城那天，雪颖觉得有人跟在身后，一直盯着他们看，偷偷告诉天成。天成大惊小怪道，哪个，哪个。雪颖道，那个老头，穿西装的。天成转头，恰好跟那老人四目相对。老人笑笑，走过来略鞠了一躬道，你们好，我是日本人，我叫山本宽，我的中国语不太好。天成道，山本先生有何指教，我会一些日语，如不介意，也可以用日语交流。山本大喜，两个人半中半日地对谈。山本道，人群中看见您和这位系着丝巾的小姐，风度十分洒脱，我想为两位摄影一张，作为留念，又担心过于唐突，因此犹豫了许久。天成道谢不已，和雪颖两个大大方方叫山本拍了照，又留了地址，约定山本回国后寄照片来。山本道，姜先生，这位小姐是您的女朋友吧。雪颖笑道，我们是正式夫妻，这次来北京，是旅行结婚。山本大悟道，那么，今天的相会，你们是在度蜜月的旅途中了，恭喜恭喜。天成道，和山本先生的邂逅，是我们蜜月中一件极有意义的事，倘若将来回忆这段日子，是一定能与对山本先生的感激和良好印象相联的。山本道，姜先生日语说得如此高明，是专门从事相关工作吧。天成道，我是香料厂的技术工人，在工人业余学校里学过一点贵国语言，希望通过掌握语言，再对贵国做进一步的了解，贵国在很多方面都取得了伟大成就，我对此感到钦佩。山本道，是在香料厂吗，那个，我参加了研究酒类香料技术的组织，这次前来贵国，就是考察酿酒的事务，北京之后，还将访问天津、太原和大同，其实前年我已参观了绍兴、杭州、苏州的酿酒厂。雪颖高兴地转头看天成道，杭州，我们就是杭州人。山本笑道，杭州风景秀丽，那次我投宿西泠宾馆，清晨登上宝石山，雾气中远眺孤山一带，是难以忘怀的景色。雪颖道，山本先生，你的中文也很好。山本道，我只是跟着电台广播学习，已经是七十六岁的老人了，所以不能很好地记住和运用。广播里有一句话，让我印象深刻，一想起快到梅雨季节了，就头痛。当我们结束旅行，回到各自的家乡，大概就快到这样的季节了吧。

湖西群山，一群中年女人叽叽喳喳。最后那人身形肥胖，落后其他人十来米远，扶腰艰难迈步。雪颖从人群中回头，发现慧娟掉了队，忙折回去陪她，又向其他人挥挥手，示意她们先走，自己陪慧娟慢慢来。

近旁便是石屋洞，二人索性去洞口石凳上休息一阵。此处是历时千年的胜景，大小石刻造像遍布洞内，又有各式摩崖题刻及碑文，年代久远的，大都漫漶不清，其中几处重要字迹，重新以颜料填充，供世人观瞻。再顽愚的人来到此处，怕也要暂时抛却尘根。只是这天假日，游人不少，坏了一片清幽。其中一群小学生，围着一个女人，年纪和雪颖她们相仿，不甚打扮，穿一件普通黑色拉链衫，讲话字正腔圆，像是带队老师。她逐字逐字，将碑文讲解给学生。谁来了呢，香港，陈，孟，孙，先生，捐资，由，哪里。学生齐声接道，杭，州，市。女老师又念下去，园林。学生得到鼓励，也念道，文，物，局。女老师突然加入诵读，好像一场比赛到了冲刺阶段，或者眼见战事有利，老将干脆跳入战场，跟士兵一起杀敌。主持，共耗资……

雪颖不由听得入了神。又见那女老师往右走几步，对学生道，好，大家看这里，大家看，很多人名，好像一个都不认识，对不对，但是其中有一个人，大家肯定知道，来，一起念。学生便齐齐念道，陈襄，苏颂，孙奕，黄。声音弱下去一半。景。女老师道，这个字不读景，读什么呀，读浩。学生重念道，黄颢，曾孝章，苏轼。女老师道，认识了吗，苏轼，苏东坡，北宋的大词人，昨天我给同学们讲过，苏堤就是他修的。学生见到熟人，一个个欢呼雀跃。女老师完整念道，陈襄，苏颂，孙奕，黄颢，曾孝章，苏轼同游。熙宁六年六月二十一日。

雪颖听得认真，不防那女老师径直走来，请她帮忙拍一张集体照。雪颖接了相机，指挥他们在石刻前站成两排，前排蹲下，女老师站后排中间，喊一二三茄子，一连按了五六张。师生们围着看了相片，高兴谢过，说笑间渐渐远去。雪颖收了收心，回到石凳边，却见慧娟微微张着嘴，眼神直勾勾落在前方某个虚无的点，身体一动不动，犹如老僧入定。雪颖狐疑道，要不要紧。慧娟这才缓缓道，年纪摆在这里，真当吃不消了，下次我不来了。

雪颖道，越是吃不消，越要多锻炼。慧娟道，那是你，同你哪里好比。雪颖道，怎么不好比，我们同年。慧娟叹了口气道，人同人，真是不一样。读书的时光就羡慕你，样子好，脑子好，再后来，老公也好，姜天成对你，真是当宝贝一样，大家都看在眼里。原先我同小瞿说，多不要你多，你就做到人家天成的十分之一，我也不至于天天同你闹架儿。雪颖尴尬笑道，你同小瞿那么多年磕磕碰碰，有几次我都以为你们肯定走不下去了，结果呢，过了那个关口仍旧风平浪静，现在不是照样蛮好。慧娟道，原先是为了女儿，怕离婚对瞿潇不好，影响她读书，牙齿咬一咬，想等她工作了结婚了，我再同小瞿离婚。现在瞿潇大了，我们夫妻感情倒反好起来，原先心里那股锐气，好像不知不觉就没了。姑娘儿的时光，我是真真当当爱过他的，后来也真当恨过他，最恨的时光，半夜里看他睏着，恨不得去厨房里拿把刀，一刀斩下去。现在呢，是恨也恨不起来，爱也爱不起来。说句实在话，已经这种岁数，哪个晓得还剩下多少年呢，我现在，过一天是一天了，全身都是毛病，不同他一道，又好同哪个。所以说雪颖，我是真当羡慕你，一辈子样样都比人家好，现在又加一条，身体好。瞿潇看到我们合照，同我说，姆妈，雪颖阿姨那么年轻漂亮，同你站在一道，像你女儿一样，你为啥不同她学学保养。我同她说，人家不保养的，要么出来聚会、旅游，要么就是待在家里，看电影，看美剧，看娱乐节目，后半夜还要爬起来看足球，皇马的比赛一场不落下，就算这样，还是比我们十点钟就睏觉的人皮肤好，显年轻，羡慕归羡慕，学，学不来的。

二人歇息已毕，起身行路。慧娟道，你之所以不会老，恐怕关键是心态好。我们瞿潇，二十六七岁了，人家这个年纪，伢儿老早两个都生出，她连个男朋友都没谈过。我想她可能性格内向，平时都是跟小姐妹来往，接触不到小伙子，那我作为姆妈，帮她一把，给她介绍。原先我们单位同事，有个外甥，二十八岁，一米八，公务员，这种条件，O不OK，是吧，全部帮她联系好。结果到她这里，倒反不愿意了，说对相亲没兴趣，她是人，不是货，不想被我买来卖去。这种话语讲出来，你说我伤不伤心。那天晚上，我躺在床上，翻来覆去睏不着，我就想到了你。你们姜远同瞿潇是一样的年纪，也是一样没谈过女朋友，但是你好像从来不为这种事情心烦。你记不记得，有一次我说，索性我们两家去梅家坞吃个茶，让姜远同瞿潇见一下面，他们小时光一道玩过，到现在也有二十多年没见了，说不定互相一看，男女之间，是吧，天雷地火，事情就搞定了呢，结果你一定不同意，不做这种事情。雪颖道，我不是不去想，但是操心可以，出力就没必要了。为人父母，无非希望子女可以幸福，你希望潇潇寻个公务员老公，因为你觉得这样她就幸福了，但如果她一个人更加幸福呢。我也是问过姜远的，当时我想，他大学四年都没有找女朋友，既然读研究生了，是不是应该鼓励他一下。我也小心翼翼，特地候到情人节那天，给他发了条短信，我就说，今天这个节日里，妈妈想问一下，你有心仪的女孩了吗。没有别的意思，只是希望你幸福快乐。结果他很快回我，他说觉得一个人很好，照样很幸福。那次之后，我没再问过他，更不可能去催他，作为母亲，我无非帮他把房子准备好，如果他想结婚，随时可以。

慧娟点点头，像是累了，不再说话，只顾走路。往翁家山的这一路，迟桂飘香，雪颖有几次恍如回到小时候，坠入一片甜软，心事瞬间被抽空，感觉不到任何烦恼。想想那个时候，每天来来去去，无非一条新华路从北走到南，心里面感觉整个世界就这么点大，出了庆春门，已是另外一个世界。西湖边呢，没有外地人，本地人也不多。那个时候，杭州只不过一座小城。到了礼拜天，自己同天成，彩珍同建国，慧娟同小瞿，六个人结伴骑车，少年宫、六公园、三公园，一公园右转，顺着南山路，涌金门、清波门、净寺、花港、苏堤，沿路欢声笑语，飞到天尽头。青春的日子，想起来好像轻飘飘的，那时光真是开心，样样好。而现在呢，庆春门外面是认识了，但是城市已经变大了多少倍，又多出多少倍不认识的地方来。科技是发达，手指动一动，就可以叫车子、吃饭、买衣裳，进进出出，身边再也不用带钞票，方便吧，确实方便，生活水平确实提高了，要啥有啥，《康熙来了》《犯罪现场调查》，随时随地都可以看。但是现在的杭州已经不是她的杭州了，已经不是她们的杭州了，现在的世界也不是她们的世界了，以前的那种生活，蓝天白云，花裙子，再也寻不回来了。

这天翁家山喝了茶，照例又去茅家埠搓麻将。雪颖当年在外何等英勇，如今关了棋牌房，为了再融入姐妹团体，也开始打这种一块钱一片子的小麻将。即便如此，仍然赢了五百八，如果比照当年，十块的麻将就是五千八，二十块就是一万多。玲娣输得最多，故作嗔怒道，这个女人家太厉害，样样都要赢过我们，所有好处都被她一个人占了去了。九莲道，她只有一样输给你。玲娣问是哪一样，九莲便道，她么，十七岁就同姜天成找对象，一辈子就同一个男人家睏过，太吃亏，哪里像你，情人从红太阳排到解放路。众人大笑，雪颖也笑笑。玲娣眼睛一翻道，你晓得她睏过几个，人家小曲儿唱一唱，骚眼儿打一打，多少老帅哥小帅哥，全线被她迷翻。众人又是哄笑，慧娟余光瞥一眼雪颖，见她神色自如，方才放心。

小赵、小玫一到宿舍，老虎、许莉笑脸相迎。小玫做事麻利，见房间卫生不佳，顾不得休息，急急忙忙换床单，拖地，擦卫生死角，清理窗台缝隙里的虫卵。许莉作势要帮忙，却被小赵劝下，同她聊些大而无当的话。她小老虎一届，小赵闲谈间问她明年毕业后有什么打算，她便答本想出国深造，但老虎工作既然稳定，且大有前途，她宁愿牺牲自己，当好老虎背后的女人，做他温暖的港湾云云。小赵见许莉相貌典雅，嗓音清澈，举止落落大方，深感满意，又问她家里情况，父母做何工作。那边小玫收拾已毕，便电告姜远道，我和小姑父到北京了，现在去接你，晚上请你吃个饭，还有老虎。姜远应允，又道，本来我跟室友约好出去吃饭，把他抛下不太好意思，能不能带上他一起去。小玫道，哦。姜远道，老虎也认识他。小玫道，可以的。

姜远的住处比老虎宿舍更小，总共三个房间，姜远与室友合住十五个平方的主卧，地面本已不甚宽敞，又堆了三个编织袋，里面衣服、图书、电影光碟歪歪斜斜，门口一只垃圾桶，纸巾和吃剩的食物臭成一团，袋子也不套，窗帘是过时的翠绿色碎花布，墙上斑斑驳驳，电线赤裸行走。那室友明眸皓齿，长得虽然漂亮，但独头独脑，叫了小玫一声姑姑，又和老虎聊了两句，便戴上耳机自顾自一旁看书去了。姜远道，吴漾是电影学院学编剧的，他们学校就在马路对面。小玫见姜远住得如此寒酸，心里肉疼，一时尚不便说，不顾小赵催促，去厕所拿了拖把将地上拖了一遍，才和众人下楼。

晚上吃饭，小赵特意选在莫斯科餐厅。此处北京人谓之老莫，敞亮高屋顶，镀金大吊灯、青铜立柱、壁画、窗帘、餐桌上高脚杯，都是道地俄式样子。小赵道，姜远，来过没有。姜远摇头。小赵得意道，不到天安门，相当于没来北京玩过，不到老莫，相当于没来北京吃过，这个不是我吹牛，这是北京人自己说的，老虎，对吧。

其实小赵这话不虚。老莫五十年代开业，接待过许多外宾，平时只有苏联专家、外交官、干部子弟吃得起。君山当年被重工业部指派，赴莫斯科钢铁学院进修，同行者有鞍钢十八名技术骨干，一年后学成，火车开到北京，那一晚就在老莫庆功。那时一顿老莫，重点不在于吃，而在于整个过程，在于那份派头，那种异域色彩。几十年后君山跟小赵说起，仍然津津乐道，老莫里头，服务员全是苏联姑娘，刀、叉、调羹、碗、盘子，都是银的，那个气派，苏联都见不着，菜上来一尝，比在苏联吃的还好吃，后来一问，那都是以前俄国的宫廷菜。

小玫听小赵说到君山旧事，不住点头，姜远和老虎吃菜。许莉道，外公以前，具体是做什么的。小赵起了兴，便道，苏联回来之后，从冶金部调到浙江，支援南方建设，那时候南方工业落后，没有支援南方，姜家就不会到杭州，我跟老虎妈妈也不会认识，也就没有老虎了，你的人生历史也要改写了。许莉笑个不停。小赵道，调到浙江一个什么部门，那时候叫省建工厅，知道吧，建筑工业厅。马路上多少政府大楼、工厂、宾馆、绿化、景区，都归他们规划和施工。他外公还参加过一个大工程，那真是，载入史册的，可惜后来……话说到一半，忽听吴漾道，《阳光灿烂的日子》，王朔演的那场戏，讲的就是在老莫请客吃饭，也确实就是在这儿实地取的景。吴漾说话，好像是对着别人说，又看不出到底对谁说，可能是对所有人说，也可能是自言自语，众人因此嗯了两声，小赵被他打断，不愿再说，姜远更觉尴尬，只当没听见，低声和老虎聊天。

菜陆续上桌，罐焖牛肉、冷酸鱼、奶油烤杂拌、红菜汤，都是此处名肴。小玫劝姜远多吃点，姜远便喝了一勺汤。小玫道，现在上班怎么样。姜远道，还行，门户网站做专题，文史类的，还算有意义吧。小玫道，一个月给你多少。姜远道，不多，刚进去，年底还有机会涨。小玫道，不多是多少呢。姜远道，三四千吧。小玫吃惊道，还要租房子，这点钱在北京，能够花啊。姜远道，够的，够的。小玫见他这样，忍不住道，我看你住的那个房子，真是不行，又小又破，旧社会一样，五六个人一间厕所，里面墙上都是污花，味道大得要命，一进门就闻到了。我在家没事老想，姜远一个人在北京，不知道过得有多苦呢。想归想，真的亲眼见到了，比想的还不如。你要是工资够花，为啥不租个条件稍微好点的。姜远道，老小区，房子就那样，这个地段，性价比已经很高了。我没什么物质追求，吃的，住的，都是随随便便。

小玫想起素兰在时，对这个孙子如掌中之宝，四个小的里，但凡有好吃的、好玩的，第一个想到姜远，如果看到他这般景况，不知心疼成怎样。念及此处，不免又劝他道，其实在哪里工作都一样，北京是上班，杭州也是上班，你想找什么样的，有什么样的待遇要求，告诉我们，小姑父只要有认识的人，都会帮你安排，离家近一点，不是挺好么。这回我来，大姑姑还让我带话呢，说你要是不想待北京了就回去，杭州才是你的家。你看她现在得了病，吃饭上厕所都要人服侍，但脑子没坏，她还是想着你，大家都担心你一个人在外面，从小到大，从来也没离家这么远过。

见她语带哽咽，姜远打岔道，二婶那天也给我发短信，让我想回就回去，不用不好意思。小玫道，可不是，平时要有个头疼脑热，爸爸妈妈都在身边，可以照应你，而且说难听点，我们也一年一年大了，你爸爸还有几年就退休了，到时候就反过来，是他们需要照顾了，如果你不在身边，谁照顾他们呢。姜远道，老虎不也不在你们身边吗。小玫语塞。老虎笑道，妈，不要老强求别人嘛，姜远二十六，不是十六，再说了，十六岁出来打拼的人也很多。小玫默然。老虎道，他学中文的，文化相关行业，总归北京机会多一些，回去你让他做什么，他之前待的那个什么单位，你又不是不知道。

姜远前一份工作，同事大都是中老年，搞来搞去都是本地戏曲，当代艺术一窍不通，每天吃茶、看报、谈空天，吃饱了窝里斗一斗，副院长暗地里搜集院长的黑材料送上去，上峰找老院长谈话，令他提前退休，换个平安落地。副院长扶了正，大肆提拔自己人，图书管理员升作办公室主任，老院长亲信全都靠边站，正经事情一概没得碰。其中一个女人叫谢岚，紫色面庞，天天不苟言笑，眉头紧锁，别人开会她练字，别人编稿她还是练字。姜远一天借口倒水，斜眼瞥去，见她刚写完一幅：

颇得湖山趣

不闻车马喧

字的水平高低，姜远并不甚懂，只觉得她日常孤单可怜，又欣赏她孤傲的样子。那日午饭之后，同她后山散步，乱石堆叠，荒草丛生，有一破庙，门柱之间被山民牵了绳子晒裤子，一派荒凉零乱气象。谢岚道，我的书法，实是师承曾祖父苦斋先生，先生是清朝孝廉，骨鲠气傲，不从时流，居于横河桥下。日寇犯杭州，先生老病不能迁避，遭其索字，只好以旧作与之。日寇又欲先生署昭和年月，先生则以死拒之，对方无可奈何，遂放了他一马。此种倔强的精神，我亦深受影响。今日院中诸人，率皆浮夸矫饰，不事学术，我虽不喜，亦无奈何，惟坚守本分而已。姜远颇为感动，攥紧拳头道，谢老师，你是好人，我看得出来。谢岚道，我已老了，你还年轻，有才华，有理想，何必淹留此地，应当早寻出路。姜远因此彻悟，裸辞了这份工作，北上谋生。

小玫知道姜远执拗，好话说了几遍，也就不便再劝。此时乐队出场，一对年轻高加索男女，各自持手风琴，又有一中年女子持多姆拉，一中年男子持巴拉莱卡，四人身上花花绿绿，都是俄罗斯民族服饰，往各桌客人中间穿梭来去，奏的无非都是《喀秋莎》《山楂树》《三套车》《红莓花儿开》之类。小赵看得开心，对几个小辈大讲苏联文化，小玫上身不动，手指头在大腿上打节奏。看了一回，用餐各罢，老虎和姜远低语几句，提出要去附近KTV唱歌。许莉妩媚一笑，劝道，叔叔阿姨一起去吧，听老虎说，阿姨以前参加过歌唱比赛，还得过奖。小玫道，陈年百古的事情，我自己都忘了。小赵一听便起了兴头，大声道，正正经经全市评出来的十大歌星，她是第十一名，为啥，比赛那天重感冒，临时放弃参赛了，我说重在参与，最后她还是上台，跟其他人合唱了一首《五彩世界》，台下五万个观众呢，不是玩儿玩儿的。本来正常发挥的话，一点不夸张地说，老虎，你妈要是唱下去，什么那英、田震，哪还有她们什么事。老虎使劲冲姜远笑。小赵道，所以说，机遇就是这样，你一个没抓住，就撒哟哪啦了。不过凡事都有两面性，没走唱歌这条路，你看现在不也蛮好。许莉道，原来阿姨这么厉害呀。老虎道，妈，一起去吧。小玫道，真当不行，年纪大了，老早变破锣嗓了。推来让去半天，小赵道，我看算了，年轻人聚会，我们在旁边碍手碍脚，去，你们自己好好玩。互相告别一番，小玫临走，硬塞了一只红包给姜远，叫他平日吃得好一点，老虎和许莉都笑，姜远推脱不掉，只好收下。

这夜月明云淡，两夫妻附近随意散散步。小玫有心事，沉闷少语。小赵因喝了几杯，兴致越发高昂，盛赞许莉识大体，甚至讲，老虎找这个媳妇，有眼光。小玫骂道，毛病十足，老酒一上头，啥话语都讲得出来。我就不觉得她好，大人面前说说是一套，实际恐怕又是另一套，至少一点，两个人住一道，事情不晓得做，老虎要上班，她是学生，没课的时光待在家里，为啥不打扫打扫。姑娘儿年纪轻轻就这么懒惰，将来还不晓得怎样。我是想过了，找机会我要同老虎说，谈女朋友可以，我们不干涉，但是涉及终身大事，还是要慎重再慎重。小赵嬉皮笑脸道，你这个人，越来越像你姆妈，啥事情都要劳心。儿女嘛，就是小鸟，翅膀长成了，让他自己去飞嘛，对不对，一辈子坐你身上，你带他飞，有这种事情吗，不存在的。我老早说过了，他要找怎样的对象是他的事，他哪怕不找也好，找个离过婚的也好，丁克也好，哪怕要搞同性恋也好，我都接受的，我这个老爸当得很开明，只要他对自己的选择能够负责，不要后悔，我都一律可以不过问。小玫道，搞七捻三，越说越不像话，自己姓啥都要不晓得了。说罢自己赌气，加上知道小赵逞醉说疯话，不愿再同他交谈。想想这次来北京所见，老虎尚可，姜远实在可怜。遥记素兰在时早就说过，湖光新村的房子，将来分四份，每家各一份。及至素兰过身，小玫同颂云商量，议定各自放弃份额，让两兄弟平分。然而此后，天鸣一家仍旧长期住着，不见动静。去年长假，大家聚了吃饭，颂云虽不能行动，脑子倒是清楚的，那日忽开腔道，天鸣，我看你们一直住下去，总归也不是个事儿。天成默然不语，小赵会意，立刻接话道，姆妈呢，一辈子都活得明明白白，书虽然没读过，但是看问题看得比别人都要远。房子大家都有份，但是一套房不可能拆开来，要么拿钱，要么拿房，总而言之，要分一分。父母不在，兄弟分家，中国几千年的传统，再正常不过的事，不必怕伤感情。敏儿，我说一句，既然你们本身就住着，我想不如这样，拿钱还是拿房，你们先挑。敏儿道，分是要迟早分的，但我有一句话语，一直憋在肚皮里，今朝既然你们提起，我就明明白白说出来。姆妈最后这几年，一直都是同我们住，她生毛病的日子，都是我在照顾，平时受的委屈，我从来有没有说过半句，我孟敏儿作为姜家的媳妇，对得起任何人，对得起自己良心，于情于理，完全平分我认为不合适。众人听了默然，小玫道，你的意思，你们要多分一点。敏儿道，我想是应该的。颂云正色道，大家一家人，照顾姆妈天经地义，不是讨价还价的筹码。如果要这么说，那我和小玫不放弃了，我们的两份都给姜远。敏儿愕然，半晌说不出话，无可奈何。此后小玫又几番催着天鸣，他同敏儿商量后，答应将半套房以市场价卖给天成。头款交讫，天鸣一家却仍拖着未搬，经济适用房也不着急去申请。小玫暗忖，若不是这样一年一年拖延着，姜远恐怕也不至于远走他乡。

夜晚回酒店，出租车一路往东。小赵远远望见天安门，灯光勾勒出的形状，似乎每次看都比上一次要小一些，只有北京饭店还是老样子。夫妻一路无话，直到开到国贸，小赵道，大裤衩。小玫弯腰看了看，默然不答，把头斜靠在窗边，许久才怔怔道，人家说，年纪大了，都会逐渐返璞归真，欢喜古色古香的东西，欢喜到乡下去住个十天半个月。我越来越觉得，我是不适合那种的，我就欢喜看高楼大厦，看现代的东西。你看那一片楼，灯火辉煌，看得我心里面舒服。

姜远第一次和吴漾见面，约在天安门东地铁站出口。姜远道，我们合个影吧。吴漾笑道，天安门前照张相，嘢儿逼啥样你啥样。长街车流不息，在路的南侧，为了迎接国庆，正在施工整修。机器轰鸣声，路边阴影里的土堆，穿着一致迎面而来的民工队伍，让人有种堂吉诃德般的幻觉。

吴漾带姜远去了电影学院，蹭了张老师一下午的剧作理论课。张老师套一件写满物理公式的黄色老头衫，趿着拖鞋，随随便便坐在讲台上信口开河，不时蹦出两句冷笑话。这天讲情节与故事，张老师道，情节可以是非叙事性的，原有的力量均衡没有被打破，这是情节，如果原有的力量均衡被打破，重建之后又构成新的平衡，我认为那就是故事。比如人每天都要吃饭是情节，到哪天再也吃不动了，就成了故事。张老师总是不忘强调，我觉得，我认为，以示他说的都是个人观点。

食堂里吃了饭，吴漾带姜远在校园里闲转。吴漾道，你觉得怎么样。姜远道，什么怎么样。吴漾道，张老师的课呀，不然呢。姜远道，有点儿耳目一新，有机会我想多听听。吴漾道，你也别太当回事了，他说的是一个总体的一般性的情况，但是麦基说，故事分大情节、小情节和反情节。哎，麦基你知道吧。姜远摇头。吴漾道，反正就是一个好莱坞编剧界大师吧。张老师说的故事是大情节故事，虽然结构更完美，可是太刻意了点儿。凭什么非要加上再也吃不动了那一幕呢，我从头吃饭吃到结束，这就不能是一个故事了吗。普通人总有一种非理性的心理，追求大，追求呼应和圆满，容易被那些跌宕起伏的故事打动，好像不跌宕就不能成为故事了一样。我更推崇那种细碎的、日常的小情节，或者索性是彻底解构的反情节。姜远道，你说的是理想情况，但是你们将来毕业，写剧本是要拍成电影，电影要赚钱，就得迎合大众口味。吴漾道，得了吧，我才不碰商业片呢。艺术如果不能保持独立，放弃思考和自省的能力，被权力、资本或者庸众牵着鼻子走，那还是艺术吗。当然你可别以为我瞧不起商业片，商业片也有一套自己的逻辑，商业片剧本也不是谁想写就能写出来的，我呢，才华有限，承认自己写不出来。人最关键的，得要清楚自己的位置。姜远道，嗯。走到校门口，吴漾道，对了姜远，你住哪儿呢。姜远道，蓟门里。吴漾道，我能不能跟你合租。姜远道，可你不是住学校宿舍吗。吴漾道，住不下去了，我和同学关系不好，那帮孙子，趁我不在把我的被单都点火烧坏了。姜远惊道，怎么能这样，学校不管管吗。吴漾道，我能搬过来和你住吗。姜远道，可是我隔壁都住着人了。吴漾道，当然是和你住一间啦，不然多贵，房租我们一人一半。姜远道，那倒没关系，我多出点儿，你还是学生。吴漾笑笑。姜远道，我除了跟自己家人，还没有跟别人一起生活过，希望咱们能相处愉快呗。吴漾笑道，相处和谐。

每个周末，吴漾拉上姜远去法盟，去电影资料馆。他们还去一些固定的沙龙和讲座场地。姜远有时带吴漾见他的同事和朋友。北京下了那年第一场雪，人们在雪地上艰难地迈步，就在那天，一个女歌手出人意料地自杀身亡，他俩则和艾娃约在西单大悦城吃饭。趁吴漾上厕所，艾娃玩着勺子，嘟嘴道，亲哥，你这室友有点怪。姜远道，哪儿怪。艾娃道，讲话莫名其妙，也不顾别人的感受，就跟活在三界之外似的。姜远道，你不是颜控么，不是喜欢好看的么，送都送到嘴边了，还管什么内在美。艾娃道，我觉得一般般，还没有亲哥好看，不如你从了我吧。姜远笑道，走开啦。

艾娃是姜远在北京的同事。报到那天，他在等候室坐了几分钟，一个年轻女人走进来，问道，是你吧，跟我来。转身便走，姜远紧紧跟上，随她上二楼，去一个空位上坐定，那女人就坐在他边上。一上午没什么正事，跟主管交谈几句，主管让他先熟悉熟悉业务。时间以秒计算，十分难熬。公司附近，川菜湘菜最多，反正都是辣，吃不惯，中午只好独自去附近面包店，买了一袋吐司充饥。到了下午，女人找主管低语了几句，又对姜远道，我去国展那边的图书节转一圈，你没事儿要不跟我去吧。

几个星期后，艾娃告诉他，第一眼看到你，斯斯文文，又有礼貌，对你印象特别好，跟公司里那些没文化的傻逼不一样。姜远道，可是你当时板着脸，特别吓人，我还心想这女的怎么了，姨妈泛滥了还是怎样。艾娃尖叫，捶他一下肩，撒娇道，亲哥你太坏了。

姜远不再独来独往，每天中午和艾娃结伴，去便利店吃午餐。北京的树也是树，街也是街，说不出哪儿和南方不一样，却自带了一种苍凉。他们一边走，一边玩电影接龙的游戏，沿路是烤鱼店、火锅店、眼镜店、串吧、小旅馆、房产中介和羊汤店。艾娃道，《十月围城》。姜远道，《城市之光》。艾娃道，《光荣之路》。姜远想了半天道，怎么都是四个字的，我说一个，《路上的灵魂》。艾娃道，这什么片子，没看过。姜远道，是一部老片，我也没看过，只在豆瓣上见过条目。艾娃道，那不算，你耍赖。姜远道，哪里耍赖了，又没说非要看过才行。艾娃道，那好吧，魂，《魂断威尼斯》。姜远道，斯，斯，斯，《斯大林的礼物》。艾娃道，是叫《给斯大林的礼物》吧。姜远道，差不多就得了。艾娃笑道，那不行的。姜远道，怎么不行，我很穷，没有礼物可以给斯大林，只想收礼物。艾娃道，反正你输了，亲哥，明天你请客。

她把他写的诗发给父亲看，其父托她转告姜远：君诗直状时代风云，且尽人情幽微，述温片言，亦惬拙忖，诗史交攻，可以无闷，来日吟撰必得齐身，望珍重。艾娃道，你看，我爸可喜欢你了。姜远道，扯吧你，他又没见过我，就凭我写这点儿东西，莫非就能判断我是什么样人了不成。艾娃道，我给他看过你照片啊，再说了，还不是我天天跟他说你的好话。我跟我爸说，这个姜远，同事里我最喜欢他了，典型的江南文士，还是个正人君子。我爸说，真好，真好，这个世道，缺的就是君子，只是对自己不利，君子总是吃亏。你想啊，我爸这人，我跟你讲过吧，就是死不认错，官也丢了，待遇也没了，这些年穷困潦倒，脾气又臭，看谁都看不顺眼，也就我妈宅心仁厚，能够忍得了他。他这么骄傲的一个人，对你的评价那是真高，这二十多年了，我还从来没见过谁能入得了他那双法眼。姜远尴尬笑笑。艾娃道，下次他来北京看我，你们一起吃个饭，聊聊。姜远惊道，聊什么，别吧，我不会跟长辈聊天，太尴尬了，不要不要，千万不要。艾娃道，哎呀你怕什么，你自然状态就好了。我爸是真喜欢你，我能够感觉到，要是我跟其他男的交往，他肯定横挑鼻子竖挑眼的，对你，从一开始不一样。亲哥，你看吧，你又矮又穷，肯定没有其他女的要，估计也就我看得上你了，咱们又难得这么有话聊，不如以后你跟我结婚吧。姜远皱眉摆手道，别啊，强扭的瓜不甜，强凑的媳妇不黏。谁说没别人要我，明明都从公主坟排队到四惠了。

艾娃大笑不止。后来她又让姜远介绍有文化的帅哥认识。姜远想，艾娃人脉广，京城文化圈那些名人，她常常是座上客，吴漾将来毕业找工作，恐怕她帮得上忙，即便不然，拉他俩认识一下，做个朋友，总也不是坏事。谁知艾娃跟吴漾吃了一顿饭，嘴上百般不满，连多看一眼的兴趣也没有。艾娃道，百闻不如一见，这人性格绝对有问题，打死我也忘不掉上次，早上九点多你刚到公司，接了个电话急匆匆就走了。我以为出什么大事了呢，地震了呢是着火了，结果是他去国图看书，出门时下意识锁了大门，害隔壁的人出不了门了。我就纳闷了，国图多近，咱们公司多远。再说了，是他手误，跟你又没半毛钱关系，凭什么他一句懒得回，就得把你从公司喊回去给人家开门，他可真够不把你当外人的啊。

吴漾确实不把姜远当外人。他总是说，你怎么一点儿生活经验也没有呀。或者，你怎么老那么焦虑啊，放松一点儿行不行。心情好的时候，也会说一些心里话，比如，姜远你喜欢过什么人没有。姜远道，当然有，谁会没有。吴漾道，真羡慕你，不知道是为什么，没有人喜欢我。

姜远尝试去理解他，想起他讲过自己身世，也是半南半北的家庭，父亲在飞机制造厂当领导，和母亲感情不好，所以童年看似幸福，其实得不到关爱，稍大就离乡背井，离老家越远越好。姜远的视线透过只剩一半酒的玻璃杯，朦朦胧胧中仿佛看见吴漾说道，家有什么可留恋的呢，无非是把一个人束缚住，限制他获得更多自由的可能性。老实说，我不像你们，我是一个没有乡愁的人。

昭庆寺

此时黄昏已绝

昭庆寺里的钟都撞过了

美娘尚未回来

玉人何处贪欢耍

等得情郎望眼穿

《醒世恒言 · 卖油郎独占花魁》

冯梦龙

殿宇宏大，称两山诸刹之最，省郡丛林之冠。山门对西湖，芍药花有盛名，小市颇盛，寺后南宋时为两大焚榃场之一。寺于历代屡毁屡建，自民国时陆续拆毁。抗战胜利后，投降之日军集中于此。一九六三年六月一日，昭庆寺旧址建成杭州市少年宫，后名青少年宫。今之联欢厅，即昭庆寺大雄宝殿。

宝石山

遥岑迴抹柔蓝

远岫忽生湿翠

变幻天呈

顷刻万状

奈此景时值酣梦

恐市门未易知也

《四时幽赏录 · 保俶塔看晓山》

高　濂

在西湖北岸，因山岩呈赭红色而得名。山上有保俶塔，姿态秀丽，与雷峰并称湖上两浮屠。亦有初阳台、抱朴道院等胜迹。

第二章

二〇一六

头七那日，天成一家及小玫、小赵早早来到炳炎家，整理颂云的遗物。房子在老城区观巷内，九十年代旧城改造回迁房，当年觉得六楼好，居高临下，后来颂云不能行动，炳炎用轮椅推她出门散心，上上下下也颇不便。小玫多次提议，劝他们夫妻卖掉这房子，去郊区换一套户型更大的低层。但颂云意思，炳炎出生在观巷，此生此世都只围着一小块地方转，出了武林门再往北去，他就茫然不知何处了。平时多亏周围老街坊照应，每天六点半出门，烧饼、油条或者糯米饭，买回去给颂云，见了路边石桌下棋的街坊，彼此都打个招呼，人家也尊重他，叫一声吴师傅。一旦搬了新家，楼上楼下各扫门前雪，四邻八舍再也不认识人，后半生如何是好。如今颂云人已去了，换房的事小玫也不再积极提起。

冰箱门一开，蛾子飞出，里面东西堆满，臭气熏天。酱鸭、板鸭、虾干、红酒、粽子、汤圆、水饺、花生粉、核桃仁、何首乌、枸杞干，雪颖掩鼻一一辨认，俱是过期之物，小玫在旁拼命挥手道，掼了掼了，全部掼了。再将橱柜、炉灶、门窗、开关依次擦洗，小赵辛苦，楼上楼下掼了十多大袋垃圾，又去巷口小店买来灯泡，自作主张换掉。炳炎不解，小赵道，家里一定要用暖光，黄的感觉温馨，现在你一个人住，细节方面，更要营造一个温暖的环境。原先白的灯光，冷冰冰的，又不是办公室，我来一次不舒服一次，老早想给你换掉了。天成在旁拼命称是，炳炎苦着脸赔笑。

此时天鸣夫妻也到了，敏儿顾不得休息，围裙一套就下厨，众人在里间聊天。炳炎寻出几本相册，分给众人翻看。姜远打开手里那本，第一页一张黑白照，年轻男人穿中山装、黑绒布鞋，翘个二郎腿，戴副宽边眼镜，笑得阳光灿烂，全然不知烦恼为何物。头顶柳条飘曳，背后半湖荷叶，半湖静水，更远处宝石山顶，保俶塔与今无殊。姜远道，这是哪个。雪颖瞟了一眼即道，大姑父喽。炳炎在旁应声道，是我，是我。姜远看照片上这青年明朗英俊，再看面前炳炎，瘦骨伶仃，脸皮墨黑，腮无半两肉，憔悴得可怜，便脱口道，是你人生巅峰照了。众人笑笑，也不好再多说。

背后一张，是颂云单人照，穿一件白底小花富春纺棉袄罩衫，脚上黑布松紧鞋，身后一块巨幅《毛主席去安源》立牌，竖在草坪上。炳炎道，颂云去黑龙江，出发前一天拍的。小玫道，这件衣裳我记得，是她自己正正式式做的第一件，后来给我了。炳炎道，颂云真是，那时光就已经动手做衣裳了，后来那些套装、旗袍，哪件不是她自己做的，走到马路上，永远同人家不一样，哪个看了都说气质好。嘉嘉小时光，衣裳也都是她做的，后来大起来，嫌憎她做的衣裳不时髦，不肯穿，要穿店里买来的，颂云慢慢就做得少了。

众人不便接话，假作看照片，只当没听见。雪颖忽指着一张照片笑道，这是哪个。众人看时，只见山间一条小路，男人持一束野花，颂云黑色烂花乔其绒旗袍，欲接不接，满面含羞。炳炎道，这是你们阿姐初中同学，后来又是跳交谊舞的搭子。跳舞都这样，一对对，嘭嚓嚓，你同我我同你，出去集体活动，山上摘了几朵花儿送她。那时光人家都不晓得我在哪里，就晓得你们阿姐变单身了，只有这个人了解我的事。后来我出来，你们阿姐同我说，炳炎你放心，这种人我不会看中他。我想来想去，还是气不过，叫了菜市桥那帮小兄弟，寻到他家里，铁铁实实拷了一顿。现在他看到我，头都不敢抬，大气都不敢出一声。小赵戴了老花镜，瞪着眼道，他追求归他追求，阿姐反正对他又没感情，你拷他做啥。炳炎道，你晓得啥，他还写信呢。说话间已翻出一张信纸，上面竖着写了七八排字，笔迹尚算规整：

> 颂云，二十八年前我就爱你。那年夏天的一个傍晚，在你家装好门锁，天气炎热，脸上流下了汗水，你拿着毛巾为我擦汗，我想碰你一下穿着汗衣的光膀，你敏捷转身一笑，我的心跳倏然加快。
>
> 这是我人生第一次进入朦胧的感情，当时我在你面前是个小孩，生活水平不在一个层次上，就没有勇气向你说一个爱字。回杭州后，路上碰到你几次，只要看到你一笑，心里

就有说不出的高兴。可惜我没有福气，你成了别人妻子，但我不会忘了二十八年前夏天的那个傍晚。你在我心中永远是美好的，我也一直祝你生活幸福，工作顺利。

颂云，我知道你也爱我，请你放心，我没有骗你，我是真的爱你。时间是关键，我们会成为一家人的。颂云，我爱你。

署名旁边，圆珠笔画了一朵玫瑰花。众人看了，都啧啧称奇。炳炎道，我一向认为，你们阿姐嫁给我了，这一生一世就是我的，其他男人只要有这种非分之想，都属于敌我矛盾，不可原谅。小赵摇头道，这种人，趁人之危，理都不要去理他，但是作为你来说，内心也要强大嘛。雪颖道，小赵也是说说，事不关己，吹吹牛皮，这种事情，男人家不好犯着自身。小赵瞪眼道，我老婆，姜颂玫同志，结婚三十多年，什么时候有过这种事情，半点都不存在。小玫在旁笑道，毛病。

众人嬉笑了一阵，雪颖又从手中相册里，抽出一叠打印图片，都是颂云的影楼艺术照，大红唇，深眼影，脸涂得雪白。后面又有几张电脑合成的照片，都是同一个表情，发型依次为民国学生式、高贵名媛式、性感波浪式、麻花小辫式、日本少女式，有的看起来颇滑稽。雪颖道，你看大姑姑，一向最要漂亮，这时候也有四十多岁了吧，还弄这些花头。

姜远点头，手里翻到一页，都是嘉嘉小时候。心下一慌，默默盖上。雪颖余光瞥见，岔开话题道，姐夫，你不是说在给阿姐写信么，可以给姜远看看。炳炎连连称是，翻出一本练习簿递来。姜远看时，第一页只写两个大字，泣语。后一页是正文，亲爱的颂云，今天已经是你离去的第三天了，但我仍然无法摆脱。后面字迹，姜远未看真切，炳炎已将簿子收走，笑笑道，我这两天，一写就哭，一写就哭，所以先放一放，再等我一等，等写好了给你看。姜远道，嗯。

晚上吃饭，一桌大都是素菜，只有一条鱼，一只香椿煎蛋，沾了点荤。炳炎选了只香干本芹，搛了些在小碟子里，拿去颂云遗像前供奉。头七一素，二七两素，如此到五七五素，六七始可增供一只荤菜，这种杭人传下来的老规矩，炳炎一清二楚。席间众人问起炳炎，和颂云如何相识，炳炎道，我们是小学同班同学，那时光我专门欺负她，抓她头发，她是外地人嘛，大家同学背后头叫她，北佬儿，北佬儿。天鸣点头。敏儿妩媚一笑道，男同学欺负女同学，就是对她有好感，对吧姜远。姜远客气笑笑。炳炎道，毕业之后断了联系，后来我有天到龙翔桥上中班，前面你们阿姐拎了只菜篮儿在走，我脚踏车骑过，不小心勾了她围巾一记，连忙回转来说，对不起，对不起。你们阿姐老实，又不会同人红脸孔，点一点头，自己就要走。我一看，问她，你是不是姜颂云。她头一抬，说，吴，吴，吴炳炎啊。一边说，一边自己就笑了。你们看，就是这一碰，碰出了一世夫妻，这个就叫缘分，想又想不到的。后来她到黑龙江去，我们就写信，她在那边也有人追求，这个我是晓得的，她信里都同我说，我们之间不避忌的，没有任何隐瞒。但是我认准了她，就不会改变心意，人家追求她，那是人家的事情，我不改变，她不改变，就不用担心事。再后来知青回城，我爸爸在汽轮机厂当厂长，老书记岳祖霖，先是调到了轻工业局，后来又当了副市长，我通过这层关系去说情，跑了不晓得多少趟，就为了帮颂云把户口调回来。你们爸爸听说了，有次把我叫去谈话，小吴啊，颂云要是户口迁回来，不和你好了呢，你怎么办。我说，这有什么，我小吴做事，宁可人负我，不可我负人。他说，要是迁不回来，你们往后这日子，可也得苦了。我说，姜叔叔你放心，我有粥吃粥，有饭吃饭，只要同颂云一道，夫复何求。

炳炎说到此处，喉头已哽。众人想起颂云是病人，他自己何尝不是病人，服侍颂云十年，确实不易。小赵自斟了一杯白酒，对众人道，这只酒杯，我刚才从姐夫柜子里拿的，我记得非常清楚，当年爸爸哈尔滨回来，送给姐姐、姐夫，大概八十年代初。你们看这个做工，这个抛光，虽然是小东西，一样很见功力，现在的东西，哪里有这种质量。所以我经常说，现在有现在的好处，原先也有原先的珍贵，大家每个周末聚在一起，吃饭、喝酒、打麻将，爸妈都在，阿姐也在，都是健健康康，几个小的也都在身边，回想起来，啊呀，人生最快乐的日子不过如此。原先我同天成，每次都边吃老酒边聊天，那个味道，好啊，现在天成身体原因，吃不来了，我倒没想到天鸣也不碰了，这么一大家人坐在这里吃饭，就我一个人举了只酒杯，独钓寒江雪。

天鸣闷声不响。身边敏儿道，天成上次抢救，天鸣回去之后，总算大彻大悟，烟酒都戒了。你们不晓得，之前有一次，吃了一斤二两白酒回来，我气都气煞，我说绝对不可以再吃，再吃就同你们阿哥一样了。你们看天成现在，走路慢慢吞吞，上个楼也是上两层歇一歇，我老早说过，一个男人家到了这种地步，还有啥希望。天成欲言又止，夹了一根秋葵吃，雪颖低头玩手机。

敏儿又道，上个月天鸣咳嗽咳出血，他慌得要命，检查了半天，啥事情也没有，无非叫他再去拍个片子，以防万一。我说你这种男人家有啥用场，打没打死，吓先吓死。说罢，她自己先笑了，众人也跟着笑。小玫道，天鸣是这样，从小最怕死。敏儿道，他还不承认，他说，我不是怕死，我是怕我死了，你和婷婷要怎么办。我说你这还不叫怕死，那叫啥呢。众人又笑。

敏儿停了一停，又道，搞笑的事情真叫多，没个一天一夜说不光。平时荡马路，从来不肯同我并排走，一定要走在我前面一丈远，好像两个人不认识一样。小赵道，丈夫丈夫，这才是丈夫。敏儿道，哪里，一丈都不止。我想又不是走田坂路，这样一前一后，有啥意思呢。众人不答。敏儿道，他对我，从来都没有过一句好声好气的话语，一开口就像闹架儿。走在外面没有垃圾桶，用过的餐巾纸被我临时放到口袋里，他还要骂我，怪我不掼在马路边。我想我是文明人，倒反要被你一个野蛮人教训，真是悲哀至极，我过这种日子，到底为了啥呢。但是姜天鸣，社会都在前进，你不前进，你就要被淘汰。我老早说过了，你们大家这些年都看得清清爽爽，不是我孟敏儿良心好，老早同他分开了。洗个脸漱个口，满地都是水，剃须刀不好好用，整个面盆都是胡须渣渣儿。年轻的时光你长得帅，讨姑娘儿欢喜，现在呢，你还有啥呢，难为我是同你一路走到现在，才可以忍得下来你，如果人家现在才认识你，倒反要嫌憎你老，嫌憎你龌龊。

小赵听不下去，打个圆场道，夫妻么，就是这样，磕磕绊绊，一起走到老，但是最重要一点，不要忘记最初心动的感觉。小玫朝众人笑道，你们看赵一耀，总算要清爽的人吧，现在车子里有股老人臭。小赵杯子一放，瞪圆了双眼道，啥东西，瞎说八说。众人大笑。敏儿不理，自己继续道，天鸣今年九月就退休了，我一辈子做心做肝，总算等到这天，我老早说过了，哪个都可以生毛病，就是你姜天鸣不准，这么多年我付出的辛苦，我要你慢慢还给我。天鸣皱眉，炳炎也面露不悦。雪颖抬头道，敏儿，有些话语，要两个人私下说，今朝大家都在。敏儿一愣。雪颖道，天鸣算很好了，说戒就戒，戒得及时。说罢看天成一眼。小玫拍天成手背道，哥，你现在也不晚。敏儿道，天鸣还不是被我逼出来的，香烟老酒是啥好东西，对身体没好处。而且我同你们说，吃的人真不晓得自己嘴巴有多少臭，我有时光坐公交车，旁边人吃过老酒，我闻了真是想吐。小赵正在喝酒，听到此话，瞪大眼睛道，酒有什么臭。炳炎接话道，出门看天色，进门看脸色，有的人不识相，吃过老酒来寻我，我都不让他进我家门。雪颖听出他失言，惟恐小赵见怪，笑道，酒是臭，但是香烟更臭，抽过香烟的嘴巴，好比阴沟。众人大笑，敏儿也附议。小赵笑道，那么达成共识，香烟首恶为主，老酒其次。《骆驼祥子》里讲的，不吸烟怎么能思索呢，不喝醉怎么能停止思索呢，好像蛮有道理，实际上，都是借口。人呢，不偶尔给自己找点借口，活不下去。雪颖道，还是麻将最好，小赌怡情，还可以动脑子，没有坏处。敏儿连连称是。

众人闷头吃一阵菜，炳炎见大家兴致渐淡，于是劝各位早回，约定下周再聚，更托敏儿找小沈代买一张麻将桌，摆在此屋，将来做完五七，可以恢复周聚。小赵颇为感怀，举杯道，眼睛眨一眨，家庭麻将多少年不打了。周聚有困难，可以十天半个月一聚，最起码要做到月聚。我们大家一路走过来，的确不容易，我八一年认识小玫，到今天三十五年了，人生有几个三十五年，两个，最多也不过三个，我们大家互相陪伴，共同度过了人生中最华彩的一段日子。我讲一句老实话，我有自己的兄弟、亲人，但我永远是把姜家当成自己家，没有分别心的，绝对问心无愧。现在大家年纪大了，那天吃豆腐饭，敏儿说了一句，我们这辈人，现在开始也不齐崭了。我当时一听，好像当头一个棒喝，非常触动。原来时间已经走到了这个地方，一人一出戏的话，我们的戏陆陆续续要唱光了，到了要开始离场的时候。我刚刚对天成说，剩下的人里，谁都不可以轻易再走，要相信日子还长，大家互相扶持，同心同德，一个都不能少。

君山和素兰埋骨南山陵园。这山在杭城之南，面朝钱江，背靠西湖，过去南宋皇帝也将宫苑建在此处，十足风水宝地。然而陵园建得早，九十年代君山病故时犹有若干墓位，现在全数客满，本城新故之人要觅安身之所，往往只能去更远处了。

杭人规矩，三年内的新坟，须正清明来祭扫，旧坟则前后一个礼拜都可，以避开正日汹汹的人潮。天成将车停在附近小区，三人缓步而行。姜远要走近路，带头穿过一扇小门，里面铁路局职工宿舍，二层矮房，灰砖墙，暗红色窗框，门口报箱、扫帚、煤炉，望进去楼道暗龊龊，东西堆了大半边。雪颖叹道，多少年没看见这种宿舍房子了，小时光的记忆，以为已经绝迹。天成道，城里没了，这里山高皇帝远，好比世外桃源，前朝遗迹反而保存下来。

宿舍楼左小径绕至后面，木门虚掩。一楼窗口有人张看，天成上前问道，大伯，上坟往哪条路去。对方指指木门，天成匆匆道谢，走了几步忽然失笑道，我看他头发白，叫他一声大伯，实际上他大概比我大不了几岁。雪颖道，比你小也说不定。二人都笑。天成道，从小看到白头发老头儿，都是叫大伯，叫惯了，总以为自己还是二三十岁，还是小伙子，眼睛一霎，六十岁都不止了。

穿过木门，汇入通往陵园的主径。这天虽非正日，依旧人潮涌动，所幸碧空澄澈，万里无霾，使人不致烦闷。路边几树绣球花开得好，天成指给雪颖看，雪颖便拿手机去拍。又走几步，对姜远道，你看前面枫叶是绿的，不是红枫，是绿枫，奇怪吧。天成道，啥绿枫，这叫青枫。雪颖自知失言，大笑不止，又指对面两树密密麻麻粉色花朵道，那个大概是樱花。天成道，垂丝海棠，你看它的花，每朵都是向下垂的。雪颖且惊且喜，叹道，还是你懂。姜远听了，闷声不响，一路点头。陵园大门挂了横幅，提倡文明扫墓，禁止焚烧纸钱，网上祭拜，绿色环保。进门夹道都是宣传标语和二维码，看得眼花六花。三人买了花篮，拐进追思廊上山，两边石凳坐满老人。雪颖凑向姜远悄声道，这种人家，平时兄弟姐妹走动少，每年清明好不容易聚齐，事后一道在山脚下，吃吃喝喝，谈谈闲天，对他们来说，上坟好比春游了。姜远看那些老人面前石桌上，无非是餐盒装的家常菜，塑料包装的鸡爪、茶叶蛋、瓜子、花生，四周地面垃圾狼藉。南宋过清明，踏青大于扫墓，这批老杭州，也算不忘前人遗风。

往前走已是墓区，墓碑材质气派各有不同，然而所刻文字大都相似，背面大都只记生卒年月，只有少数与众不同。其一写，春蚕到死丝方尽，蜡炬成灰泪始干。其一写，踏实做人，操劳一生，五四之夜，阴阳永隔。其一写，冒某某，成吉思汗之后，冒辟疆之十三世孙，祖籍江苏如皋，生于钱塘，求学海外，中科院院士，为祖国激光科学、光学工程等领域做出不朽贡献。三人缓步而上，只见一棵巨樟，高可参天，粗约十围，绕过樟树右行，再走几步，便到君山素兰墓前。雪颖从背心袋里拣出抹布，将墓碑前后及盖板细细擦拭，又叫姜远将碑上褪色的小字勾了朱漆，唯独颂云名字以金粉重描。再将带来的青团、坚果、香蕉、椪柑一一供上，点了矮烛，摆正香插，三人依次上香。烟雾缭绕里，姜远想起十一岁那年君山猝逝，二十二岁那年素兰离去，如今三十三岁，颂云又应验病亡，冥冥中似有不可解释的定数。又想到当年全家为素兰送葬，骨灰埋入墓穴中，唯独颂云环顾众人，幽幽说道，剩下的我最大，下一个要轮到我了。大家听了惊异，都不答话。如今再忆，竟被她一语成谶，不由伤感。然而鞠躬时不免心中默念，求爷爷奶奶在天护佑，一愿爸妈及全家身体康健，二愿工作顺遂，三愿生活安安稳稳，细水长流。

上香已毕，雪颖与姜远闲聊，问及那天他与老虎吃饭情形。姜远道，我在想，以后要不要跟小姑姑说。雪颖未及答话，眼睛斜瞥过去，不由失声而叫。原来天成见左右两枝龙柏生得蓬勃茂盛，失了原本的形态，便拿铁剪狠狠修理，残枝丢了满地，其中一根掉在红烛上，瞬时将火焰扑灭。雪颖心知不祥，慌忙重燃了蜡烛，回头怪了丈夫两句。天成自恃秉着一片好心，因此一揿一跳，她说一句，他说十句。姜远帮雪颖反击天成，三人口水混战一团。

雪颖吵了几句，忽然收声去一旁独站。原来天成近年性情变得急躁无比，有时近于无法沟通，她虽恼恨，但想到他三个月前同人家吃酒，酒桌上突发心脏病，病危通知单都开出，命是救了回来，身体从此转弱，现在只好处处让他几步，凡事忍气吞声，避免矛盾。天成却并无收敛之意，仿佛一只人形炸药桶，一碰就燃，她唯有安慰自己，大概他是被疾病折磨，脾气才日渐恶劣。

这日三人下山，雪颖刻意缓和气氛，天成态度也软下来，只有姜远气未曾消，对天成不理不睬。雪颖向路左一指道，路牌看到吧，转弯就是八卦田，同学群里总有人发照片，风景还算不错，要么今朝去看看。姜远道，嗯。天成道，人工景点，有啥看头。姜远道，照这么说，西湖是不是人工，灵隐是不是人工。天成皱眉要反驳，雪颖抢道，人工不人工，植物种在那里，总是真的。我们小时光，八卦田老早荒废了许多年，这三个字，听是听过，去倒没去过，具体在哪里也不晓得。今朝既然撞着，又是这种新绿的季节，看两眼有啥要紧。天成道，嗯。姜远道，古代有个人，列了杭州人一年四季必做的风雅闲事，总共四十八件，第一件，孤山月下看梅花，第二件就是八卦田看菜花。天成不语。雪颖拉他道，反正退休了，四十八件，索性一件一件做过来。

说话间已经走到八卦田正门，石制牌坊簇簇新，里面满眼浓绿，自拍杆七高八低，各色游客胡乱拍照。正要走入，忽然铃声响起，雪颖包里拿出手机，看了一眼竟是小玫，直觉有事不对，不由心生狐疑，走到一旁接起。

清明前一日，细雨绵绵。敏儿从郊区坐地铁出门，棚桥农贸市场里买了鲫鱼、豆腐、春笋、本芹，拎到对面看望两老。下雨天敏儿倒不讨厌，而且天鸣在家休息没跟来，她更加乐得逍遥，假使姆妈问起，就说天鸣临时被领导叫去开车了。

中饭早已想好，她买的菜，保姆小秦烧，饭吃好，两老休息半个钟头，大家就好搓麻将。家里麻将不够刺激，但是去年一年晦气，外面总共输了三千多，让她肉痛不已，发誓今年不再搓，结果瘾头上来，几个月不摸麻将牌，手痒得不得了，在家看电视做事情心神不宁，整天对着天鸣又恨铁不成钢，索性转移战场，寻了自己爹娘搓卫生麻将，杀杀瘾头。

另有一个原因，敏儿阿爸今年开始，举动跟原先有异。过年社区发了一只红包，他东藏藏，西放放，最后插翅而飞，无影无踪。敏红道，叫你认准一个地方，不听。敏儿阿爸不理。敏儿姆妈趁他去厕所，低声对两个女儿道，我看老头子，越来越不来事，大概老年痴呆了。敏红老公道，不会吧，我看还好，姆妈不要乱想了。敏儿姆妈道，啊呀小沈，侬是不晓得我的苦，我这一生苦得咪，真是好苦哎。

敏儿记得小时光，夏天马路边上乘风凉，姆妈同她讲过，我的祖父，也就是侬太祖父，有两爿祖传的南货店。伊呢，非常之宠我，因为从我出生到十岁，这十年之间，伊的生意是越做越大，南货店一共开到六爿。伊讲，我生下来，是旺伊的。十岁那年，祖父把我的生日作为第六爿新店开张的日子，金陵东路鸿盛楼里，热热闹闹办了开市酒。敏儿道，真的啊。敏儿姆妈皱眉道，哪能好骗侬呢，这种事体，编，编得出来吧。吃饭我坐在上横头，杯子敲两记，讲一句，老酒拿来，即刻就有人递过来。平常也是，家里面上上下下都不叫我名字，只叫我大号佬，意思就是这个。敏儿姆妈弯了弯大拇指。难波万。这种日脚，适意吧。我做小姑娘的辰光，啥苦也没尝过。凭良心讲，从前我还是比较漂亮的，追求我的人比较多，其中一个，叫徐文定，嘉定人，我对伊也有好感。但是小姑娘矜持呀，明明心里欢喜侬，嘴巴上面硬要摆摆样子，不肯答应呀。我讲，来日方长，不要急于做决定。结果呢，伊父亲带了伊外地做生意了，我呢，阴差阳错，就碰着了这个老头子。敏儿姆妈指指远处的丈夫。一直到上海解放，马路上面大游行，我同方琴仙去看，人山人海，抬了彩坊，敲锣打鼓，吵得咊我头痛。这种市面，上海人见得多了，彩坊有啥呢，祖父老早讲过，孙传芳来了有，革命军来了有，日本人来了也有，不过是做做样子给你们看。我本身不想去，琴仙思想进步，非要拉了我去，去了结果我头痛，不适意。突然有人背后拍我，回头一看，啊呀，文定呀。一下子，头也不痛了，心里面百般滋味。夜饭琴仙要回去吃，我想侬阿爸反正出差，就同文定到大三元叙叙旧。伊那天穿一件咖啡色西装，外头套了件雪花呢的大衣，也是咖啡色的。点的呢，都是我欢喜吃的菜，糖醋排骨、白斩鸡。酒吃到一半，文定问，哪能瘦了许多，夫妻感情不太好吗。老实讲，我是蛮要面子的人，连忙讲，不不不，感情很好，侬呢，肯定结婚了吧。文定笑笑，没，女朋友也没寻。我吃了一口酒，我讲，刚刚那个女的，我同学琴仙，介绍给侬，要吧。文定想了一想，伊讲，好啊，只要侬介绍的，我一定欢喜。敏儿听了道，答应得倒干脆。敏儿姆妈像没听见。敏儿道，后来呢。敏儿姆妈道，后来么，结婚了呀。敏儿道，结婚了后来呢。敏儿姆妈道，解放了两年，跑到香港去了，两个人一道。敏儿道，香港啊。敏儿姆妈道，所以讲，我后半生的苦，全是因为碰着侬阿爸了。

敏儿阿爸是苏州附近乡下出身，抗战时在苏南搞抗日常备队，胜利了调到上海，游击队里当指导员，后来几十年就一直在浙江工作。敏儿常想，阿爸肯定是在上海认识了姆妈，但是他们两个，一个革命青年，一个上海千金，天上地下，井水不犯河水，到底怎么认识的，怎么缘定今生法，这个过程，她不甚明白。阿爸作为老革命，人到晚年，两夫妻衣食无忧。当年搞运动，全家人虽各吃了苦，比起那种家破人亡的，也算不幸中的万幸。不过姆妈不肯原谅，好像胸中一口恶气，始终不得出来。想起原先常听她说，女怕嫁错郎，这是一句古话，阿拉女人，千错万错，这桩事体上，一错也错不起的，我就是走错一步，悔恨一生，侬讲讲看，我苦吧。

眼看阿爸爬上九十岁，脑子开始糊涂，敏儿越发肉痛姆妈，担心她又添烦恼。记得常听雪颖笑谈，麻将嘛，可以医百病的。又听原来同事讲，自己阿爸就是好赌，年少时天天打牌，老都老了，又拾起这样爱好，如今年已将百，头脑清明，几十年前的人名地名，记得分毫不差，恐怕与常坐在牌桌边有关。敏儿暗暗学了此法，近来便有意多陪父母打牌，以此锻炼阿爸的思维。哪晓得这天刚进门，屁股还没坐热，忽然雪颖一个电话打来，说大家都聚在炳炎家里，请她也务必过去。敏儿不解道，今朝阿姐几七。雪颖道，今朝不做七，主要姐夫心情不好，大家都来陪陪他。敏儿道，如果早点通知，一定过去的，可惜我已经在姆妈家里，下午说好要陪他们的。

电话打完，敏儿没当回事，起身去厨房做菜。饭后两老回房间午睡，敏儿和小秦坐在客堂间，刻意聊了几句，便闷了头玩手机斗地主。连输两盘，终于摸到一手好牌，两只正司令，一只副司令在手，连忙抢了地主来做，眼看就要大胜，突然又是一只来电，瞬间遮住屏幕。这次是小赵。小赵道，敏儿。敏儿道，嗯。一把好牌浪费了，强压着愠怒。小赵道，刚刚雪颖给你电话过了，你看看啥时光出发。敏儿觉得奇怪，仍道，三四点钟吧，稍微陪他们搓几副麻将，还要赶回去给天鸣烧夜饭。小赵道，先到姐夫这里来一趟。天鸣后天去做B超，我不是帮他约好了吗，放射科主任亲自做。我呢，明朝要出个差，陪不了你们了，你今朝过来，我先简单给你讲一讲，你们后天同专家也好有个对话。敏儿想了想道，我不回去的话，天鸣夜饭怎么办。小赵道，我叫天鸣也过来，大家索性一道吃顿饭，陪陪姐夫。敏儿道，可以。小赵道，落雨天方便吧，要么我开车子过来接你。敏儿笑道，那不用，我自己过来。

那晚雨声淅沥，雪颖反侧一夜，难以成眠。眼见天色转亮，意识渐渐昏沉，头脑的胀痛感淡了些，手机忽又响起，一惊。屏幕显示，八点零一分。

小玫声音沙哑而疲惫，雪颖，我们阿哥呢。雪颖道，还没醒。小玫道，那算了。雪颖道，你说，我到厕所了，门关着。小玫道，你觉得昨天怎样。雪颖叹道，同预想的差了不少，该说的小赵都说了，就差捅破最后一层纸，但是敏儿好像没领会到那层意思。小玫道，我就是这个感觉，她有点木知木觉，小赵说得很明白了，只不过没提到那个字，调了个说法，委婉一点，结果她一点反应也没有。要是人家，肯定多一个心思，你小赵说来说去，报告在哪里呢，为啥从头到尾，我们没有亲眼看到过，为啥CT已经做了，还要再去做个B超。天鸣是单纯，生来如此，她呢，她现在，心思不晓得都放在哪里了。雪颖道，小玫，你也不要急，我想她可能潜意识里有数，只不过不敢面对，不敢去想。小玫道，昨天天鸣说的，你也听到了，他说不管啥毛病，只要不是癌，一点都不怕的。雪颖，你不晓得那时光，我忍得，我两只手已经在抖，差一点就要哭出声音。我抬头看一眼天鸣，虽然鬓角是白了，人还是壮得同牛一样。人家说傻人有傻福，我们家里的二傻子，从小到大，荣华富贵虽然没享过，苦头大吃也没吃过，一辈子平平安安，怎么人还没老，退休还没退休，先遭了这一个大劫。我自己心里正乱想，突然听见敏儿说，如果姜天鸣生毛病了，我只能说，命运对我真是太不公平了。你听到了吧。雪颖道，这句话语，确实是刺耳。小玫道，几十年夫妻，平时吵来吵去没啥，大事情上面，要有情有义。老公生毛病，你首先想到的不是他，不是去担心他的病情，而是先想到自己，自己的命运，雪颖，我讲一句难听话语，做人不可以太自私了。

其实昨天炳炎家里吃饭，十点一刻楼下告别，天鸣夫妻先走，小赵想起敏儿上回的抱怨，突然在后面起哄喊一句，老婆要搂着走。天鸣一愣，仍无表示。敏儿回头羞涩一笑，右手早已搂住天鸣腰间。小玫跑上前，拉起天鸣左手，绕过敏儿后背，搭在左肩上，嘻嘻哈哈鼓掌。天鸣也不抗拒，两夫妻并排而行，渐渐走远。身后雪颖、炳炎大笑不止，不觉惹恼了对面二楼住户，圆头圆脑探出窗外，骂一声，哪个啦，半夜三更。认出是炳炎，气势便弱了三分，改口道，吴师傅，这么迟还不睏。炳炎道，吴师母家里人来陪陪我，不好意思了。那人气势又弱了三分，说了一句，那是要的，便缩头关了窗。

想到天鸣敏儿相互搂抱的这一幕，小玫仍觉得温馨，仿佛年轻时的夏天，七月里太阳似火盆倾覆，烤得人皮肤爆裂，又无处可以藏身，痛苦和绝望之中，突然一瓶冰镇橘子水下肚，登时通体清凉。对这个二哥，小玫是关切备至，她小天鸣三岁，后来大了却当他弟弟看，明明他跟敏儿一对老夫老妻，小玫昨晚的感觉，好像吃了弟弟新婚的喜酒一样，喜不自胜。但是她明白，这些不是感觉，而是幻觉，之所以致幻，是敏儿、天鸣仍不知情。如此良辰，何忍败兴，但是回过头来，该做的工作还是要做，否则明天专家一开口，二人毫无准备，如何是好。只是自己始终狠不下心，无奈只有寻了雪颖，请她出马，又特意叮嘱，只告诉敏儿就好，绝不可让天成知情。

这里雪颖接了任务，明白不是美差，但是箭在弦上，已经没有退后的余地。东捱西捱拖到十点钟，天成出去买菜，料想敏儿此时在家无事，牙齿一咬，拨了电话过去。谁知那头人声嘈杂，敏儿道，我们在小区外面水果摊买草莓，这家的草莓又红又大，新鲜是真新鲜，魂灵儿都没抖开来呢，天鸣偏要说不好，他说大得慌兮兮，叫我不要买，怕打了啥东西。雪颖心里怪她迟钝，嘴上只道，等你忙好，到家给我回只电话。

过了十五分钟，敏儿来电。雪颖知道拐弯抹角已经无用，索性和盘托出。谁知敏儿听了冷冷道，不可能的。雪颖道，敏儿，你想想看，上次拍的CT，报告一直在小赵这里，你们有没有亲眼看到，没有吧。为啥不给你们看，怕那个字太戳心，怕你们接受不了。敏儿道，绝对不可能的。雪颖道，报告我用手机拍下来了，可以发给你看。对面敏儿不响。雪颖道，事情已经在了，这种时光，你作为妻子来讲，一定要坚强，天鸣的性格同伢儿一样，他多少依赖你，你是晓得的。昨天你说命运对你不公，这句话语，不够妥当。但是我理解你，将心比心，这么许多人里，只有你父母双全，生离死别的事，你从来没经历过，这是福气，也是不幸，因为每个人一生一世，迟早要碰着的，第一次尤其难熬。敏儿哭道，你到底在说啥，我听不懂，一个字都听不懂，随你怎么说，我绝对不可能相信的。说罢挂了电话。

雪颖满腹郁闷，无奈自己下了楼乱走。楼下一条林荫小路，沿路香樟都是八十年代所植，枝干秀挺，叶密如盖。两边宣传标语不少，垃圾房外墙贴着两行字，今天分一分，明天美十分。对面居民楼底下，红布牵了长长一条，同心共筑中国梦。雪颖心思恍惚，不知不觉进了小区公园。正是群花争艳的时节，鸢尾、迎春、三色堇、红花酢浆草，花虽好看，公园里都是垂老的人。这景象本身已经固自可哀，自己置身于这些老人中，成为他们的一员，是第二重悲哀之处。最悲哀的在于，猛然一想，明年就将实龄六十。虽然人人夸她青春长驻，初中班级开同学会，当年同桌男生见了她，故意开她玩笑，你是哪个，我们老头儿老太婆聚会，小姑娘来做啥，跑错地方了。原先的小姐妹有了第三代，见了她不叫奶奶叫阿姨，九莲孙女儿甚至叫她漂亮姐姐。碰着这种事情，哪个不会心花怒放，雪颖也不能免俗。但年纪始终摆在那里，朋友圈里人家都发，安享晚年，快乐每一天，她向来不屑晚年二字，死气沉沉，好像坐以待毙一样，只不过六十岁爬上，人生再无任何变化可言，大概也是实情。想当年刚进香料厂，礼拜二下午浴室开放，大家赤条条相见，一片雪肌玉骨之中，九莲偏偏穿过朦胧的蒸汽，走近来跟她笑嘻嘻道，小姐妹，平时看你瘦骨伶仃，风吹吹就会倒，想不到衣裳一脱，该大的大，该翘的翘，条杆儿真当好。九莲仗义，敢跟男人家骂山门，打架儿，雪颖此后在厂里多得她照顾，深感这个朋友靠得牢。君山急性胰腺炎骤逝，包括后来雪颖阿爸、素兰相继去世，九莲都上门劳心劳力。小赵悄悄道，这个蔡九莲，动作、神态，有时光同男的一样，我看她一天到晚围了你打转，会不会有点同性恋倾向。雪颖一愣，大笑道，女人家的友谊，你们男人家哪里会得懂。杭州大厦开业，两个人常常去挑衣服。雪颖道，会省不如会挣。雪颖又道，女人家要对得起自己，身上的钞票一定不好省。雪颖还道，衣裳不是说越鲜艳越好看，要挑适合你自己的。九莲道，没碰着你之前，我就是个蛮婆儿，又土，又贼相，全靠你教我搭配衣裳，教我拍照片摆动作，我现在照镜子，总算有点女人家味道出来了，我现在，气质同你是比不来，至少走在马路上，有男人家回头了。雪颖道，人家是奇怪，哪里放了只雌老虎出来。二人哈哈大笑，路上行人纷纷侧目。就是这样一个九莲，眼睛一眨做了奶奶，难得见一面，原先身上的杀气没了，嘴上说自己现在无期徒刑，天天把屎把尿，吃二遍苦，受二茬罪，眼睛里毕竟有种慈祥甚至得意的神色，雪颖分不清，这到底是幸运还是悲哀。

胡乱想了一通，手机拍了几张花花草草，原路走回家，天成已经做好三只全素菜摆着。雪颖道，来吃。天成歪在沙发上刷朋友圈，懒懒地道，肚皮不饿。雪颖道，药记得吃。天成一惊，跳起来去柜子上拿药。饭后雪颖自去卧室里看电影，忽然敏儿来电。雪颖关了门道，敏儿。敏儿道，等你发 CT 报告等到现在，怎么没发。雪颖一怔，正欲回话，敏儿沮丧道，算了，不要发了，我不敢看。雪颖道，天鸣呢，没告诉他吧。敏儿道，他在睏觉，我躲在厨房，上午电话之后，我已经偷偷哭了两次了。雪颖听她语带哽咽，不免心生同情，劝道，敏儿，这几天大家都很煎熬，一是为天鸣的健康，二是不晓得怎么开口，这只电话小玫不敢打，我作为大嫂，只有出面，你不要见怪。敏儿喃喃道，我想到明朝，两只脚也软了。雪颖道，明朝结果好，最好，大家齐齐整整，平平安安，万一结果不好，也可以治疗的，你自己一定要坚强，你是天鸣的后盾，是港湾，要陪了天鸣渡过这关的。敏儿道，我到现在还觉得，大概是在做梦，会不会一觉睏醒，就好了，所有不好的事情都留在梦里头，都是假的。

二〇〇四

小凳上，素兰剥着蒜头。她近来容易腰疼，往往喜欢坐着。有时肚子也会疼，特别是看电视的时候。但是晚上收拾完，不看电视又没别的事可做，于是一边看，一边忍着断断续续的疼。

后来无意之间，发现了一个诀窍，只要双手拿遥控器顶住肚子，好像就没那么疼了。反反复复试验，每一次都是如此。有一天，她故作随意，对天鸣道，我最近，这旮旯好像老疼似的。天鸣一惊一乍，眼睛瞪得老大道，带你上医院看看。素兰道，没啥事，我拿那玩儿怼着，你瞅，这么着就不疼了。天鸣仍不很放心。素兰道，真没事，老天爷让谁病也不能让我有病呀。

小凳上，素兰剥着蒜头。房间里电话响。婷婷仍未起床，素兰不便去接。让那丫头接去，我要接了，她得跟我急眼。素兰心里默默数着，电话响了十声，陷入沉寂。婷婷没有接，素兰疑惑起来。忽然铃声又再响起，响到第二声便静了。知道婷婷接了，她松了一口气。

剥好蒜头，洗了手，走到北屋门口，趴着耳朵听了听，已经没有说话声。素兰喊道，婷婷啊。没人答应。再喊，婷婷。没人。推门一看，婷婷躺在床上，只露出个头在被窝外面，张大眼睛看她。素兰吓了一跳，问道，叫你怎么不答应呢。婷婷道，没睡醒。素兰道，头回谁来的电话。婷婷皱眉道，不知道。素兰道，怎么不知道呢，你没接啊。婷婷道，打错了。素兰道，还不起来，都过点了。婷婷道，今天我晚点去。素兰追问道，晚点去能行啊。婷婷笑道，有什么不行的。素兰道，人家不说你啊。婷婷侧了身子，脸朝里墙，不理素兰。素兰讨了个没趣，便道，那你再睡会儿，我把窗户给你开开，透透气。婷婷不哼一声，素兰径自开了窗，便关上门回厨房。才削了两块莴苣皮，听见门口有人拿钥匙开门，心里一慌，放下刨刀去看，只见小玫急匆匆进门，呼哧带喘，满脸通红。

小玫单位近，就在湖光新村对面，隔了一条大马路。当年小赵叫她去做人才服务，小玫百般不愿道，这个行业我懂也不懂，从来没接触过，快四十岁的人，进去给人家小姑娘当学生，脸孔往哪里放。小赵道，姜颂玫同志，劝你眼光放长远一点，老毛像你这个年纪，还要接受王明的领导，怕啥呢，都是暂时的。这个工作，劳动力市场这么火，等你做上手，以后就不是你求人，而是人家排着队来求你。小玫道，以后的事情，哪个晓得。小赵道，关键一点，离姆妈近一点，穿个马路，两分钟就到了，这总不错吧。姆妈身体虽然好，毕竟七十多了，天鸣他们上班，家里万一有个急事，你也好照应。

正是这一点，最终打动了小玫。自从君山去后，素兰悒悒不乐，小玫背后总是说，敏儿这个人，自家三分三管得最牢，人家的事情，她乐得城隍山上看火烧。小赵道，小人之心，敏儿绝对不是这种人，上海人嘛，精是精一点，对钞票看得比较重，但是姆妈有啥事情，她不可能不尽心的。你看叶雪颖，卖相好，脾气爽快，但是一点，身为女人家，厨房不下，总归不像话，全靠天成宠她。敏儿正好相反，小算盘多是多，不过里里外外一等一拿手，样样菜做得来，姆妈同她住一道，这两年确实轻松不少。小玫道，我倒也不是有偏见，但是女儿同媳妇，总归是两码事情，女儿知冷知热，媳妇再好，毕竟隔了一层。不过日久天长，见敏儿待素兰尽心尽力，小玫渐渐放心。后来客户送东西来，小玫拿到素兰家，总是悄悄多塞敏儿一份。

这天小玫大步往里，推门进婷婷房间，小姑娘吓了一大跳，被子下面身体一抖。小玫道，姜婷，还不起来。婷婷皱眉，尖着声音道，干吗啦。小玫吼道，你说呢，自己看看几点，再下去都要吃中饭了，还不出门，还不起床，要上班的人，还以为在宫里当娘娘。婷婷斜着瞪她一眼。小玫道，你妈电话你不接，还挂了，她实在没办法了，只好打给我，叫我过来一趟，逼你去单位。婷婷小声道，会去的。小玫切齿道，这么大人了，一点责任心都没有，自己找不到工作，别人心疼你，帮你介绍。上回小姑父朋友开的公司，都帮你联系好了，到了上班日子，人家老板干等着，人呢，打电话去问小姑父，小姑父打你电话，关机。最后圆不过来了，小姑父只好去跟别人道歉，事后一问，搞了半天你在睡觉。你妈好不容易把你弄进她们单位，本来么，母女两个每天一起坐车上班，不也挺好。结果又是老方一帖，对单位不负责任，对自己妈妈也不负责任。二十多岁的大姑娘，应该懂点事了，早上起不来，晚上又夜新鲜，天天游戏玩到几点，一点，两点，三点，每天混日子，心虚不心虚。

婷婷看也不看她一眼，缓缓穿上长衣长裤，披头散发钻进厕所，移门砰一撞。小玫追过去，隔着厕所门道，该说的我都说了，你妈交待的我都做了，剩下就看你自己要不要好。婷婷不出声。小玫怒犹未歇，大声道，好样不学，又不聪明，又不肯努力，还打算怎么样，游戏能当饭吃，还是靠爸妈养一辈子。家里如果是百万富翁，那也就算了，养就养，那边当妈的整天哭穷，这边当女儿的还不好好上班，真是娘要争气，儿要撒屁。外面人看我们家，背地里都要议论，怎么会这样，两个小子都有出息，两个丫头，没一个叫人省心。素兰拼命朝她努嘴，小玫长叹一口气，收了声恨恨离去。

都说素兰偏心男孩，她从不肯承认。只因姜远老虎争气，疼他们的那份心，就用得更重一些。好比小玫，从小机灵懂事，自然叫她喜欢。颂云老三届，早早去了黑龙江，天成十七岁进香料厂当工人，按政策一家只能留一个在父母身边。君山的意思，天鸣去下乡，锻炼锻炼也好。我和你妈不也是在东北，在农村长大的嘛，年纪轻，多经历经历，将来对你的一辈子，都是受用的。天鸣不置可否，只有素兰心疼儿子，断不肯依。小玫见母亲连日垂泪不已，便对君山献上一计，劝他托人给天鸣开残疾证明。君山沉吟道，弄虚作假，叫人知道了，要扣帽子的，即便人不知道，我的这个良心，良心这关也过不去。小玫道，天鸣老实，细皮嫩肉的，从小没出过杭州，一点点苦都没吃过。我听人说，有的知青下了乡，叫天天不应，叫地地不灵，得了病也没条件治，越拖越厉害，死在农村的都有。君山面露难色。小玫又道，爸，你仔细想想，天鸣还没去呢，妈已经哭得这个样，他要是去了，他怎样先不说，妈要伤心成什么样呢。你说的都对，不能弄虚作假，要对得起良心，可是要我说，身体才是革命的本钱，要是像有的人那样，身体搞坏了，将来革命路上，指定跑不赢人家。君山道，那你呢，再过几年，到你你怎么办。小玫道，船到桥头自然直，以后事以后再说，总会有办法。现在提前去担心以后，那叫想不开。一番话说得君山如梦方醒，最后天鸣拿到不动员上山下乡证，素兰喜笑颜开，知道是小玫的功劳，把她搂到怀里，两边脸蛋亲了又亲，自此对这个女儿更加爱怜。

这天婷婷饭也不吃，匆匆出了门去。中午素兰用开水泡了饭，冰箱里端出昨夜剩菜，配了瓶装红腐乳，灶台前站着匆匆下肚。午后小睡片刻，电视调到经济频道，股市红红绿绿一片，对着出神。忽然天成来到，素兰惊喜不已，见他带了几袋东西，问那是啥，天成道，云南出差，捎回来的鸡枞菌，你一份，天鸣、我姐、小玫一家一份，都拿你这了，回头我姐和小玫上这来，你给她们。素兰答应，即刻收好，又从冰箱取出一只黄金柚，拿刀对剖开再对剖，取了两块装在大碗里。

天成在阳台抽烟，素兰端柚子给他。对面大泡桐树叶子掉得七零八落，积在下边车棚瓦片上，三只野猫卧在落叶边，隔得虽远，仍仰头盯着他们，如精怪一般。这景象似曾相识，天成叹道，阳台像这样也好，干净，空旷，视线开阔，以前我爸种那么多盆景，夏天不行，招蚊子。素兰道，你们家原来阳台那些花呢。天成道，老早没了。又道，那年装修封了阳台，没地方养了，其实那之前已经死的死，送的送，没剩几盆。素兰叹气，又道，工作忙不。天成道，还好，还好，我这个工作，又不用天天坐办公室，每个月都出差，一出差我就等于自由了。素兰道，出差我还不知道，不就喝酒吃饭，还能干啥。天成道，有的时候唱唱歌。素兰道，夜总会。天成眼睛猛眨一阵，讪讪地笑道，夜总会你都知道。素兰道，电视里啥都有。天成道，那是演演的，不是真的。素兰道，新闻，怎么不是真的。我对你讲，那地方可不好，里头人不三不四的，你可要当心。天成道，你说的那种我们不大去，一般都去正规的。素兰道，你瞅你，眼睛都凹进去了。天成道，都是工作需要，没办法。素兰道，工作也不能不叫人学好呀。

天成仿佛看见小丁站在眼前，单位去年新招的大学生，跟着他出差跑业务。晚上回到酒店，天成道，小丁，今天感觉怎么样。小丁穿个短裤道，挺好的。天成道，有个事情，当时不好提醒你，跟人家敬酒，我看你手水平伸出去，不对。酒桌有酒桌的规矩，敬酒杯子要拿低，要往下走，对方如果是大领导，你更加要低，越低越好，贴了桌面走，表示一种低姿态。小丁道，这样啊，知道了。沉默一阵，拿起床头的长沙地图看。天成道，小丁你多大。小丁道，二十四，属猴子的。天成道，我儿子小你三岁，也是大学生，在上海，还没毕业。小丁道，嗯。天成安慰道，不要紧的，谁都是从不懂开始，慢慢学就好了，会做事，首先要会做人。小丁放了地图道，姜师傅，今天饭桌上还好，后来唱歌，说实话我有点不习惯。天成笑道，不喜欢湘妹子。小丁道，不是，我有女朋友的，大一就开始谈，好几年了，已经谈婚论嫁了，我不想对不起她。天成道，有什么要紧，为了工作，逢场作个戏，放松一下，又不当真，自己分寸要掌握好。小丁不答。天成道，社会就是这样，没办法的，你不去适应，最后自己吃亏。小丁不答。天成看他郁闷，便道，来，你说一个字。小丁不解。天成得意道，随便说一个，我原先拜过师，学过测字，能测吉凶。小丁想了半天道，艳吧，鲜艳的艳，我女朋友叫杨艳。天成道，测什么。小丁道，我和她的感情，还有婚姻。天成在便笺上写了艳字，沉吟道，女朋友姿色过人。小丁笑道，班花，我跟室友一起追，她喜欢我。毕业为了留杭州，找了个专业不对口的工作，在女装柜台上班。天成忽然不语。小丁道，怎么了。天成道，早点休息，明天还要起早，要去人家厂里。小丁道，不对啊姜师傅，你还没说完呢，我的婚姻好不好。天成叹道，一定要我说，小丁，你们将来可能有点麻烦。你看右边是色，桃色新闻，左边是什么，你看，是个人民币嘛，金钱关系。又是财又是色，世界上最麻烦的两样东西搞在一起，怕是要头痛了。服装店的工作，我看更不好，衣服嘛，是个绞丝旁。拿笔涂了又写，艳字变成绝字。小丁不语，手指在桌面上弹钢琴。天成心软，安慰道，我都是随便说说，不一定准，不要有心理负担。人的命运，七分还是要靠自己，你们年纪轻，正是努力的时候。小丁点点头，此后断断续续又跟着天成跑了几个月，武汉、广州、桂林，忽然一天辞了职，听人事科说是回老家了。

恍惚间又听见素兰道，香烟一天几包。天成只觉得有气无力，懒洋洋道，一包半，最多两包。素兰摇头道，忒多了。天成道，我出去喝酒也好，抽烟也好，都是一种调节，刚好把平时的压力排一排掉。我有数的，人家是吸到肺里，是大循环，我是嘴巴吸进去，鼻子吐出来，不经过肺，属于小循环，不影响身体。素兰听了笑道，你没结婚那会儿，大事小事，都爱跟你爸爸辩，他说东，你说西，他说红，你说绿，把你爸爸气得，又不好骂你，知道你孝顺，没有坏心。刚搬这来那会儿，七几年，一瞅这房子，五层楼，多稀罕，住新式楼房了，可把你爸爸高兴坏了，连说好、好，天鸣和小玫也都说好。你呢，偏说不好，偏说还是老院子好，老院子有假山，有荷花池，新房管啥也没有，老邻居全都散了。这事儿就在我眼面前，一眨眼工夫，你都跟他那么大了，还是那么爱辩，一点儿都没改，哎呀，新房倒是不新了。天成道，嗯。素兰叹道，你爸爸，这一下也十年了，坟地那边是不是得重新交钱，你和你姐记得张罗。天成点头道，不会忘的。素兰道，这十年，也不知道咋过来的，最开始的时候天天哭，看到扇子想到他，看到半导体想到他，看到挠痒痒爬儿想到他，看到他棉大衣，看到藤椅，想来想去，看来看去，跟前儿站着的都是他。一辈子的伴儿啊，怎么说没有就没有了呢，怎么就剩我自己了呢。他在的日子半夜老打呼，我没有一天能睡踏实的，天天盼着他别打了，别打了，到他不在了，身边没呼了，哪知道我连觉都没有了，整宿整宿睡不着。天成道，后来怎么好的。素兰长叹道，慢慢慢慢，想得少了，不想了。想有啥用，想也见不着啊，不想，早晚还有一天还能见着。

天成不再说话。楼下野猫打架，嗷嗷叫成一团，母子俩凝神看了一会儿。天成吃罢柚子，去厨房擦了手回来，素兰又道，雪颖好不。天成道，她忙，她开棋牌房，每天最起码半夜一两点回来，早上九点多就要起床，中午出门，有时候客人连着玩，她就睡在棋牌房。素兰叹道，可别老这么整，人都整坏了。天成道，嗯。素兰又道，姜远呢，来电话没。天成道，电话是我们隔三岔五打过去，他平时都跟雪颖发短信联系，要么就在网上打字聊天，不爱打电话了。素兰道，怪道呢，前儿我给他挂了一个，说不上两句，他好像就不大乐意说了。我寻思着有好些话要说，到了那时候也不知道说啥。我就问他，你想奶奶了没，他说想了。我就笑，我说我才不信呢。他说骗你干啥，我说那你说说，有多想。他说，我想你想得呀，想得呀，都快想不起来了。天成干笑了几声道，没大没小。素兰道，嗨嗨，他是逗我乐呢。

天成看她复又高兴，便问她近况。素兰想着不叫儿子担心，只提婷婷不肯上班的事。又说敏儿近来因为婷婷的事苦闷，往往容易发火，和天鸣也狠狠吵了几架，有时候对谁都没好脸色。比如上个月底打麻将，小玫三牢连捉了敏儿两冲，敏儿便已不乐。小赵笑嘻嘻道，姜颂玫今天这个风头，要啥来啥。素兰道，准是摸了个财神。小赵装腔作势道，哼哼，财神，财神算啥，比财神还香十倍，形势一片大好，不是小好，也不是中好。小玫笑道，吵啥吵，观麻不语真君子，五饼。下家敏儿手刚要动，对面炳炎叫了声慢，将那五饼碰过去了。敏儿板着脸，小玫笑道，少吃多滋味，多吃坏肚皮，要心这么重。炳炎讪讪笑道，七对子也不要做了，上一把七对子，馒头吃到豆沙边，被姆妈摸翻了，这把索性有得碰乐得碰，三万，妈，吃一个。素兰乐道，哎呀，你怎么知道，吃你一摊。炳炎笑道，我会算的，算过了特意打出来孝敬你。小赵道，好了，妈，注意了，这颗关键牌要打好，打不好就闯祸了。小玫一边笑，一边用胳膊肘顶他。素兰看了半天，怯怯道，完了，手上这两颗条子，外头都没出过。小玫催道，随便打，闭眼睛打一颗。素兰道，给，九条，要吃吃去。小玫不要，自己抓牌，一摸是只七条，激动得又叫又笑，将面前四只北风暗杠了，往牌堆最后取了一只底牌，直接扣在牌池中，做成一把杠拷。另外三家面面相觑，素兰道，得给你多少片呢。小玫笑道，三牢杠拷，一家三十二片。大家付了片子，敏儿面如铁色，恨恨道，自己没财神还要去碰庄家，不会搓不要搓，害人害己。小玫、小赵都不应声，炳炎笑道，这下好，犯错误了，被二奶奶教育了。敏儿仍黑着脸道，这种晦气麻将，还有啥搓头，下次我不搓了，一股脑儿这点工资，买买菜都不够，还要麻将桌上淘气。素兰道，敏儿，要不下回他们再来，买菜钱我出。敏儿冷冷道，千万不要，妈，我没这个意思，否则我变什么人了。小赵从旁道，这样，二嫂指出这个问题，很有意义，很好，确实是我们考虑不周，以后买菜呢，我们其他几家AA，或者轮流，至于烧菜呢，还是要劳烦你亲自下厨，毕竟二奶奶手艺是咱们家一绝，这个绝无二话，至少我个人来说，世界各国都走遍了，什么大酒店、大饭店，都去吃过，吃来吃去，还是孟氏家常菜最对胃口。连哄带说了半天，敏儿脸上才露了笑容。素兰说完此事，天成劝道，他们有他们的烦心事，敏儿爱抱怨，说话有时候不过脑子，话不好听，但她没有坏心。下回再这样，你不要计较，多想想她平时的好处，一只耳朵进，一只耳朵出。

夕阳渐渐西沉，四下凉了，野猫已经离开，悄悄去寻觅更温暖的地方，空气里飘来不知谁家的煎带鱼香，油滋滋沸腾的声音如在耳边。素兰和儿子聊得高兴，奈何时间已晚，不得不去烧菜，百般留天成吃饭，天成却推说有客户来杭要作陪，不待天鸣和敏儿到家，便匆匆离去了。

火车缓缓开动，雪颖整个人凑到姜远面前，环顾窗外的群山道，抓紧再看一眼，这辈子很可能不会再来第二次了。天成不快，叫她不要乱说。雪颖笑道，姜远还有机会，我是说我。

是从贵阳去重庆的火车。这一路，雪颖好几次想到地大物博这个词。年纪大了，旅游多了，发现各地太不一样。特别两件事情，一个方言，一个麻将。北京话上海话不一样，北京麻将上海麻将也不一样。上海话杭州话不一样，上海麻将杭州麻将也不一样。即使杭州，市区话余杭话不一样，麻将打法也不一样。杭州麻将，初时简单粗暴，只有放冲加自摸，都是基本规矩，后来天长日久，加进拷响、财飘、杠拷、拉杠、承包、笃牢、七客、清七对、豪七，花样越翻越多。单单一个财神，规矩就先后变过多次，最初不加花牌，掷骰子翻到哪张，哪张做财神，原牌就以白板代替。后来又加进花牌，以花牌为财神，再后来又去掉花牌，固定以白板为财神。几个礼拜不去外面搓，再去时一觉睏过，世界变过，规矩已经翻新。

外面去过家里再搓，新规矩传进家门。譬如一次，素兰喜道，哎呀，这颗牌打得好，我吃你一个三摊。雪颖提高声音道，吃不来的。素兰一愣。雪颖道，吃不来的，你又不是庄家，我也不是，互相吃不来三摊的，庄家才可以吃。素兰怯道，以前不都能吃么。雪颖道，现在变了，外面变了，都这样了。雪颖姿态像个法官，旁边敏儿眼睛霎了两霎，硬邦邦把话吞了回去。小赵机灵，从旁圆场道，叶老师好比西天取经回来，凡是先进的经验，我们都要吸取，我建议，我们就听叶老师的，跟外面接轨。妈，不要小看哦，打麻将也要跟国际接轨。素兰自嘲道，我都随便，你们说啥就是啥吧。

雪颖有时空了也会想，这些麻将规矩层出不穷，到底是谁拍板定下的。听天成说，麻将这东西，从来不是铁板一块，东南西北风，不过迟至清末才有。杭州原本也不流行麻将，因军阀酒后娱乐，遂成一时之风，缙绅士子，教师娼妓，无不酷好此道。大概所有翻新，都是好事之徒一念之下的创意。比如，今朝不如试试看，弄点新花头，牌儿笃起来就是三牢，刺激一点。其余人都说，蛮好，蛮好。这样规矩就出来了，之后病毒式扩散，交叉式网络式传播，传遍城里大大小小每一张麻将桌。

单位效益走下坡，下岗一批又一批，去年终于轮到雪颖内退。最后一天，九莲送她，一路闷闷不乐。雪颖笑道，做啥，从来没看你这副样子，又不是吃枪毙。九莲道，不要说了。雪颖道，你我之间，有啥话语不好说。九莲道，一定要逼我流眼泪水。雪颖递餐巾纸给她。九莲擤了鼻涕，长叹一声道，你走了，叫我怎么办。雪颖默然。九莲道，那天你同我说，满四十五岁了，要回家了，我心里还没当回事情，我想，走就走，烂污单位，有啥好留恋的，这份工作本来就不适合你。你是最讨厌数字的，有时光我望见你桌子上，领料单厚厚一叠，我看了都头痛。

还要去仓库盘货，冬天冷，夏天蚊子咬得东一块西一块，你的肉又是豆腐做的，真是吃不消，太累，太烦。现在你是解脱了，但是我呢，以后厂车开到河滨，再也看不到你跑过来上车，坐到我边上给你留的空位子，早饭，中饭，再也没人天天一道吃，叫我以后有话语同哪个去说，有事情同哪个去商量。雪颖听着听着，觉得这一幕似曾相识，好像在哪里经历过，想了半天又想不出。恍恍惚惚又听九莲道，我没啥文化，你肯同我做了十多年的朋友，天天在一道，照理说，我应该知足了。雪颖也动了情，劝道，九莲，你放心，真正的友谊是不会因为距离改变的。我父母给我生了阿哥、阿姐、阿弟，惟独没有阿妹，这十多年，我是把你当自己亲阿妹的。九莲右手搭在雪颖左手上，抓紧了道，那你有事没事，一定要同我多打电话，双休日有空，还可以出去吃吃饭，喝喝茶，荡荡店，最好是一道旅游，哪怕附近地方，乌镇，黄山，都可以。雪颖道，黄山好，黄山我从小就想去，还没去过。九莲道，每个月晴也好，雨也好，见面不好少于两次。两个人都笑了。雪颖有时想，可惜九莲不会打麻将，否则既多个搭子，又可以三天两头见面。慧娟虽会，技术却不甚好，叫了几次来，十场八场输。慧娟摇头撇嘴，怨道，我是没你这种胆子，内退工资这么点，吃得消去搓十块二十块的大麻将。雪颖道，如果不靠麻将，只靠工资，家里空调、电脑，平时进进出出都打的，钞票哪里去印。慧娟道，赢倒还好，万一输呢。雪颖笑道，叶雪颖另外没啥，脑子是灵光的，进进出出扯扯匀，一年总归多个几万块。慧娟道，不管怎样，总是不够稳定。雪颖心事都叫这句话击中了，嘴上却仍淡淡道，有啥办法，已经很好了。

夏天，一家三口去西南边旅游了一大圈，回杭州第三天，棋牌房就开张了。多亏阿平介绍一个弟兄卫军，也姓钱，同村人，现在浣纱大酒店承包了娱乐部，整整一幢楼，二楼酒吧，三楼KTV，四楼就是棋牌房。出了电梯，左手边是承包区，雪颖望了一眼，大都在玩二八杠，三教九流，乌烟瘴气，脏话满天飞，心中已经不喜。又去正对电梯的过道，两边十二只房间，做的都是散客，望了望，有一半空着。雪颖来回转了一圈，对阿平道，就要最笃底靠右那间，安安静静，没人吵。

最初几个月，雪颖翻遍通讯录，邀请所有搓过麻将的搭子赏光。慢慢发现，开棋牌房真是不易，叫是叫老板娘，实际连服务员都不如。她是被天成宠惯了的，此时却遭人家呼三喝四，冷嘲热讽，端茶递水更不在话下，所幸阿平仗义，能帮的地方都帮一把。这个阿平，原来也是别家棋牌房里认识的搭子，做事冲动，一根筋直来直去，多次得罪了牌友，只有雪颖每每替他说话，加上雪颖爽快，借钱有求必应，阿平内心感激，视她为阿姐。二人合伙默契，只是利润对分，到手每人只有几千。逐渐逐渐，熟客不能稳定光顾，新客又难发掘。雪颖还好，人缘不错，阿平个子虽小，心气却比天高，不知不觉之间，朋友越来越少。有时三缺一，或者四缺二，雪颖和阿平只能亲自上阵，一旦如此，当天生意稳赔。因为这一行有规矩，老板上桌，不准吃人三摊，搓起来施展不开，输多赢少，何况台板费又少拿一份，更是雪上加霜。这样又撑了一个月，接近难以为继。

那天雪颖半夜收工，粗粗一算，全天亏了五百多，身心俱疲。出门电梯口，碰到一个黄发女人，眉毛纹成可笑的弧度，虽叫不出名字，却常在四楼见到，认得她是承包区一个老板娘。电梯往下，黄发女人上下一直打量，忍不住对雪颖道，还是你生意好。雪颖道，好啥，一天白做。黄发女人道，我也是，现在叫人越来越难。雪颖笑笑。黄发女人道，小姐妹，实话实说，我看你蛮面善的，不如我们合个伙，这样两边都有新客人。雪颖左思右想，觉得可行，回到家发短信给阿平，将实情说出。阿平也是通情达理的人，当即回道，叶姐一直帮我，是我拖你后腿太久，如果找到别人合伙，我一定捧场。

于是雪颖跟卫军打了招呼，转移阵地，调到承包区第一间，和黄发女人阿倩合股，雪颖下午场，阿倩晚上场，至于台板费，讲好每天散场时阿倩一并先收下，第二天傍晚再交割。这样过了几个礼拜，一天傍晚，雪颖开口要钱，谁知阿倩道，没了，被我老公拿去了。雪颖大惊道，他要拿就拿你的钞票，凭啥拿我的。阿倩道，他这个人不管的，流氓，拆白党，不讲道理。雪颖道，天底下哪有这种事体，反正你们要还我。阿倩道，帮帮忙哦小姐妹，我自己的都被他拿了去了，哪里有钞票还你。

雪颖正要发作，外面进来一个高个子男人，中长卷发，褐色眼珠，不跟任何人打招呼，径自躺到沙发上抽烟。雪颖看阿倩闷声不响，已经猜到七分，上前劈头盖脸问道，你是不是她老公。男人斜着眼，冷冷道，做啥。雪颖故意要叫众人听见，因此大声道，我钞票呢，还来。男人突然站起，香烟蒂头一甩，指着她恶狠狠道，再说一遍看看，老子今朝不弄死你。雪颖何曾受过这种委屈，当下鼻子一酸，视线都模糊了，偏强忍着眼泪，高声喝道，你倒试试看，你敢动我叶雪颖一记看。

慌啊，怎么会不慌，但是余光瞄到后面，你一只手已经搭着凳儿，那畜生要是动一动，我晓得你的脾气，肯定劈头劈脑搡过去，想起来是蛮后怕的，当时真叫千钧一发，还好你在。那天雪颖拿到钞票匆匆走人，请阿平在三条马路之外的大排档吃饭。亲爱的，你跟我飞，穿过丛林去看小溪水。亲爱的，来跳个舞，爱的春天不会有天黑。音乐很吵，面对面的两个人不得不提高声音说话。阿平道，打架儿我打惯了的，不慌他。有一年我父亲在村里受人欺负，我带了阿弟寻到那人家里，拎起扁担，请他吃了一顿生活。还有一次，惠民路的棋牌房，那时光还不认识你，有个老倌输了钞票，讲话语不干不净，骂骂咧咧，也是讲到我父母，我二话不说，抄起烟灰缸直接砸他头顶心，砰一记，血流了满地，还溅到我衣服上，听说缝了十七针，我虽然也关了几天，但是起码，这老倌后来见到我，头都不敢抬一抬。雪颖道，我认识的所有人里，你的脾气是最最刚烈的，偏偏我交朋友看重这点。读书时光我的理想，排第一位的就是做记者，后来工作了看武打书，最欣赏古龙笔下的小马，恨不得一双拳头打倒天地之间所有不平，大概我心里面，一直有一个伸张正义的梦。阿平笑道，叶姐要是生在古代，也是侠女。

一盘肉丝炒面上桌，阿平道，叶姐真当不吃。雪颖道，这种东西我嫌憎不清爽，无非你欢喜吃，我寻个地方同你坐坐，谢谢你今朝帮我。阿平道，油里滚过，高温杀菌消毒，有啥不清爽。雪颖道，算了，减肥。阿平笑道，减啥肥，这么苗条。雪颖得意道，这又不算苗条，你是没看到过我原先，结婚那年，只有八十多斤，你想想，一米六五的人。阿平道，太轻了。雪颖道，现在一百一，胖婆儿了。阿平道，一百一属于标准体重，夜饭不吃，胃要坏掉的。雪颖无奈，便向服务员多要了一只碗，拨了小半份自己吃。阿平开了啤酒，喝了一口，咂咂嘴巴道，接下来呢，叶姐有啥打算。雪颖道，浣纱是肯定不好再做了，阿倩也不好再来往，寻个另外人再合伙吧。阿平道，这次也是教训，以后要多留个心，社会上面做事情，不好轻易相信人的，叶姐人是聪明人，只不过有时光单纯了点。雪颖笑道，过两年五十岁了，人家都说我没心没肝，还像小伢儿一样。阿平道，其实我准备出去了，下次叶姐有事，我恐怕帮不到了。雪颖愕然道，到哪里去，做啥。阿平道，湖北咸宁，有个弟兄在那边，准备同他去做酒店生意。我大概天生是个赌鬼，始终相信白手是可以起家的。

其实雪颖对这些没有概念，甚至咸宁这个地名，不久之后也从她的脑海里消失了。但是她记得临分别前，阿平跟她说的另一番话。两个人离开大排档，缓步走在雨夜的街边，雨棚不住地滴水，连珠成线，织成密密的罗网。阿平道，叶姐，有件事情，还是觉得应该告诉你。去年有一次，卫军请我到夜总会唱歌，就在走廊上面，我迎面碰到了一个人，包厢里出来，吃得有九分醉，跌跌冲冲，身边一个女的，搂着他腰，他也笑嘻嘻，勾着那个女的头颈。叶姐，你常常同我说，姜哥待你多少好，为人多少本分，就算陪客户应酬，也不像其他男的那样，但是看到这一幕，我还是蛮震撼的。

出租车开动。司机道，哪里。回家，雪颖茫然地答。隔着车窗和水幕，阿平的身影迅速往后方远去，缩成小小一个黑点。

四十岁以前，炳炎把女儿当成宝，恨自己没本事赚大钱，把天下的金银珠宝都买来给她作嫁妆。从没想到有一天，自己会那么不想见到她。嘉嘉一出现，炳炎目瞪口呆，悬了几天的心落了地，碎成一千片，魂魄好像飞出了身体，飞回到几天前。

上次电话里，说得清清楚楚。嘉嘉，这几句话你记住。妈妈如果还肯接纳我，日子到了你让她来，或者你们一起来，我们一起回家去，以后爸爸重新做人，剩下如果还有二十年、三十年，我除了拼了命对你们好，没有别的追求了。她如果不肯，不想跟我过了，那就你一个人来接我。嘉嘉问，要是妈妈不让你回家呢。炳炎道，那我找个旅馆，开个房间，临时过渡一下，找一天你妈妈不在，我去家里搬东西，以后的事再想办法，现在我不想去想，没办法去想。

钱物结清，签字完毕。炳炎是知情识趣的人，在此多年，上下里外早就熟络，都觉得他勤恳，会做人，小赵又托人和上面打过招呼，因此人人都看他得起，让他几分。这天教导员亲自来送，照例免不了叮嘱一番。炳炎道，晓得的，晓得的，一定，一定。教导员道，那你去吧，不送了。炳炎笑道，我走了，那两个字我就不说了，规矩我懂的。教导员客气，知道他自嘲，也顺势做出被逗笑的样子。

出了大门，炳炎的面色又沉下来。嘉嘉道，要么先去吃个饭，高兴高兴。炳炎道，吃过了，这个是里面的规矩，吃过早饭才好出来，否则迟早还要进去吃。两个人干笑了一阵，又陷入沉默。马路上有大车开过，尘土飞扬，嘉嘉握拳抓住袖口，手背掩住口鼻，对面是田地，再远处一排小洋楼，造成欧式的样子，清一色尖尖屋顶，最顶上串几个金属避雷球，夺目而滑稽。嘉嘉道，听人家说，现在农民房都流行这样，一个球的，这家就有一百万，两个球三百万，三个五百万。炳炎笑道，有财不能外露，老祖宗的教训，现在人都不懂了。

公交载着父女回城，二人一前一后坐。炳炎忍不住凑上前，小声问道，妈妈怎么，不肯认我啊。嘉嘉侧着头道，她么，她也不容易。炳炎想起这些年，颂云最初每月准时探望，有时和嘉嘉一起，有一次还带着雪颖来。炳炎那时讲过，颂云，一定一定要等我，十年么，东减减西减减，差不多六年多就够了，当年你在黑龙江，我还等了你八年，现在想想，是不是一眨眼工夫。颂云含泪点头。眼见刑满之日临近，颂云反倒来得少了，有几次是嘉嘉独自出现。炳炎逼问之下，嘉嘉说出实情，原来小赵一直给颂云做思想工作，劝她离婚。

这在炳炎而言，既是意料之外，也是情理之中。想起那时和颂云谈恋爱，她满脸都是温柔缱绻。柳浪闻莺的草坪虽枯了，一湖碧水却未结冰，炳炎捡起一颗碎石，朝湖中间劈水花，那石子如蜻蜓般沾着水面，轻轻五六下方才沉入，荡起无数波圈。颂云道，杭州风光真是天下第一好，出去了才知道，黑龙江那农场有啥呢，啥也没有，冰天雪地里做梦都梦到断桥，梦到原先和我爸爬宝石山。炳炎道，颂云，你放一百个心，瓦爿儿尚有翻身日，我一定帮你弄回来的。颂云道，我有时光心会慌，怕死在东北，我想如果我死了，骨灰也要运回来，我同你说，哪里我都不想埋，就想叫骨灰撒在西湖里。人家都说西湖水脏，西湖水臭，我看它是最清爽的，外面的水不晓得脏几千几万倍。炳炎道，你进西湖，噢，那么我一个人睏坟窠头喽，冷冷清清。颂云笑道，向毛主席保证，以后同你一道进西湖，好了吧。

情话仿佛仍在耳边，说情话那人的心意，此刻却隔了千重迷雾，不可捉摸。眼看城内街道景物不似当年，挖路的挖路，拆楼的拆楼，炳炎心慌，觉得一切如此陌生，凑上去又对嘉嘉道，下回碰到小姨父，你就对他说，我不怪他，是我自己做了错事。哪知嘉嘉回头恨恨道，你还帮他说话。炳炎诧异道，他做啥了，嘉嘉，嘉嘉，嘉嘉你哭啥嘉嘉。嘉嘉道，其实这些年，我一共也没去几次外婆家，特别是小姨父在的话，我尽量不去。炳炎道，到底做啥了。嘉嘉道，郑勇，我跟你说过吧。炳炎道，你喜欢的那个男的。嘉嘉道，什么时候说的。炳炎道，那早了，很多年前。嘉嘉道，最后一次说到他是什么时候。炳炎沉吟道，倒也有些时间了。嘉嘉道，分了。炳炎道，怎么回事。嘉嘉道，都是小姨父，非要我带郑勇回家，妈妈和外婆被他说动了，也说要见见。好，不见蛮好的，见完马上就分了，或者说人家怕了，逃走了。炳炎道，怎么会这样。嘉嘉抹泪道，郑勇最后跟我说，他爱不起我。炳炎问道，到底小姨父那天说了啥。嘉嘉道，他就歪着个头，一口咬定人家要么图色，要么图财。是啊，郑勇是农村出来的，说难听一点，农村出来的又不见得比我们家穷，我们家有几个钱呢。原先我和初恋那个在一起，你们都不同意，特别是小姨父，说绝对不允许早恋，逼着我不许再见人家。后来成年了，我正常谈恋爱，有问题吗，他又说门不当户不对，跳出来拆散我们。我为什么不能去喜欢自己喜欢的人，我跟谁恋爱跟谁结婚是我的事，为什么要他来帮我决定。爸爸，我自己有眼睛，有脑子，我找对象自己会判断，选对了人最好，选错了也是我的命，我自己负责，哪怕讨饭、坐牢，刀山火海下地狱，我也跟这个人一起去。一口一个我们姜家我们姜家，我们姜家是皇亲还是国戚，是比尔·盖茨还是李嘉诚，别人怎么就高攀不起了。再说了，他是赵家的，我是吴家的，谁也不是我们姜家的。炳炎听了道，好女儿，你是吴家的，以后爸爸在，谁也不准对你指手画脚。嘉嘉冷笑道，不过反正，也要感谢小姨父，郑勇这个人，平时甜言蜜语一大堆，关键时刻，一点风浪就跑路了，我要是真的喜欢一个人，不管怎样，绝对是不离不弃的。炳炎道，这点你像我。说着轻抚嘉嘉脑后的红发，心内暗忖，女儿虽像我，颂云和郑勇却是两码事，我不对在先，怪不得颂云。只是这事想来想去，到底意难平。

下了车嘉嘉带路，凤起路边寻常巷陌，倒都是熟悉的烟火气，巷口便望见宏福招待所的招牌，红底白字。嘉嘉道，就这家，我订好了。炳炎想，颂云看来是决定断了的，自己不出面，还让嘉嘉订了房间。二人走上三楼，左手第二间便是，进门一张床、一张桌子、一扇窗、一个厕所，再没其他。炳炎心里惆怅，愣愣地坐在床上。嘉嘉道，小是小了点，毕竟便宜，临时住两天，再想办法。炳炎笑道，没事的，挺好，跟里面一比，好比皇宫了。两个人坐了，干巴巴地对看。嘉嘉道，给你烧壶水。炳炎道，不用，你先坐着，我上个厕所，等下和你上店里吃个饭。

躲进厕所，关起门对着镜子出神。眼前这人形容枯槁，皮肤没有血色，像一只酱过的鸭子。是从什么时候开始，当年那个干练的年轻人不知不觉不见了，世界上再没有那样一个人了。炳炎打开龙头，管道里水沫和空气混合着准备喷涌，像是老高又在咳痰。想起老高总是说，我是不想出去，外面的世界有什么好，倒不如这里清净，睁眼干活，闭眼睡觉，无欲则刚。人啊，无欲无求是最好的，一旦有了欲求，就有了痛苦。想起老高半夜说梦话，我操，你们那算什么英雄好汉，我偏就，哎呀。老高死在夜里，脑溢血。炳炎双手掬水洗脸。忽然响起敲门声。哒哒，两下，是最熟悉的声音。炳炎一惊。哒哒，又两下。是她，炳炎想，是她来了，她到底来认我了。

朱雨琦姗姗来迟，姜远不悦，闷声不响，自己远远走在前面，只有刘畅找她说话。三人沿着杨公堤向南，两边水杉林立，气象高旷。这条杨公堤，原先叫西山路，深得清幽静谧之美，老辈人极有感情。后来西湖西进，所幸竣工之后，沿堤一带仍然不染俗尘，野趣之外反而更觉开阔疏朗。

朱雨琦和刘畅正窃窃私语，前面姜远忽在景行桥堍停住，朝路边弯腰探头。二人也上前去看，只见一片绿草丛中，数十朵鲜红色异花开得炽盛，张牙舞爪，望之如幻。朱雨琦失声叫道，彼岸花。姜远瞥她一眼，终于开口道，你也知道。朱雨琦道，只在网上看过图片，没想到杭州也有，好神奇啊。姜远拿出数码相机，前后左右照个不停。彼岸，没有灯塔，我依然，张望着。朱雨琦小声唱道。刘畅道，我们日语课上，放过一部老电影，名字也叫《彼岸花》。朱雨琦问，跟王菲的歌有关吗。刘畅摇头道，一点都没有，讲的是女儿要自由恋爱，自由结婚，父母开始反对，最后妥协了，让路给女儿，看是还好看的，就是不知道为什么片名要叫彼岸花。朱雨琦道，哦。姜远道，彼岸花，名字多好听，其实它的学名很俗，石蒜，石头的石，大蒜的蒜。两个女生听了，咯咯笑个不停。姜远道，不过它还有个名字，有点夸张，叫蔓珠沙华。朱雨琦问怎么写，姜远解释一通，又道，也有一首歌，歌名就叫《蔓珠沙华》。朱雨琦问是谁的。姜远道，梅艳芳，是粤语歌。换上当天的晚装，涂唇膏仿佛当晚模样，深宵独行，盼遇路途上。朱雨琦道，听不懂，不晓得在唱啥。姜远道，算了。又道，眼睛一眨，梅艳芳也快一周年了。一九九三，二〇〇三，谭张梅陈，四个人去了三个。朱雨琦道，二〇一三不知道轮到谁。姜远道，大概是我。朱雨琦朝刘畅使个眼色，两个人忍住笑。姜远道，二〇一三，我们就都三十岁了，那时候二中操场上，你说二十岁以后的人生就老了，青春结束了，没有意义了，不如二十岁就自杀，停留在最美好的年纪，你还记得吧。朱雨琦道，记得的。姜远笑道，怎么后来没自杀呢。朱雨琦道，不知道。姜远道，其实我现在也觉得活着没有意义，梅艳芳的最后一次演唱会，唱最后一首歌的时候，她真的哭了出来，因为歌词就像是预言，又像是对她一生的总结，原来一个人越是想要什么，越是永远没法得到。说罢自己朝前走，身后朱雨琦凑近刘畅耳朵小声道，看到了吧，又来了。

三个人拐到八盘岭，此处人烟更稀，当中一条窄坡路，两边是葱葱树林。姜远带头，进了一条更窄的岔路，七转八弯，只见，面前一处黑瓦白墙院落，像是刚粉刷不久。门前匾额五个大字，于忠肃公祠。楹联一副，两袖清风昭万世，一轮明月耀三台。姜远默读了一遍，自言自语道，不好。朱雨琦道，这是哪里，没来过。姜远道，于谦祠，于谦知道吧。朱雨琦道，哦。刘畅道，小学还是初中，学过他的诗。姜远道，祠呢，祠知道吧。刘畅道，家吗。姜远道，祠是祠，家是家，于谦家在河坊街附近。朱雨琦笑道，你又不认识他，怎么晓得。姜远道，我就是晓得，我还晓得岳飞住在延安路庆春路口。秦桧住望仙桥，宋高宗御赐的高楼，气派跟皇宫一样大。陆游住孩儿巷，明朝深巷卖杏花，这总听过了吧。褚遂良住新华路，龚自珍住葵巷。只有贾似道住城外，葛岭上一座豪宅，推开窗就是西湖。朱雨琦问道，贾什么又是谁。刘畅道，我知道的，《我爱我家》里那一家人，都是贾似道的后代。姜远笑笑。朱雨琦道，说了半天，这些有啥用场。姜远道，没有用场，当我没说。

两个女生跟了姜远入内。姜远道，这个地方，古代还有一个功能，考科举的人在里面过一夜，于谦会托梦过来，给他指点迷津。好不好玩，堂堂一个大忠臣，死后变成管梦的神。朱雨琦道，不好玩。刘畅道，你明年考研，应该来这里住一晚。姜远笑道，我不需要。大家参观一通，姜远还要去祠旁墓道看，朱雨琦不肯，叫他独自进去，自己和刘畅坐在路边的石凳上，谈了半晌空天。午后又去灵隐寺，三个人由下往上，天王殿、大雄宝殿、药师殿、华严殿，依次看了一圈。地上卷曲的枯叶被风一吹，急急跳了几下，像黄色的麻雀。朱雨琦去厕所，刘畅道，原先不知道，原来你还是蛮迷信的。姜远道，最近算了紫微斗数，这个要是准的话，明年我惨了，四大凶星齐齐照命，什么披麻、吊客，名字一听就很恐怖，还以为我家里要出什么事情。刘畅道，朱雨琦算是好的了，肯陪你来灵隐，她最近老是去一个教会。姜远一口水几乎喷出来，惊道，她信基督了，真的假的。刘畅道，还没受洗，不过这样下去也快了。姜远道，没听她说过。刘畅道，她喜欢一个男的，是这个教会的负责人，去是为了接近他吧。姜远道，晕死。刘畅道，我被她拉去过一次，那个男的，怎么说呢，帅是蛮帅的，对人也蛮好，不过呢，这种好是客客气气的好，我说不清楚，反正有点神秘，天蝎座，他的心你看不透。姜远道，那他对朱雨琦呢，有意思吗。刘畅道，我总觉得，朱雨琦现在有点病急乱投医，她可能也不知道自己要找什么样的人，不管适不适合，为了喜欢而去喜欢，为了要证明自己还有爱一个人的能力，不顾一切去为这种爱找一个投放的对象，我大概懂她这种心理。姜远道，这样不好。刘畅道，作为好朋友，我也想劝她，但是她这个人，劝不进的，当年为了你，是吧，好不容易放下，做回朋友，已经是进步了。姜远默然。刘畅道，来了来了，她来了，天蝎座的事你假装不知道，不要说我告诉你了。

三人走出山门，迎面香客不断，叽叽喳喳，都是外乡口音。朱雨琦道，累死了今天。姜远道，灵隐后面的山上有块三生石，缘定三生的三生，我在网上查了大致位置，想去看一看。朱雨琦问，三生石是干吗的。姜远道，这个故事很长，要我讲吗。朱雨琦道，讲吧。刘畅也道，讲吧讲吧。姜远道，唐朝洛阳有个人叫李源，当时打仗，他爸爸为国捐躯，他呢就住在寺里，和一个小和尚是好朋友。小和尚叫圆观，两个人关系很好，经常从早到晚促膝长谈，那时就有好多人说闲话，说这种感情不合伦理。刘畅问，我知道了，同性恋。姜远道，这个怎么说呢，不是吧。刘畅问，那哪里不合伦理。姜远道，僧俗之间，出家人和普通人之间，这个是有界限的，他们打破了，但他们不觉得有问题。这样过了三十年之后，有一天他们决定去四川玩，圆观想从长安走，李源固执，偏偏要从三峡走，因为他自从隐居在寺里，就不想再经过首都，长安是首都啊，他怕勾起伤心事，又怕留恋红尘。圆观出家人嘛，不喜欢争来争去，没办法，只好同意走荆州。船开到半路，远远望见几个女人在岸边舀水，圆观忽然长叹一声说，佛家讲轮回，你看那边有个姓王的孕妇，怀孕三年了还没生，就是因为我迟迟不肯来，既然今天我来了，说明我的命数也到了。李源慌了，圆观说，算了，十二年后中秋之夜，杭州天竺寺外，我们再相见吧。当晚圆观果然死了，那个婴儿也同时出生，李源大哭一场，从此就深深相信了轮回。朱雨琦道，嘴巴渴死了。刘畅道，我也是。三人起身，去小卖部各自买了饮料，姜远道，还要不要听了。刘畅道，要的，我在等你讲。姜远道，朱雨琦要不要听。朱雨琦道，你讲。姜远道，十二年后，李源来杭州赴约，那天天竺寺一带雨后初晴，月色满溪，他走到一块大石头旁，突然听到有人唱着歌，一看，是个牧童骑着牛而来，再一看，不就是当年的圆观吗。李源超激动，迎上去打招呼，谁知道牧童说，你虽然守信用，可惜我已经转世了，不能像从前那样跟你无话不谈了。不过我们尘缘未尽，希望你勤加修佛，将来总有机会真正相见的。李源憋了一肚子话，知道不能再说，最后含泪看牧童一点点远去。好了，讲完了。两个女生听了，闷声不响。姜远道，怎么了。朱雨琦道，一点也不浪漫，我宁愿听王子公主的爱情故事。姜远笑笑，自去前面带路。

绕到天竺溪边小路，穿过一片茶田，已经是略显荒芜的景象了，几个茶农目睹这些陌生年轻人闯入，叉手站在一旁，窃窃低语。三人上山，四下阒然无人，碎石小径堆满发红的落叶，踏着咔咔作响。忽然背后一声尖叫，是朱雨琦怕道，蜈蚣。姜远转回去看时，只见一条深红色虫子，拇指一般粗，缓缓爬动，两个女生早已跳开了。姜远道，不是蜈蚣，就算是，蜈蚣又不会飞，爬得又慢，注意一点就好。说完再去前面带路，无奈空山一座，沿途并无任何路牌，有时凭感觉选了一条岔道，走了几十步发现是死路，只好退回重走。如此乱走乱撞，一路都是怪虫横行，姜远心中也怕，却仍不肯罢休，朱雨琦在背后大喊道，不去了，我要回去。姜远道，来都来了，找到了再回去。朱雨琦哇哇大哭，任刘畅怎么抚慰，整个人僵在原地。姜远冷冷道，有话好好说，哭什么。朱雨琦不管，越哭越厉害，牵起刘畅，转身便小跑着一跳一跳地下山。

回市区，公交车开得飞快。有老人下车，刘畅推朱雨琦去坐，自己站着。姜远唇语对她道，作女。刘畅低声道，算了，你理解一下吧，她是女生，需要安全感。姜远道，这个世界，安全感的总量是固定的，谁也没有多一份，凭什么送给别人。刘畅道，好了好了。姜远道，说好了的事情，突然就反悔了。刘畅道，下次再去吧。姜远道，下次和真正的有缘人去，我跟她缘分不够，这辈子是好朋友，前世是两个无关的人，勉强不来。刘畅道，你好了。世界陷入沉默，忽然公交女声报站，下一站，新新饭店，下车的乘客，请提前做好准备，下一站，新新饭店。

观巷

全琮有当世之才
贵重于时
然不检奸子
获讥毁名云

《三国志·吴书·贺全吕周锺离传第十五》
陈　寿

五代时钱氏建开元宫，至南宋改为报恩光孝观，专以追崇徽宗香火，巷据此而名。元祐四年杭州大旱，知州苏轼捐私币，与官家合办安乐坊于此，收治贫苦病人。巷内旧有德孝将军庙，祀三国全琮。全琮为吴权臣，德于乡，孝于亲，为乡人所敬。但纵容幼子阿附鲁王，致生二宫之争，吴之衰自此而始。

八卦田

南山胜迹中有宋籍田
在天龙寺下
中阜规圆
环以沟塍
作八卦状
俗称九宫八卦田
至今不紊

《西湖游览志》
田汝成

一般认为，即南宋皇家籍田遗址。绍兴十五年正月，初置籍田，次年宋高宗效唐玄宗行九推之礼，以符播种九谷的美意。后来此处一再变为良田、市场、仓库，近年重辟出一块正八边形田地，始成景点。

第三章

二〇一六

接了姜远再接雪颖，小玫到医院时，望见一群人中间，天鸣夫妇坐着等叫号。看天鸣神色同于往日，依旧不大响，敏儿双眼微肿，表情也僵，说话时尽力做出自然的样子。小玫道，天鸣好不好。天鸣点头。敏儿道，小赵出差了吧。小玫道，昨天下午去的，他现在推一项技术，北京的医院很感兴趣，约了几个医院的领导开会。敏儿道，嗯，又道，天成在家吧。雪颖点头道，晚上睏不好，胸闷，坐起来才好一点，睏倒坐起，睏倒坐起，一夜下来，我也休息不好。敏儿叹道，一份人家，真是不好有一个病人。目光移到姜远，又道，姜远平时这么早还在睏觉吧。姜远道，差不多也醒了。大家因为不好对天鸣说破，又不能相对无言，只能彼此说这些空泛的话。小玫的脾气憋不住，问道，天鸣自己感觉怎样呢。天鸣道，都好，就是昨天这旮旯不舒服，胀鼓鼓的感觉。指指胸腹交接的地方，小玫心里一沉。

电子屏叫到号，众人慌忙站起，护士道，一个家属进去，一个。姜远见小玫递来眼色，便对敏儿道，我陪二叔。叔侄进去，里面一张床、一台机器，两个医生都戴口罩，姜远知道，年长者必是杨主任了，小赵出差前托人打过招呼，请他务必看仔细。小医生道，姜天鸣。天鸣应声。小医生道，躺上去。天鸣躺上。小医生道，脚放平好了。天鸣放平。小医生道，衣服掀起来。天鸣掀起。姜远别过头去。小医生往天鸣肚子上涂了耦合剂，杨主任便拿探头来回划拉。

天鸣的背影消失在门后，敏儿嘴角一扁，忍不住抽泣。雪颖看她头发花白，浑身发抖的样子却仍像初见时的小姑娘，不由心生怜悯，轻轻抱住她肩膀，只是不知用什么话来安慰。另一边小玫早递上纸巾，被敏儿两行眼泪沾湿了，在手里攥成团，挡住因为哭泣而猛喘的嘴巴。略略平复了一点，敏儿道，本来想想，等阿姐的事情过去，大家麻将搓起来，多少年了，重新热闹热闹，不是蛮好，我已经叫小沈帮忙去挑桌子了，结果半路杀出来这桩事体，我哭都只有偷偷哭，不敢给他看到。雪颖道，难是肯定难的。小玫也道，麻将桌不要再说了，现在唯一希望的就是天鸣身体好，只要他好，以后有的是机会。敏儿道，你们也看到了，这么壮一个人，说他生了那种毛病，哪个会相信呢。小玫道，等结果吧，我始终存了一线希望，我不相信的，我不相信，不要自己先吓自己，万一不是那个呢，有没有可能，如果不是，那我真当要给老天爷磕头了。说着声音也抖起来。雪颖道，要做最坏的打算，万一怎样，我认为，一定要瞒牢他本人，天成也是这个意见。敏儿道，天成啥时光晓得了。雪颖道，迟早要告诉他，我就说了，但是不让他来，他自己在家里上网查资料。敏儿道，嗯。雪颖道，以天鸣的脾气，晓得是癌症的话，整个人都会垮掉的，只要不晓得，他还当小毛病，不往心里去。小玫顿足道，那是，那是。

门开了，众人的心一悬。姜远先出来，朝她们使个眼色，手里一张白色单子早已递出。敏儿接过扫一眼，已经看见左下方两个英文字母，小玫瞄见天鸣跟出来，一把夺过塞进包里。众人惶惶然。天鸣问，怎么样，不好是吧，是不是不好。小玫耸眉道，还好，胆管有点堵，问题不大。眼睛却不敢看他，瞥着斜对面电子屏，红色的人名一个一个，背后大概各有各的伤心事。

众人坐电梯下楼，小玫默默想，人为啥要生毛病呢，如果无病无痛，从生下来健康活到七八十岁，直接干干脆脆一死，痛苦会不会少很多。出了医院大门，天鸣夫妇坐地铁回家，小玫心乱如麻，对姜远道，小姑父不在家，我也不想回去，一个人对着空房子，气都透不出，要么我跟你回松木场去。姜远和雪颖换个眼色，雪颖便道，他要到我们那里。小玫愣道，那也好，我跟你们过去，本来想去湖光新村的，老房子，好久没去了。姜远道，下次吧，下次。

雪颖家里两室一厅，收拾得清清爽爽。日式方格玻璃木头移门，中式木纹橱柜，浅黄色印花墙纸，进门处一只展示柜，罗列各式工艺品，都是天成所爱。客厅一只白色真皮贵妃沙发，是小玫家换新沙发时所赠。东边原本是阳台，九七年装修，阳台改成姜远房间，后来姜远搬出，便成空屋，平时用来堆置杂物，倒是他睡过的一张榻榻米矮床，仍在原地摆着。小玫在餐桌旁坐下，骨头发冷，要了一杯热茶暖手。天成问医院情况，雪颖讲了一遍，又道，我看敏儿今天还不错。小玫道，对，对，比我想象当中坚强太多。雪颖道，从头到尾，她都抓着天鸣一只手臂，这种夫妻感情，是心底里流露出来的，演都演不出。小玫叹道，多少好呢，早一点这样多少好。姜远道，人都是这样，快要失去了才想起来珍惜。小玫道，你说得太对了姜远，太对了，人跟人之间，最后都要失去的，不是你失去我，就是我失去你。人都是要走的，哪怕你是明星，是领袖，呼风唤雨，再多人牵挂你，都一样，这是规律，无非早走晚走的区别。有时候想想，一辈子问心无愧，也就没什么好怕的，过好每一天，真有什么灾祸来了，就坚强去面对。姜远道，小姑姑。小玫道，你和老虎也三十多了，快不快，真是快，我们这一辈，老了，已经在拐弯了，以后我们一个一个，都会走，你们都会看见的，只是我们家，我们家的人为什么都这么早，奶奶爷爷要是知道……说到此处，不由得失声痛哭，天成雪颖都来劝。姜远道，小姑姑，先不要灰心，二叔这个病，也不是没得治。小玫哭了一阵，收住泪又道，这些事情按理不应该告诉你，老虎问起来，我也只说两句大概，我都觉得太沉重，不应该让你们年轻人来承担。姜远此时愁肠百转，嘴上只淡淡道，不要这样说。

家里没准备，雪颖提议去马路对面店里吃中饭。这间饭店，装修故意做旧，桌子椅子都像旧木头一般。卤鸭儿、千张包、鞋底饼、炒油渣，多少年没吃到了，雪颖往嘴巴里一放，好像自己仍是姑娘儿，吃完要和彩珍慧娟赶去下城会场，看五分钱一场的电影。天成道，味道赞。小玫道，另外不说，鞋底饼快五十年没见了，还是以前住老院子时候吃的，弄堂口有一对老夫妻，天天坐那卖，还有个老头，有时候来卖爆米花，哥你记不记得。天成道，你那有没有老院子的照片。小玫想了想道，恐怕是没有了，没有。天成道，我有时候在想，以前老院子有假山，有池塘，柱子瓦片，哪一样不考究，放到现在真是不好说，可惜了，一点都没留下来，照片也没有。那时候照相机是借的，都是出去玩才拍，西湖边啊，虎跑啊，拍个花，拍个山，谁会想到拍自己家门口，过了几十年回头一看，最有纪念意义的反倒是家里。大家感慨一阵。小玫道，我今天看你们家，跟刚装修好那时候一样，都没怎么变，一点不旧，雪颖平时收作得好。雪颖道，我们开同学会，人家不管有钞票没钞票，市区房子老早都卖了，搬到郊区，调了大房子。我们这栋宿舍，六层楼，十八户，现在只有两户老住户，其他要么卖掉了，要么租出去，楼上楼下都是外地人。隔壁六〇二利勤，有印象吧，有一次饭店里碰到，她老公这些年生意越做越好，在城西买了别墅，听说我还在河滨，下巴都要脱下来了。但是我想，老小区有老小区的好处，绿化好，生活便利，河滨凭啥就低人一等了，还不是自己住得开心顶重要。或者有人说，大家都升级了，你怎么还没做奶奶，我也都是笑笑，只当没听到。自家的事自家晓得，外人说三道四，让他们去说，日子都是自己在过，人家又代替不来的。小玫连连点头道，不要说你，连我都想通了，以前还会想，最好早点抱孙子，现在我都对老虎说，你们想什么时候生就什么时候生，真的，我都看破了。

姜远专心啃鸭腿，天成因在服药，不能吃绿叶蔬菜，低头只吃萝卜。小玫道，我最欢喜你们小区楼下的夜市，当年分到房子，哥你还记得吧，小赵过来帮你，爬到梯子上钉电线。那时候节约，没请工人，我看你自己蹲在水泥地板上，先刷了深红的漆，再拿黑漆在上面一道一道用尺刷的斜线。外面路还是泥道，四面都是田坂，附近的农民种茭白，种菜的也有，还有田鸡跳到你们楼底下去呢，我印象最深。现在是好，河滨变成市中心了，不要太热闹。就是一点，六楼没电梯，年纪大了不方便，原先又想不到，只知道越高越好。天成点头道，雪颖的膝盖，自从去年去了趟越南，回来就经常疼。雪颖嗔道，你自己呢，现在爬到三楼，气已经接不上了。姜远忽然道，其实你们还不如把房子换了，买到郊区景色好空气好的地方，大家同一个小区，包括大姑父，平时互相有个照应，打麻将、吃饭、谈天，都是随叫随到，生活也方便了，上下楼都是电梯，进门刷指纹，打开龙头直饮水，多少好。大家都称是，姜远道，妈，你是不是住时间长了，对河滨有感情了，不舍得搬。雪颖道，那倒不是，主要老小区还算方便，我最欢喜楼下两排大樟树，看一眼心里都舒服。姜远道，现在新小区，环境只会更好。雪颖道，嗯。小玫道，我们那时候，出了武林门就是乡下，过了松木场都是田坂，古荡跟西伯利亚一样远，现在呢，不过几十年，杭州大了一百倍不止，赵一耀也经常对我说，老观念改一改。雪颖笑道，我没意见。小玫道，等天鸣治病告一段落，索性就落实这件事，一部车子开了去，大家集体看房。姜远道，你们住得近了，我也放心。小玫道，姜远也一起搬来，反正你一个人，湖光又是学区房，又要造地铁，老是老了点，卖了肯定也不便宜。姜远默然不答。天成举杯，皱眉抿了一口芒果汁，背后一只西洋雕花的大缸，水面上三四朵莲花，几乎以假乱真。

宝贝睡三天，这是我喝过最烈的酒，里面混合了伏特加、朗姆、琴酒、威士忌、龙舌兰，等等，大概一共十种吧。第一口是挺甜的，但是后劲超足，我跟你说，千万不要小看，喝完屁股一离开椅子就人事不省了。我是没在怕，但是身边有些女生朋友跟不熟的男生出去，我都会叮嘱她们小心，现在外面这些酒，你真的不要小看。小马道，那你真的睡了三天吗。李娜大笑道，我都忘了到底睡了几天。小马也跟着笑。

九溪十八涧本是僻静的胜迹，这日春光融融，天又放了晴，落下暖阳满身，谁舍得辜负难得的好时节，因此游人并不见少，三五成群，沿路见到溪滩清澈的水色，免不了呼朋引伴，打破山间的幽静。姜远平日脚步极健，为了跟艾娃单独聊天，有意放慢速度，让李娜和小马遥遥走在前面。艾娃道，你快看他们，不知道笑什么鬼。

姜远觑着艾娃，有时仍是初初相识的神情，更多时候，竟流露出成熟女人的韵味。她未施粉黛，走得热了，脱下桃红色冲锋衣系在腰间，亮出白色运动背心，下半身黑色长裤，金闪闪球鞋，干净利落。姜远道，亲姐，有句话不知道该不该说。艾娃道，说啊。姜远道，你，胖，了。艾娃道，讨厌。姜远道，真的，腰粗了不少。艾娃道，会不会说话，真烦人。姜远道，我们有几年没见了。艾娃道，三年吧。姜远道，不止，快五年没见，认识有七年了。艾娃惊道，真的假的，怎么这么快。

姜远想起离开北京前一礼拜，每天找不同的朋友吃告别餐。

天大地大，他们如同白色的轻絮，这几年在北京相识、相聚，以为可以落地生根，忽然一阵乱头风，又将他们吹散，各自飞到天涯海角去。最后一晚，姜远约了艾娃看电影，开场半小时，她才姗姗来迟。不好意思啊亲哥，有点事情没处理完。姜远道，嘘。那天演的是武侠片，导演不算知名，艾娃睡着了，靠在姜远肩头。浓艳的脂粉味香水，温柔中带着坚强，让人想起古代的宫廷。灯光亮起，他拍拍她道，结束了。她睁眼抬头道，啊，不好意思，最近太累了。他笑笑。她又道，好丢脸啊，和亲哥最后一次看电影竟然睡着了。

天远云淡，春光流水，暗涌起许多愁。姜远道，还记得我们最后一次看电影吗，在百老汇。艾娃道，当然了，我上个月还过去参加路演来着，现在那边热闹得很。姜远道，是吗，我记忆里很冷清很寂寥，像个孤岛，出门就是机场高速，荒无人烟。艾娃道，你说的那个时代已经过去了，世界变了，北京也不是你的北京了，我们的那些往事，早就烟消云散了。

走出百老汇，机场高速下面等出租车。隆冬的北方，目之所及，皆是冰冷坚硬，大而无当。艾娃道，我手好冷，能不能放你口袋里。姜远道，好。艾娃伸手进去的瞬间，姜远抽出双手道，靠，又不停，不停打什么空车灯呢。会不会咱们已经死了，是隐形人，他们看不到。艾娃道，亲哥，你走了，我在这儿就没有亲人了。姜远道，你朋友不是很多吗，那么些大红人。艾娃道，不一样，别人没咱们那么默契。姜远道，那你不走吗。艾娃道，不知道，其实有点想去英国读书吧，先要准备雅思。姜远道，嗯。艾娃道，你回了老家就不挪窝了吗。姜远道，嗯。艾娃道，后半辈子都在杭州了吗。姜远道，那谁说得准，人生无常。一辆空车驶来，姜远挥手，车子停在面前。艾娃张开双臂，二人紧紧拥抱。姜远道，我走了，喂，干吗，你不会哭了吧，你要是敢流眼泪我可不会劝你啊，一巴掌打回去。艾娃破涕为笑，松开手看着他道，亲哥，我们明明……为什么不结婚，你知道结婚多简单一件事吗，去登记一下子就好了，大不了那几块碎银子我也顺道出了，好不好嘛，你如果想通了，记得随时找我，咱们异地也可以的。姜远笑笑，目送车子离开，天地之间只剩了他一个。

路弯弯，阻且长。姜远道，你也不是以前的你了。艾娃道，行了，我知道我胖，能不能别说了。姜远道，不是，你整个感觉变了。艾娃道，现在什么感觉。姜远道，事业女性、女强人，希拉里、武则天。艾娃笑道，你讨厌。姜远道，你自己肯定也知道。艾娃道，我是没办法，投资这行，整个圈子都散发着铜臭味，钱来得快去得也快，人于是就浮躁。姜远道，当初的新闻理想还有么，你跟我不一样，你可是科班出身的。艾娃道，以前高考填志愿，跟我爸吵得昏天黑地，那是我从小到大第一次正面跟他杠着，最后他还是没办法，由着我填了新闻系。但凡有一点可能，我也是不想改行的。不是我变了，而是世界变了，一点余地也没有留给我们，我能有什么办法呢，你懂我意思吧。姜远道，咸鱼如果有梦想，跟人有什么分别。艾娃笑道，有时候静下来想想，还是怀念和你去法盟看文艺电影的那些个周末。姜远道，文艺电影倒是次要的。艾娃道，亲哥是主要的。姜远道，赚钱是主要的。艾娃道，就知道你要讽刺我。姜远道，没有。艾娃道，我知道你心里怎么想的。姜远道，艾总赚了大钱，什么时候资助我这个落魄秀才。艾娃道，滚蛋。姜远道，想不到我潦倒至此，连给你做御用文人的资格都没有，芳草地希拉里，心里已经装不下武林门唐三藏。艾娃道，天天写软文，你愿意啊。姜远不答。艾娃道，小时候跟我爸学古文，我特别喜欢骈文，觉得骈文很美，很华丽，但后来发现美则美矣，不够接地气。世界上有些东西有些人就是这样，美好，但是缺少实际用途。姜远道，你够了，别在我的伤口撒盐，别在我的窗口晨练。艾娃笑笑，彼此沉默一阵。看到前方二人，姜远又道，你俩相处开不开心。艾娃道，还行吧。姜远道，还行就是不太行。艾娃道，就是凡事都得我做决定，我是喜欢被照顾的人，没想到有一天谈个恋爱事事都要我拿主意。姜远道，变女王了。艾娃笑笑。姜远道，你自己喜欢就好呗。艾娃道，我妈最后那几天，我知道已经回天乏术，就是没办法面对，幸好身边有个人陪着，陪我渡过难关。所以有人说单身好，自由，想干吗就干吗，他们那是没遇到大事，遇到大事，还是希望有个人陪着你的。姜远道，你爸呢，他还好吗。艾娃摇头道，追悼会上他心脏病发作，直接送医院抢救了，救过来以后，脾气就越来越坏，平时电话也不打了，过年七天，我们回西安看他，他一次都没有笑过，全程对我臭脸。我看他一个人在西安，又有心脏病，想接他去北京生活。你说我这个想法对吧，亲哥，我都买了房了，他过来有地方住，我也比较放心，就算不对，起码出发点是好的吧，是好心吧。谁知道他大发雷霆，冲我大吼说，我当没生过你这个女儿，以后老了也不指望你养，我自己过自己的。亲哥，我真的好伤心，自己亲爹说出这种话，一点儿亲情都不讲，我别的都依他，唯一一点，坚决不要娃，顺不了他的心，可他光凭这个，一竿子把我打死，至于么。如果我妈知道我和他变成这样，一定……说到此处，艾娃停了一下，不再开口。姜远道，不要说这些了。又走了几步，艾娃道，都在说我，你呢。姜远道，我什么。艾娃道，你怎么样，你家里呢。姜远道，还行，我家人没你爸这么强势。艾娃道，那就好。姜远不答。艾娃道，那你每天都在做什么。姜远道，喘气儿呗。艾娃笑道，有没有个正经的。你不是自由职业么，多叫人羡慕。姜远道，自由是个好东西，可惜一旦跟职业结合就完了，别人听着以为多潇洒呢，不用上班，人生赢家。其实吧，我这叫不自由职业，在家还不是拼死拼活，就这么着还是有上顿没下顿，揾食不易。艾娃道，所以说，没有绝对的自由，现在越来越觉得这话有道理。姜远不答，走了几步忽道，回到杭州之后，时间当然还在向前走，不知道为什么，我却好像得了抑郁症，因为我在自己的城市里没办法跟人交流，我熟悉的那些同学也好，兄弟姐妹也好，现在都散落在天涯了。有的时候做梦，会见到某个认识的人，那些情节很丰富，很生动，醒来以后却怅然若失。我对这个城市感到陌生得不得了，记忆当中的那些东西都没有了，那些气味，那些声响，本来看得见的那些东西都消失掉了。艾娃默然。姜远道，给你讲个故事吧。艾娃道，好。姜远道，在古希腊，有一艘忒修斯之船，是可以在海上开几百年的大船。为了维持它的使用寿命，只要一有零部件出问题，就会及时被替换掉。木板烂了，换，帆破了，换，船桨坏了，换。时间一点一点过去，直到所有的零部件都被换过了，它依然在航行。可是有人问，这还是原来的那艘船吗。好了讲完了。艾娃道，你是说，杭州就好比这艘船吧。姜远道，我说的是人。艾娃沉默半晌道，亲哥，你是聪明人，何必跟自己较劲，做人还是要向前看的。

中文最有趣。英文里前是前，后是后，中文反一反，讲向前看，其实是看以后，向后看，其实是看以前，仿佛火车上坐到一只反向座，或者逆水行舟。姜远向前望去，李娜早在前面溪滩处等着他们，旁边小马欢天喜地，拼命挥手。待走近了，姜远问道，这是第几涧了。小马脱口道，差不多八九吧。说罢脱下运动鞋提在手上，脚尖先试一下水，大笑叫了一声好冷，蹚水而过。姜远领着艾娃李娜踏上石块，小心翼翼过涧。那些石块大大小小，或平或凸，被一涧春水拍着，晃动青天的碎影，四面八方像有千军万马，却只壮声威，不见攻势。中途有几下李娜差点失去平衡，艾娃在后面托她一把，终于艰难稳住。到了对岸，姜远道，那边有洗手间，我去一下。匆匆便走，路上翻出艾娃朋友圈，滑到去年六月，只见黑色大理石墓碑上，整整齐齐刻了两行字：

如果住在彼此心里

死亡就不会是分离

颂云，你说我怎么办。老人背对门口垂头而立，四面白墙，面前一只黑色方漆盒，是数百只中的一只。房间并不空旷，却似回荡着炳炎的哀告。

颂云殁后，骨灰暂厝在殡仪馆。小玫的意思，早点落土为安，考虑到炳炎拮据，不如生态安葬，又有补贴拿，又为地球做贡献。炳炎不肯，犟头犟脑道，我答应过颂云的，要把她撒进西湖里，生病那几年她反复说过，就这么一个心愿。小玫心知不圆，便说安葬是大事，不如先搁置下来，寄存一段时间，等嘉嘉一起做决定。

自此炳炎每逢休息天，便骑车去殡仪馆探视颂云，对她尽诉衷情。有时心情快活，能说一两句玩笑话。颂云你看，我现在，对你是早请示晚汇报。说出口自己也觉得好笑，咯咯笑了一阵，惹得看门人侧目。有时则是涕泪涟涟，想起颂云最后十年在病榻上度过，一生那样爱美，那样不肯输人，眼看渐渐不能自理，索性外客一概不见，连战友来探都拒之门外。炳炎尽心服侍，人前没有半句怨言，心里总有艰难的时分。那次做了水蒸蛋喂她，他秉性粗心，忘记试温度，烫得她一口吐在棉被上，大咳了半天道，滚，笨蛋，滚，都给我滚。满眼都是恨，声音却是含糊的。炳炎赔笑道，我滚了，你怎么办，我有一千个不好，你也念一念我的好。颂云使劲挤出字道，你恨不得我早死，你好解脱。炳炎道，说啥，不要瞎说。颂云冷冷道，你怎么想，我还不晓得，你是啥人，我还不晓得。炳炎愕然。想起这些事，又看看眼前小小漆盒，那样熟悉的皮肤，那样活生生一个人，竟然就关在里面，黑天黑地，永生永世，真是不能想，一想就哭，一直哭出殡仪馆大门外，一路骑车回家，上楼给雪颖打电话哭道，雪颖你说，死了的人还晓不晓得，我们这些活人天天在记挂她。她一去，她是解脱了，我大概除非到黄泉下面再相见那天，才会得解脱。

唯独这一日，炳炎既没有笑，也没有哭。四面白墙，他背对门口，垂头而立。他不过把近来的遭遇说给颂云听。颂云，你说我怎么办。颂云静默无言。

次日，照常去学校。厨房已经进不去，索性直接到教学楼底下，宣传栏上贴了一张，又去二楼，语文教研组办公室门口贴了一张。一回头，保安小陈从男厕出来，炳炎故作镇定，和他寒暄。小陈道，吴师傅还没走。炳炎道，来拿东西。小陈客气道，吴师傅到我那边坐坐。炳炎推脱不过，便跟他走了。

两支烟点起来，才烧到一大半，孔校长带了两个老师冲进来，手上抓着一张撕下的纸，见到炳炎，愣了一愣，随即冷笑道，你倒好，主动投案。炳炎灭了烟，起身道，我写的每个字，每句话，都是事实，你自家心里有鬼。孔校长道，还贴大字报……身后一个年轻老师道，不是老人变坏了，而是坏人变老了，果然。炳炎怒道，你放啥屁。孔校长只当没听见，转头对小陈道，这个人昨天已经被学校辞退了，以后不许放进来。小陈不敢吭气。炳炎额上青筋全数爆出，朝孔校长拍桌道，我老吴在这里十一年，原先徐校长碰着我，都要客客气气叫一声吴师傅，你算啥东西，啊，新官上任三把火，第一把火就烧到我头上，说我是已退休人员，不得聘用。如果事先同我说清爽，好商好量也就算了，你倒好，厨房直接调了锁，防我进去，做人不是这样做的。孔校长用鼻子喷气道，会不会说普通话，啊，叽里呱啦，说的什么鸟语，有没有点素质。炳炎怒道，你不晓得，杭州人头硬，人家叫杭铁头。我现在举报你们私办食堂，没有证照，我现在揭发，你作为校长，你是不是负有责任，你。孔校长道，上纲上线，哪有食堂，不过几个老师自愿，凑钱搭伙请职工做饭而已。不是我说，你是什么样人，你自己心里清楚，档案里都有，充什么英雄，非要我当着那么多人说出来，谁脸上好看呢，啊，光荣是吧。炳炎愕然。孔校长对小陈道，这个人年纪大了，记性不好，赶紧请走，等下来找我。说完转身，带两个老师离开。

保安室又静下来。小陈上前道，吴师傅。炳炎额上冒汗，大口喘息道，小陈，我体谅你，我自己走，但是这件事不算完。小陈道，吴师傅，算了，您听我一句，息事宁人吧，您那么大岁数了，跟他们斗，弄得鱼死网破，不值当的。炳炎指着门口，切齿道，我的岁数，可以做她老爸了，她还这么不尊重我，人争一口气，我别的没啥，就是气不过被她看不起。小陈道，您不是有个女儿在国外做生意吗，您想想，吴师母刚过世，女儿知道您一个人跟学校这么闹，她得多担心。就说我吧，一年也就过年回一趟老家，家里人要是有点什么大小事儿的，我人在杭州，使不上力气，千里之外，得多着急呢。我意思是，您不为自己想，也为女儿多想想，不做就不做了呗，回家安享天年，打打牌钓钓鱼，不好吗，多一事不如少一事，别让女儿在外头操心。

年轻的时候，小赵眉如剑，目如星，皮肤雪白，吹个飞机头。小玫笑他，头发翘翘起，混充高尔基。外面人说他英俊，问他是不是混血儿。八七年春节联欢晚会之后，一夜之间，药房同事都叫他费翔。

那时小赵干活勤快，运输、仓储、采购、会计、配方、炮制、制剂，啥都做过。事情好像永远做不完，夏天赤着膊跑上跑下，手脚不停，师父讲，好一只药猢狲。师父何应贤，老底子延龄堂的，退休之后去了医院药房当技术人员，那时已经上了年纪，身体却健旺，冬天一片别直参，永远含在嘴巴里。两百斤的货，小赵跟何师父两个搬，小赵道，师父你歇歇，我们小伙子上。何师父不肯。何师父常常讲，耀耀你记牢，做事情要凭良心，我们中药这碗饭，是良心饭。何师父有一个独养孙女儿，见小赵人物风流，暗生出许多情愫，常往药房跑。后来何师父讲，虹虹，小赵是已婚人士，人家都当父亲了。虹虹大哭一场，不再出现在药房。何师父活到八十七岁，无疾而终。

想起来真是旧事如天远。报告厅里，小赵站在台上，对着下面专家侃侃而谈，背后幻灯片写着大字，易感基因检测，预防医学革命性的新开端。小赵道，万事万物都有个发展过程，现在咱们中国人这方面意识还比较弱，好比二十年前，互联网兴起之初，大家不上网也没关系，可是现在，谁三天不上网试试看。台下有人发出短促的笑声，有人无动于衷，低着头按手机。小赵又道，这个发展过程是长是短，取决于两点，第一，科普宣传，第二，就是成本。一个健康的人，他不会觉得测基因是刚需，让他花几千块，几万块去测，他要考虑，哎哟，我钱包里明天买菜的钱还够不够。台下一阵大笑。小赵得意，又道，但如果只要两三百呢，出于好奇你也愿意试试看，对吧，何况它满足的不只是好奇心。我希望，随着技术的发展，和我们的专家学者，有识之士，一块儿来做科普宣传，努力让检测成本这一块，在未来的五年、十年内，有一个明显的降低，那就是一件利国利民的大好事。台下掌声响成一片。

晚上，三个人在家里叫了外卖，四菜一汤。老虎有瓶洋酒，也拿出来开了喝掉。酒足饭饱，老虎不让韵韵收桌子，韵韵坐到沙发上，笑吟吟陪小赵聊天。小赵笑道，看还看不大出来。韵韵道，还早呢。小赵道，韵韵希望是儿子是女儿。韵韵道，振华喜欢儿子，我希望第一胎是女儿，因为女儿懂事，可以帮我们管管下面的弟弟妹妹。不过其实都好，只要平平安安，以前听单位同事说，怀孕头三个月不要告诉别人，否则胎儿元神太弱，容易空欢喜一场，我其实现在还有点慌，蛮后悔的，是不是说太早了。小赵大笑道，这种都是迷信，我从来不相信的，咱们要以科学为基准。韵韵道，嗯。小赵道，不要太担心，照常工作生活，等到七八个月的时候，这边单位里请个假，我们接你回杭州去生，杭州医院我熟人多，方便一点，否则你在北京，到时候床位都等不到，只能睡过道。韵韵道，嗯，又问，妈还好吧。小赵道，本来这次我劝她一起来，但老虎二舅要准备开刀了，她这个人劳心，一定要陪着。韵韵道，应该的，应该的，妈自己也要保重身体，不能太累了。小赵点头道，姜家几兄妹，好像身体都不是太好。你说有没有遗传的因素在呢，可能也有，但是后天的生活方式同样重要，饮食习惯，生活作息。我以前刚上门，印象最深就是老虎他外公，这么大的饺子，猪肉青菜馅的，他一顿能吃六十个。我吓了一跳，我说叔叔，那个时候还叫叔叔，我说叔叔，阿姨包的饺子这么好吃，吃这么多啊。我讲得很委婉，那个时候还没结婚，有些话出于一种礼貌，不好说得太直接。他外公一边吃一边笑，他说好吃，好吃，锅里还有，小赵，别客气，管饱。我印象是非常深刻，我想东北人果然跟我们南方人不一样，大口吃肉，大碗喝酒，果然豪爽，其实现在回想起来，这样吃东西，对身体有百害而无一利。韵韵道，嗯。小赵道，一眨眼睛，我们也到了当时他外公的年纪，健康要放到第一位了。等他二舅开好刀，稳定了，我叫他妈过来，在你们这里住一段时间。一来照顾你，省得你买菜烧饭，天天吃外卖呢，也不是回事情，对吧。二来给她也换换环境，放松放松心情，最近家里事情多，一件一件扑面而来，再坚强的人也扛不牢的。韵韵摆手道，我倒是没关系，主要担心妈妈。

老虎在厨房里，望着路对面的行人发了一会儿呆，走回客厅。小赵道，老虎。老虎道，嗯。小赵道，我正好跟韵韵在说，等到满十二周了，我去安排一下，带她去做个基因测序，几种主要的遗传病，像什么唐氏，都可以筛查。以前不知道，接触了才发现，原来基因测一测，可以解决那么多问题，包括你二舅的病，如果确诊了，也可以用这个办法来找到对他最有效的药。老虎道，嗯。小赵道，我在想，等小朋友生出来之后，再带他去做一个天赋基因测试，知己才能知彼，最难的就是知道自己，哪方面有天赋，我们就重点培养，哪方面弱一些就回避，扬长避短嘛，我作为爷爷，刚好有这方面资源，可以帮助他一步到位，赢在起跑线上。老虎朝韵韵递个眼色，韵韵会意，对小赵道，对了爸爸，我记得振华小时候特别皮，小学跟他同桌三年，没少被他欺负，怎么现在再看他，性格完全不像了，有时候都怀疑，是不是我的童年记忆有问题。小赵笑道，他外婆以前老说，我算开了眼了，一百个小孩儿里头，再找不出一个这么皮的。好像九几年吧，俄罗斯大马戏团来杭州剧院，人家给了我两张第一排的赠票，我想蛮好，带了儿子去看。台上面金发美女指挥海狮顶球，我专心在看，一个不当心，振华蹿到台上去了。去干吗，你猜猜看。韵韵笑道，看到美女太激动了。小赵大笑道，他去跟海狮抢那个球。老虎自顾自进屋去，小赵望了一眼他背影，继续同韵韵说说笑笑。

对于小赵来讲，有酒有开心。在家独酌小乐胃，天成、天鸣得病后，聚会再也没有老酒对手，近来总觉得苦闷。韵韵怀孕，是一片悲歌中独有的喜讯，小赵见了儿子儿媳，心中块垒如冰雪消融，不免拉老虎多喝了几杯。这晚住在老虎家客房，梦见自己只有十七八岁，仍在萧山袭江公社插队。听见外面人家喊，狗跷了，狗跷了，哪个会医。小赵开门，看见是虹虹，愣了一愣。虹虹哭出乌拉讲，不好了，我的狗跷了，耀耀阿哥救命。小赵自告奋勇，给狗做针灸，一针下去，扎在自己手臂上，嗷嗷叫醒。眼睛睁开，房间漆黑一片，只觉心跳怦怦厉害，头痛欲裂，慌乱中按下手机，才知道今夕是何年。

一九九六

顺风大酒店，右手杭报，左手浙报，对面就是星星娱乐城。早几年星星刚开业，大厅卡拉OK点唱，门口七八只玻璃水缸，里面各式活鱼活虾，婷婷和老虎每次看不腻。吃了几年渐渐厌了，后来顺风开张，也是港式海鲜酒楼，结合本地杭帮菜系，又有两层包厢可订，都是香港地标名字，每间都有独立卡拉OK，气派自然大于星星。此后出外聚餐，小赵一般首选顺风。

这天包厢选在太平山。素兰隆重登场，穿一件紫底黄色圆点鸡心领毛线罩衫，前襟露出黑色茶花开司米套头衫，上横头坐定，背后墙上贴一幅红色寿字剪纸，左首老虎、小赵、炳炎、天鸣、天成、姜远，右首小玫、颂云、敏儿、婷婷、雪颖。小玫要了芬达，颂云敏儿选了椰汁，老虎婷婷都喝可乐，姜远见菜单上有一种亮蓝色柠檬味汽水，颜色可喜，跟雪颖耳语几句，二人各点了一杯，其余人面前的空杯子，小赵拿自带的绍兴花雕一一斟满。中间圆台面上，蒜蓉扇贝、清炒黄蚬儿、红烧甲鱼、松子鳜鱼、油爆虾、东坡肉、糖醋小排、八宝酱丁、炒三丝、萝卜子排汤，菜已经上得七七八八，一瓶醉泥螺也是小赵带来的。炳炎看看墙上挂钟，和颂云交换个眼色，低声对小赵道，要么不等了，菜都冷了。小赵于是清嗓，对众人笑道，今朝特别选了这个地方，名字也有讲究的。顺风，好像是给人饯行。今天一呢，是妈六十八岁大寿，二呢，也是给她接风，这个顺风、接风，听起来不是太贴切，但是妈这么大年纪，出一趟远门，不容易，现在回来高高兴兴、平平安安，太平两个字，不但应景，也表达了我们小辈对妈晚年的一种祝愿。说罢起身举杯，众人有样学样，不拘黄酒或者饮料，齐齐敬素兰一杯，然后各自动筷。

敏儿问道，妈，这次去了哪些地方。素兰道，我想想，广州、深圳、珠海。小玫劳心，将那盘扇贝一一分到众人盘子里，素兰、炳炎、敏儿都客气不要，小赵道，什么不要，规定要的，十三个人，算好了，一人一只刚刚好，阿姐，嘉嘉那只先给她留出。姜远看了一眼道，只有十二只。小赵一惊，数了一遍，确实只有十二，忙道，你们一人一只，这种贝类东西，我本来就不大要吃。敏儿仍跟他客气，两个人都站起来，四只筷子夹了一只扇贝扯来扯去，小赵力气大，硬塞到敏儿面前，筷子一搁，捋一捋刘海道，你们多吃点，我不是客气，外面客户同我吃饭，这种海货三天两头有得吃。定了定神又笑道，来，请妈发表讲话，这么一趟下来，最喜欢哪里。素兰想了想道，广州最好，我就喜欢第二天早上吃的一个包子，里边是甜蛋黄馅儿，咬一口，一不留神，哎呀，流得可哪都是。众人都笑，天成前仰后合，眼角皱纹挤成一团。小玫问道，广州好，深圳不好啊，世界之窗，你忘了，凯旋门，埃菲尔铁塔，我们三个不还照相来着。素兰道，我知道，那大公园儿。小玫笑道，好不好。素兰不屑道，有啥好，里头那些景儿不都假的么，嗨嗨，坟头烧报纸，糊弄鬼呢。

众人又笑，婷婷不解，缠着敏儿问什么意思。小赵道，妈这个语言水平，绝对不在演小品的那个老太太，叫，叫什么。雪颖道，赵丽蓉。小赵道，绝对不在赵丽蓉之下。我讲只故事，这趟到深圳，人家请我吃饭，他们日本公司，我上次帮了他们个忙。我说妈，今天这顿饭，人家是一定要请的，我跟小玫两个人去，哦，把你丢下，这总不可能吧，但你去了说是丈母娘呢，恐怕也不是最合适。我想要么这样，你就说是我们单位的，你的年纪看上去呢，总归是个主任，话呢不用多，只要一，笑，二，谢谢，三，你们随意，这就差不多了。妈一点不担心，马上说，行。到了人家饭店里，好了，我跟他们介绍，这位是我们单位王主任，妈微微一笑。对面梁总说，王主任，感谢光临哦。只见妈右手手掌这样，缓缓伸出来，像打太极一样做了个推的动作，意思就是，不必客气。那个仪态气度，我学都学不出来，真是厉害。好，接下来吃饭，那真是大场面，对方日本公司四五个领导都在，一顿饭吃下来，少说一个小时总要吧。话到此处，小赵瞟到门口，忽然刹车道，来了啊嘉嘉。

众人回头，见嘉嘉一头齐耳短发，戴两只点钻圆耳钉，眉毛嘴唇都勾勒得精致，白衣白裤，只有包是黑色。姜远屁股拖着椅子，朝雪颖身边挪了挪，要腾位子，小玫叫道，那边要上菜的，嘉嘉来，坐我这来。嘉嘉便去颂云和小玫中间挤着坐下。小赵道，嘉嘉今天有空啊。嘉嘉道，嗯。炳炎把酒瓶转到嘉嘉面前，催道，赶紧，先敬外婆一杯，我们都敬过了。嘉嘉手缩在袖子里，只露出几根指尖，倒了酒，眉目含笑，唤声外婆，素兰举杯，瞅着她乐。嘉嘉道，外婆这么健康，活个一百岁总归没问题的。众人都笑，叮一声，二人碰杯。小赵道，嘉嘉越来越漂亮了，人家说，女大十八变，这句话用在嘉嘉身上最合适。抿了一口酒，又道，小时候胖哦，穿个连衣裙，背后头一看，哦哟，跟苏联大妈一样，你自己还记不记得。嘉嘉浅浅一笑。小赵道，现在是脱胎换骨了，刚才走进来，我眼睛一抬，呆了一头，以为哪个港台明星来了，有一种成熟女性的妩媚姿态，女人家味道足起来了，很好，很不错。敏儿笑道，被小赵一说，是蛮像明星，就是想不起来是哪个。众人都点头，当中姜远叫了一声，张曼玉。众人再看嘉嘉，果然有八分神似，无不嬉笑嗟叹。小赵道，还是姜远脑子灵，我看，张曼玉算什么，咱们家吴嘉玉，比一比又不输的。嘉嘉被姜远当众一说，又想生气，又要笑，又难为情，隔着桌子冲他道，你喉咙怎么回事，粗得咪。小玫笑道，变声了，男伢儿，发育期。瞥见雪颖给她递眼色，也就不再说下去，只有姜远自己红了脸，借着喝汽水，将酒杯挡在面前。

小赵道，嘉嘉现在怎么样。嘉嘉道，什么怎么样。小玫道，他意思问你，有没有对象。嘉嘉头也不抬道，有没有对象是我自己的事，不用别人操心。众人听了都一惊，炳炎忙道，好好说话，小姨父哪里是别人。嘉嘉不答。小赵也不以为意，照样笑嘻嘻道，我听出来了，没对象。没对象不要紧，暂时的事情，女孩子长得漂亮，不愁没对象，到时候百万富翁、归国华侨，都到你们观巷去排队了。不过阿姐，关要好好帮嘉嘉把把牢。我一直有个观点，说出来不怕你们批评，我认为女孩子书读得好不好不是重点，除非你特别优秀，清华北大，那是另说，否则的话，差不多就可以了。关键要长得漂亮、出挑，然后眼睛擦亮，找对机会，嫁对人家。假使你先天条件不好，长得不够出色，或者有些缺陷，怎么办呢，我又要说了，现在整形技术这么发达，对吧，为啥不利用起来。我一个小兄弟，原先一道萧山插队的，后来恢复高考，第一届，他读了医科，前两年比利时进修回来，现在已经是著名整形美容专家，假使大家有需要，我一个电话过去。小玫道，有毛病，搞七搞八。小赵不理她，继续道，现在流行人造美女，知道自己不够完美，利用技术手段修修补补，让自己更加出色，合理获取更多的机会、更多的资源，有啥不好呢。爱美之心人皆有之，男人希望老婆美，女人也希望自己美，等到嫁进一个好的家族，后面的路就顺了。人嘛，姜远，人是一切社会关系的总和，嫁给一个人，就是嫁给他的社会关系，这个话又不是我讲的，是马克思讲的，长得漂亮不要浪费，好好挑选对象，长得不是最出色呢，我也建议，考虑做一些动作，时代变了，观念要更新。座中有人剥虾剥得出神，或者只顾闷头吃米饭，小玫对众人道，不要去理他，吃了两口老酒，自己姓啥都不晓得了。对面雪颖也道，小玫没讲错，小赵，你这种想法就是封建，还叫人家观念要更新，你是重男轻女，老早讲起来，属于反动思想，好比革命革了半天都等于个零，一夜回到解放前。小赵笑道，雪颖呢，一直是我们大家庭一道亮丽的风景线。姜远听了看看妈妈，使劲憋笑。又听小赵道，脸孔漂亮，条杆儿好，穿衣打扮有品位，有气质，不落俗套，这叫老天爷赏饭吃，老外叫 gifted，又遇到待她这么好的老公。天成待雪颖好不好，作为男人家，我是深有体会的。我跟姜颂玫同志，当初为啥被她吸引，第一印象，肯定不是她读书成绩，不是她兴趣爱好，那些是灵魂层面的东西，灵魂是不会写在脸上的，人家轻易看不见，看得见的是什么，就是一张脸孔。我们是马路上认识的，狮虎桥，我骑车子回家，前面三个女孩子并肩走，背影都一样高挑、挺拔，都是绿军装，白衬衫领子翻在外面。骑到前面一回头，另外两个一看就都是，怎么说呢，属于庸脂俗粉，只有姜颂玫让我眼前一亮。原先总听人家说英姿飒爽，这四个字认是认识，具体啥意思，不明白。见到小玫第一眼，我脑子里啪啪啪啪跳出四个字，英姿飒爽，我想这位女同志倒蛮特别的，仪表极其不俗，我倒要跟她认识认识。

大家欢笑一阵，小玫笑道，好了，你差不多了。忽然敏儿道，前面一只故事呢，有头没尾，赵经理。小赵拍额道，二奶奶表态了，那么我继续讲。那天吃饭，场面真叫大，对方两个副总，两个总监，都是国际大公司领导，不是跟你玩儿玩儿的。金总监一边敬酒一边说，这次事情，多亏赵哥帮了大忙，王主任作为领导，功不可没。妈就轻飘飘笑一笑，碰个杯。这时候梁总突然说，王主任觉得我们这个项目怎么样，这里都是自己人，可以放心说话。我在旁边一听，这个事先没有排练过，心里捏一把汗，怎么办呢，想要帮她挡一挡。结果妈不紧不慢，妈是怎么说的，妈你自己再说一遍，我学不像。素兰想了想道，我就说，挺好，挺好，行了，大家都是朋友，也别光表我们的功，打铁不还得自身硬么，那得项目本身好，我们才能使上劲儿，往前推一把，不是么。众人都笑。小赵道，你们听听，就是这种水平，乍一听，非常得体，仔细一想，又非常含糊，整顿饭吃下来，一点破绽也没有。以前爸在，我经常跟小玫说，爸就好像一棵大树，不管对内、对外，姜家都是爸做主，我们小辈也好，妈也好，大家都躲在这棵大树底下乘凉，很有安全感。爸不在了，这两年妈的才华，咦，好像反而一下子发光了，至少我个人的体会是这样。素兰听了笑道，嗨嗨，不就几个小丫头小伙子么，对付他们，这点水平我还没有啊。小赵道，你们看，这就是气魄。坦白讲，这件事我是深受触动，妈身上这个，就叫大将风度，不需要你读过多少书，博士毕业，留过洋镀过金，没用的，我告诉你。天成道，我插句话，三国有个大将叫王平，诸葛亮死了以后，王平等于军队里的一根顶梁柱了，放到现在，相当于军区司令员。这个人没读过书，认识的字不超过十个，要紧吗，不要紧，他让手下给他读《史记》，读《论语》，他自己会分析、归纳，总结里面的道理。他要写信，要给皇帝上奏章，都是口述，交给手下来记录，讲话非常有条理，那些读过书的人，什么秀才、状元，都佩服他。小赵点头笑道，天成最懂我的意思，我看妈的水平，当个军区司令员肯定不在话下。这个不是我拍老祖宗马屁，跟你们说，后来我们临走，人家梁总电话里还特别提到，赵经理，你们王主任真不错，又儒雅，又包容，又随意，我做生意这几年，像这么有档次有气质的老大姐，确实不多见。

众人笑得东倒西歪，雪颖忽然被鱼刺卡住，一脸惊恐，姜远在旁猛拍她后背，实在不行，硬吞了两口米饭，方才好些。天成看着她道，眼泪水出来了。雪颖道，嗯。天成道，是笑出来的，还是鱼骨头卡出来的。雪颖凤眼一瞪，天成讪笑着夹菜。小玫看看雪颖无碍，又道，我妈原先还给老邻居取绰号呢，有个白医生，我爸他们单位医务室的，脸也煞白，驼了个背，一天到晚佝着走，看人是这样，脖子不转的，用眼睛余光看，我们都慌他，老远看到都绕开走，我妈管他叫啥，叫阴死鬼。天成、天鸣都叫道，对对对。天成道，对面马路戴丽娜，跟我姐一个班的，一天到晚打小报告，我妈叫她戴笠，是吧，姐。颂云笑道，多了，还有萧山大老婆、小木匠、大喇叭、二五子、华侨阿姨、搓衣板儿、死鱼眼睛、大头娃娃，都是我妈叫出来的。小玫道，大头娃娃他弟可怜，六和塔里叫人踩死了，那年才念小学。天鸣道，是，是。老虎瞪大眼睛道，六和塔里怎么踩死人了呢。小玫道，那年他们去春游，先去蔡永祥纪念馆扫墓，再到旁边六和塔玩。六和塔我们带你去过的，楼梯多少窄，多少陡，楼上有个电工修灯泡，把灯一把拉灭，一片漆黑。有个学生也皮，在那起哄乱叫，鬼来了，这一叫不得了，下面学生吓得乱挤乱推，一个跌倒，一片都跌倒，噼里啪啦，踩死了好多个。天鸣道，一百多个。婷婷听了发愣，又朝敏儿耳边说悄悄话。天成道，没那么多吧，我记得是十多个。天鸣一脸不屑道，十多个哪止，你肯定弄错了，我不会错的。天成道，你记性不好，叫小玫说说。小玫道，好像是十多个。天鸣道，不止，不止，这件事情很大，后来弄得六和塔都封闭了好几年，我不会记错的。七嘴八舌争了一通，一旁素兰东看看西看看，看到姜远，便向雪颖使眼色，小声道，给那孩子夹个甲鱼腿吃。姜远道，吃了，吃了。雪颖也道，他吃了。素兰道，得给他多吃，正长个儿的时候，啥有营养吃啥。天成像他那么大的时候，可能吃了。雪颖脱口便道，那么能吃，怎么现在也不高呢。素兰语塞，姜远噗一声笑。旁边争论声小下来，小玫道，我又想起一个我妈起的绰号。众人问是什么，素兰也问，小玫要说没说，自己先笑个不停。老虎道，到底什么啦。小玫忍住笑道，猪八戒，就是隔壁院子的老徐头。天鸣道，知道知道，大胖子。小玫道，胖得唻，两百多斤总有吧，一只手膀有我腰这么粗，那时候条件差，很少有人这么胖的，我妈背后就叫他猪八戒，像是像，叫猪八戒真的不算诬蔑他。平时跟我爸聊天，我妈就说，东头那个猪八戒又怎么怎么了。结果有回我爸在巷口碰到他，我爸老实啊，打招呼，本来要叫老徐，一下叫错了，脱口而出，哎呀老猪啊吃了没。

众人先是一愣，半秒之后，又是一阵大笑，老虎猛力拍桌，掉了筷子钻下去捡，抬头看见对面敏儿母女满面通红，娇喘连连，嘉嘉索性把头埋进双肘之间，窃窃地笑个畅快。倒是素兰自己反觉得不好意思，只是看众人高兴，因此也在旁赔笑，免得扫了大家的兴。酒菜吃畅，小玫拎蛋糕上桌，裱花硬奶油款式，周围红绿樱桃环绕，中间生日快乐四个红字，端正大气。八支蜡烛点燃，张张面孔映亮，都是笑脸。老虎领唱生日歌，众人齐声拍手合唱。老虎道，外婆吹蜡烛。素兰吹一口，烛火迎风摇曳。老虎道，使劲，要吹灭。素兰又一口，只灭了一支，自己也笑了。老虎技痒，啊呜一口，七支全灭。众人欢呼，鼓掌，姜远望见素兰身后，窗外一轮圆月，静静悬在红尘之上。

声声有情，心心相印，西湖之声。杭州人的一天，大都从这句话开始，一边刷牙洗脸，一边听晨间新闻。上学上班各有各忙，等到夜里吃饭，再以《金手指》佐饭下肚。题目都是智力竞猜，脑筋急转弯，有时听得火起，嫌憎人家听众反应迟钝浪费奖品，自己电话拎起，打了一百次都是忙音。其中一个环节，嘉嘉前几年推荐过。很滑稽的，她神采飞扬，对姜远道，你要朝反方向回答，是非要颠倒。雪是黑的。是。你是中国人。不是。地球不是方的。不是，是，是不是。对不起，回答错误，有请导播接通下一位听众。你是傻瓜。是。

后来这只节目取消，嘉嘉又介绍一个新玩意。你拿起电话打一六八，里面会有个女的提示你，比如星座运程，就选二，古今故事就选五，有奖猜谜就选六，还有什么情感空间，开心一刻，反正很多啦。嘉嘉眉飞色舞，姜远心痒，回到家就亲自试验。家里一台分体式黑色电话机，主机固定不动，分机造型类似大哥大，可以拿到隔壁房间。姜远提了分机，偷偷躲进厕所。月底话费结账，雪颖一看竟然三位数，拿了账单质问天成，天成不认，又去问姜远。姜远目光躲闪，推说不知道。天成故意轻描淡写道，大家都不知道，那只好找电信局了，肯定电信局弄错了。姜远道，我没怎么打，就打了几次声讯电话。天成雪颖都不再追究，只当此事没发生过。姜远知道贵，不知道这么贵，也就不敢再碰。再后来碰到嘉嘉，怪她不说清楚，嘉嘉笑道，其实查星座不用这么麻烦，现在有一种办法，就是电脑上网，有个叫雅虎的网站，什么都可以查到。她在纸上写下一串英文字母，对折起来交给他。

姜远想起来，上次顺风大酒店之后，已经快一年没见到嘉嘉了。最近几次家族聚会，总是独缺她一个，原先四个小孩玩摸摸儿，现在只剩三个，再也玩不起来。好在姜远又新发明一个游戏。把纸撕碎，取五张一厘米见方的小纸片。你们先出去，这些纸我会藏在这个房间里，不过只能藏在表面，等下你们来找，五分钟，看谁找得多。婷婷和老虎不明所以，姜远道，比如这样。纸片被他放在白色床头柜台面，放在老虎的钢琴白键上，放在踢脚线上，靠着白色墙壁，白色消融于白色之内。哦，懂了懂了，老虎道，这个叫什么游戏。姜远随口道，就叫白茫茫好了。

邓小平逝世，香港回归，白茫茫取代了摸摸儿，没有嘉嘉的日子取代了有嘉嘉的日子。老虎过了钢琴九级，小赵兑现承诺，奖他一台游戏机。从此以后，没有摸摸儿也没有白茫茫，三兄妹碰到一起，必然是北屋打游戏。随机附送的一盘游戏带里，《魂斗罗》是三十条命的版本，不需要用加命秘技，从头通到尾，根本没有难度。倒是《雪人》这只游戏，唯一乐趣在于双打，如果朝上跳得太快，就会变相拖死自己队友。姜远谨慎，有时多杀几个野人清除后患，难免孤军落在下面，老虎故意加速，红雪人朝上三连跳，蓝雪人跌入深渊，连死两条命，气得姜远大骂道，你故意的，白痴啊，变态佬。旁边婷婷吃吃笑个不停。姜远手柄一甩道，你玩，我不玩了，气冲冲走出去上厕所。

路过外屋地，看到素兰、小赵各坐在饭桌旁的方凳上，颂云一人坐在沙发，气氛凝重，只有天鸣站着，倚在大门边抽烟。姜远心知不对，进了厕所，门缝里偷看他们。只听小赵道，阿姐，他又不是被人家冤枉，纯粹自己脑子发昏。说是说为了你，听起来好像是好心，实际上呢，有老婆有女儿的人，把你们放在哪里呢，特别是嘉嘉现在，最需要父母把关的时候，他作为父亲，弄出这种事情，说难听一点，嘉嘉对象都不好寻了。一个人，不但要听其言，还要观其行，这样的男人家就算出来了，你以后还指不指望他。颂云双眉紧锁，低头捂着茶杯，默然不语。小赵又冲素兰道，妈，你说是不是，姜家上上下下，不说有多大出息，至少都是清清白白，哪里有过这种事，半点都没有的。素兰迟疑半天，愁眉苦脸道，你爸爸还在那会儿就不大同意，颂云不要命似的，非要跟他，要不然我和你爸爸指定反对。小赵点头道，所以说，还是爸爸有识人之明。阿姐，照理说我是妹夫，是小辈，你的事情我不应该指手画脚，小玫昨天还特别同我说，她说赵一耀，你不准劝我们阿姐离婚，不是不应该离，是不应该你来说。但我为啥还要说，说了对我自己有啥好处，做这件事情我有啥收益，一概没有，没名没利，完全是出于对家人的关心和担忧。现在姆妈也表态了，阿姐，你再考虑考虑，婚姻不是非要一条路走到黑的，法律给你结婚的自由，也给你离婚的自由，现在离婚的人多多少少，当初两个人走到一起是自愿，现在形势发生变化，不合适走下去了，股票里面叫割肉，专业一点叫止损，对吧，一个意思，当断呢，还是要断。颂云摇头，仿佛喃喃自语道，你不晓得的。小赵道，阿姐，你条件那么好，看起来顶多四十岁，又有气质，根本不用担心以后。如果需要，我认识的优秀单身男士也有好几个，都是五十岁出头，身边女人家不少，但是要再寻一个合适的，过日子的，并不是很容易，上次碰到龚所长，龚所长还同我说，他说小赵，多帮我留意留意。我说没问题，君子成人之美嘛。颂云道，差不多了，小赵，可以了，不要说了。

砰砰两下，婷婷敲门，哥哥你还没好啊。姜远喊道，马上。

婷婷道，老虎不玩了。姜远便开门跟她走，外屋地一片安静，偷偷瞟了一眼颂云，四目相对一瞬间，见她眼睛红红的，像受了委屈的小孩子。素兰劝道，别老打游戏机了，眼睛啊。姜远顶嘴道，谁老打了。回到北屋，和婷婷两个坐下，翻了一遍目录，没有一个特别想玩的，最后随便选了《南极大冒险》。《溜冰圆舞曲》响起，胖企鹅跳着笨拙的舞步捉鱼。姜远低声对婷婷道，大姑姑好像在哭。一旁老虎听了，登时从沙发上弹起来，想要开门去看，被婷婷打了几下屁股才止步，嬉皮笑脸道，为什么哭啦。姜远瞪他一眼道，大人的事，你小孩少管。

这时有人推门，三人回头看是天鸣，老虎便缠着他问颂云的事。天鸣道，跟我打一盘《街霸》，你赢了就告诉你。老虎不肯。天鸣又叫姜远，姜远也不肯。天鸣道，你们都没用，打不过我，特别是你，你个纸老虎。老虎道，屁。天鸣道，你是屁啊，怪不得臭死了。老虎怒道，你才是屁。天鸣道，谁输谁是屁。老虎气鼓鼓应战，选了春丽，天鸣选了魔胖，姜远、婷婷站他们身后观战。只见春丽以攻为守，亮出一条剪刀腿，蓝旗袍开衩到大腿根，魔胖静候不动，俟其不备跳上前去，倒抱住春丽腰肢，一招坐凳，将她头朝下重重摔在地上。那春丽纤纤弱质，经这一摔已经头晕不起，魔胖趁势连绊带扇，揍得她无招架之力，最后一记飞体攻击，苏联赤色旋风完胜中国小妞。姜远、婷婷笑得抱成一团，天鸣卖乖道，认不认输，谁是屁，你说。老虎道，臭猴子，有本事再来。天鸣道，不来了，一局定输赢，你已经是我手下败将了。老虎道，不行，三局两胜。天鸣笑道，来就来。正要继续，背后一个声音道，老虎。老虎应声回头，表情僵在脸上，只见小赵脸板着，笔笔直直站在门口道，两小时了，时间到，你怎么承诺的。老虎撇撇嘴巴，把手柄递给姜远。

姜远道，算了，我也不玩了。说罢从小赵身边挤出门去，外屋地已无一人，灯也关了。走回里屋，素兰在阳台拿只如意拍，探出半个身子拍了一通被褥，收进来抱回床上。姜远道，奶奶，大姑姑呢。素兰道，走了。姜远道，哦。素兰道，干啥。姜远道，没事。素兰道，刚走，那不，瞅，那呢。姜远挨着栏杆探头朝她指的方向望去，只见浙建三公司旁边小径上，颂云骑着车缓缓离去，一身暗紫色套装如同日边的晚霞，摇摇晃晃，坠向远处的西天。

晚上九点钟，彭激扬《天天传播》，主推港台新歌。班里同学分成两派，一派喜欢动感、活力，代表人物李玟、张惠妹，一派喜欢深情、悲情、苦情，代表人物不胜枚举。但凡上华公司出品，姜远必买，解放路新华书店、圣塘路外文书店、七中门口音像店、素兰家楼下小书店，一律九块八一盘。贵是贵，买来就能永久拥有，内页不但有偶像照片散发油墨香味，看得到的歌词似乎也更引人共鸣，大概眼睛长在耳朵前面，视觉总比听觉占优。

有一张合辑《二王二后》，精选齐秦、熊天平、许茹芸、许美静四人金曲，齐秦老一辈除外，另外三个都是姜远心头所好。许茹芸、许美静到底谁的唱功好，姜远犹豫不决。朱雨琦喜欢许茹芸，爱她唱出少女悲喜心事。九五年圣诞节早上，姜远第一个到教室，抽屉里有人抄了满满一本许茹芸歌词，又附一张贺卡，卡通麋鹿封面，打开没有署名，只有一句英文，I love you，外加一句中文，猜猜我是谁。那笔迹昭然若揭，姜远暗暗心惊，从此不再与她说话。直到初三突然悔悟，写了贺卡主动道歉，也塞到对方抽屉里，二人至此冰释前嫌。嘉嘉也喜欢许茹芸，说她声音好，听得人心里舒服。没有星星的夜里，我用泪光吸引你，既然爱你不能言语，只能微笑哭泣，让我从此忘了你。有一盘许茹芸的磁带，封面她翠衫素裙，背后是大片蓝天密云，姜远甚是珍爱。不过按照彭激扬的说法，许茹芸技巧高超，许美静以感情取胜。冬天归家途中，夜幕暗沉，城市升起橘色昏黄灯光。你的爱已模糊，你的忧伤还清楚，我们于是流浪这座夜的城市，彷徨着彷徨，迷茫着迷茫，选择在月光下被遗忘。大火过后的天工艺苑一蹶不振，中山北路沿街仍是两层木质民国旧屋。终点站，河滨六区到了，下车的乘客，请带好随身物品，从后门下车。老者走到最前面，指着手表对司机道，井亭桥到河滨六区，你用了二十九分钟。司机英俊而内敛，不解道，快还是慢。老者道，快啊，肯定是快啊。司机笑了。下车，往家的方向走，小区入口原先新农百货商场的位置开了间肯德基，不久之后对面又会开出一家麦当劳，萧瑟风中的少年身躯单薄，不知不觉也做了都市夜归人。

有时回到家，客厅里雪颖在打麻将。装修后新买了木头餐桌，台板抬了，下面四四方方一块草绿色绒布桌面，变成麻将桌子。搭子都是四邻八舍，最常来一个，六〇二利勤，老公是天成同时进厂的老同事，后来跳出去开公司，利勤自己病退在家，天天麻将搓搓，交谊舞跳跳，好不开心。雪颖小她几岁，颇得她照顾。冬天清早听见铁门砰砰两声，利勤隔着门喊她道，小鬼头，早饭给你买好了。雪颖开门一看，门框上挂了一副烧饼油条，利勤已经不见。也有时挂着水果、吴山烤鸡、五芳斋粽子，全看利勤心情。不过人到了麻将桌上，又是另一副脸孔，一次利勤庄上要做大牌，被雪颖拉了杠，一来一去相差一千多块，利勤登时板起脸孔，桌子一拍，臭骂了雪颖一通，摔门而去。雪颖也爱面子，本欲翻脸，想起利勤平日种种好，知道她是爽快人，喜怒来去都快，到底忍而不发。志红小声道，都说叶雪颖麻品好，今朝总算见识了，人家话语这样难听，你也屏得牢。雪颖听了，笑笑而已。对面老姚，原先杭州铁路分局设备部工程师，退休后没有另外爱好，唯独四四方方一座城放不下。老姚脸孔蜡黄，头发仍旧全黑，平时自称麻国皇帝，封利勤为贵妃，玲娣、志红、郭萍为贵人，阿丰为公公，唯有对雪颖不敢造次，封为公主，雪颖也以父皇相称。老姚常对众人道，我的那个正宫娘娘，一年四季，永远一张哭作脸孔，每天对了她，心情都要变差，寿数都要变短。玲娣道，不欢喜么索性休掉，现在啥年代了，老夫老妻离个婚算啥，你看人家志红，一个女人家，说离就离，净身出户，煞清爽，梅兰芳。利勤也道，皇上，听我一句，老太婆趁早休掉她，寻个小姑娘儿，每天白天抱抱，夜里弄弄，味道多少好。玲娣冷笑道，你又晓得了，人家外面花七花八，小姑娘儿不要太多。雪颖会意而笑。老姚呀呀唱道，誓把座山雕，埋葬在山涧，壮志撼山岳，雄心震深渊，待等到与战友会师百鸡宴，捣匪巢定叫他地覆天翻。但是呢，休掉休不掉哪里是说说这么容易，这种要求如果提出来，我同你们说，雌老虎要吃人的，出人命的。你们是不晓得，我每天一肚皮苦水没地方倒，幸亏公主同各位爱妃陪我消遣消遣，知心话儿说不完。玲娣道，人家三陪，客人要付钞票，你倒好，我们陪陪你，你倒反赢我们钞票。雪颖也笑道，花老头儿，今朝赢了这么许多，遗产不好少了我们的份。老姚道，钱嘛，纸嘛，花嘛，都给你们，我死以后，你们都荣华富贵，正宫娘娘平时作威作福，就赐她个出宫讨饭去。众人都笑，只有利勤皱眉道，一把年纪，一张嘴巴龌龌臭，死来死去，不晓得忌讳。老姚道，这有啥呢，唐宗宋祖，哪个长生不死，戴安娜王妃，人家真真当当是爱妃，万千宠爱在一身，突然就去寻马克思报到了，王妃变亡妃了，死亡的亡。人嘛，生下来就要死，这种事体，哪里说得好，没任何人可以控制。我现在六十三，运气好再活三十年，运气不好三天后翘辫儿，有啥好想呢，想得到就好了。

老姚有个情人小张，不搓麻将时偶尔去他家中幽会，雪颖、利勤都听老姚说过。那时姚师母仍在外面返聘，只有她一个仍在鼓里，不曾撞破。这天雪颖在家中大扫除，母子两个拿了报纸，一上一下擦玻璃窗。姜远望见远处，一个小老太太缓步走来，看身形知道是姚师母，随口对雪颖说了一声，对面外婆回来了。雪颖心知不妙，抹布一放，拎起电话通风报信。老姚大惊，匆匆忙忙整理衣衫，布置现场，小张欲走，楼底下脚步声已经响起。千难万难之际，雪颖开门朝他们招招手，老姚会意，把小张往外一推，叫她先去雪颖家避避。

雪颖趴着看了一会儿门镜，回头道，你再坐坐，晚点再走。一边说，一边才看清小张，穿一件粉红色滑雪衣，长相秀气。小张北方口音，说一句，不好意思，打搅了。雪颖道，家里茶叶吃光了，有饮料。小张道，不用不用。雪颖道，不要客气，单位夏天发的，喝不完。姜远也道，你要雪碧还是明列子。小张问道，明什么子是什么。姜远去厨房纸箱中拿了一罐，倒在瓷碗里，一颗颗透明小球如同琥珀，包裹着黑色核心。小张吸了一口道，好喝。再喝了两口，欲言又止，半天挤出一句道，大姐姐，我不图姚师傅什么的，我也没想要破坏别人家庭。雪颖大笑道，他这种半老头，又没钞票又没色，你哪怕想图，也要有东西可图。话说出口，忽然自知失言，想拿别的话来补救，又不愿打听别人隐私，只好和她聊些泛泛的东西，问她老家哪里，现住哪里。小张环顾一圈道，你们家里弄得真好。雪颖道，前几个月才装修过，所以看起来新。小张道，我真喜欢这个墙纸哎，很典雅。雪颖笑道，我不喜欢，我跟先生意见不统一，他说这款好，我喜欢一款墨绿色的，颜色很深，上面都是小花，细细碎碎的，很文气，你想象一下。小张沉思片刻道，好看。雪颖道，是不是，我说他品位太普通，我选的绝对与众不同，他还和我争呢，说我的太暗了，住在这样的房间里，心情压抑，时间长了要生毛病。小张道，大哥礼拜天也上班，辛苦。雪颖道，不是，他出差，全国到处跑。小张点头，又道，这些石头是买来的吗。雪颖道，有些捡的，有些买的，我先生他喜欢这些东西，每次出差回来都会带一两件，你看旁边的根雕，都是他自己做的，那个像猴子的，看没看到，右边那个，原先还去市里参加比赛，得了个二等奖。小张道，真了不起，你们家里艺术气息真浓哎。雪颖笑笑，对姜远道，你陪大姐姐聊会天，妈妈去把卫生搞搞完。

转眼客厅只剩下两个人，彼此尴尬，不知说些什么，空气流动变慢，近于凝滞。小张道，小朋友读几年级了。姜远道，初三上。小张错愕道，这么大了，我以为你小学生呢，看起来好小。姜远道，年轻点好。小张咯咯笑了。姜远道，你有点像我姐姐。

小张道，亲姐姐吗。姜远道，都是独生子女，哪有什么亲姐姐啦，是表姐。小张道，她多大了。姜远道，七八年的。小张道，那比我小多了，我和你一样，看起来年轻。姜远笑了，打开电视，儿童节目、电视购物、MTV。小张跟着唱道，*我像沙粒在你心底，没有人叫我痛苦下去，如果世界没有你在，我不想把眼睛睁开*。姜远情不自禁笑道，你也喜欢许茹芸。小张道，我其实只会这一首，刚来杭州那会儿，明珠台老放。姜远进了自己卧室，推开榻榻米边上壁柜木移门，露出一上一下两排磁带，抽了许茹芸的那盘递给她。小张指封面道，我喜欢这个天蓝色。姜远道，这盘里面，每一首都超好听。小张拿在手里，前后看了一会儿，问道，能不能借我拿回去听。姜远想了想答道，那，你要还我的。小张点头而笑，逐渐笑成嘉嘉的样子。

夜半时分，《温馨预约》《心灵之约》《孤山夜话》，都是情感类栏目，女主持人故作深沉，讲话慢慢拖拖，姜远觉得可笑，宁愿旋到浙江人民广播文艺台，听《伊甸园信箱》。他有一个老婆，但是我不想打掉他的小孩，怎么办啊主持人。我和我老公都没有婚外性行为，但他为什么长了，那个阴虱。我今年四十四岁，但是去年跟老婆那个的时候，硬不起来，后来我就很怕，害怕再去做这件事。我十四岁的时候跟表哥睡在一起，他手伸过来，摸我的小鸡鸡，后来，我们就，那个了。主持人大嗓门，火爆脾气，管你是非曲直，上来一定痛骂一通，你有没有文化，有没有读过书，看没看过报纸，哦，你们都没出去乱搞，阴虱哪来的，空降兵吗。有时候火气冲天，直接掐断电话继续骂。姜远把头埋进被子，苦苦憋笑，身体在床上扭来扭去，扭成麻花。他不是很明白，有那么多人明知要被骂，还是义无反顾打电话进去，自讨那些当头棒喝，到底是为了什么。他想，人大概还是太孤独了。

这段时间，班里男同学发明出新游戏，走过路过，趁人不备，互相抓卵泡。抓人跟被抓的双方，一个得意，一个痛苦，全班三十个男生，基本无一幸免。李衎道，我真当弄不懂，为啥要抓那个地方呢，有啥好抓，不就是一块肉儿。后来逐渐逐渐，又发展出另一种新游戏，课间走廊里一群人，把一个男生仰天抬起来，两个人抓住他两只脚，分开，朝一根柱子撞过去。这类游戏也要分人，朋友越多，越受欢迎，被抓被撞的次数越多。像姜远这样的人物，免不了受这种裆下之辱，刚开始还全力反抗，到后来就仅仅做做样子，心里面已经习惯这种男生之间表达认可的仪式。李衎也变了，以前电话里都是讨论数学物理，要么就讲讲无聊的空话。有次对姜远说，你是不是天天坐五十二路。姜远道，怎么说。李衎道，我听人家讲，有个男的晚上坐五十二路，上车发现很空，所有位子都空着，他想今朝运气倒蛮好，就到最后面坐了只靠窗的位子。过了几分钟发现不对，怎么这部车子一站都不停呢，他就叫，驾驶员，前面一站给我停一下。驾驶员不响。他有点慌了，站起来轻手轻脚往前面走，灯一闪一闪，鬼火一样，走到最前面一看，驾驶员位子竟然是空的，没人在开。外面墨墨黑，一部空荡荡的车子，半夜三更自动开，越开越快，这个人从此消失了，无影无踪了。姜远默然。李衎笑道，你慌了。姜远道，最慌的是角落里还躲了个人，连司机都没发现。李衎愣道，不会吧。姜远道，不然没有见证人，哪个传出来的。这种故事，根本通也不通，没逻辑的，小学生都不会相信，无不无聊。这样一个李衔，除了学习靠刻苦，成绩总算还过得去，其他方面幼稚无比，现在也开始提那种下流问题。你晓不晓得，男的跟女的怎么那个。姜远想了想道，一个前面，一个后面。李衍道，我在阿哥家里看到张黄片，壳儿上两个人好像是面对面的。姜远立即反驳道，不可能，面对面，你以为打老 K 啊。李衍道，那么一前一后，要从哪里进去，女的洞儿长在哪里呢。姜远道，不晓得，你去问女的去。李衍道，再最后问一个问题，最后一个。姜远道，你问。李衍道，班里他们说的唱歌儿，唱歌儿是啥意思。姜远道，就是 singing，懂了吧，谐音。李衍笑得停不下来，又道，那唱歌儿到底要怎么唱呢。姜远道，你没有过，不会吧。李衍道，没有过。姜远叹道，你没救了，自己去打《伊甸园信箱》的热线，不要来问我。

期中开家长会，天成看到排名，不敢相信。回家找姜远谈话，又不忍唱黑脸，仍是好声好气道，最近退步比较厉害，语文不说了，数学本来是你强项，最大最大的优势，结果只有七十六，大题目五道错三道，这种成绩，不太应该。姜远道，题目出得不好，第一题就没写清楚，有歧义，大家都错了，潘晴也只有八十分。雪颖听不下去，过来指着成绩单道，不要管人家几分，潘晴没考好，也有别人考得好，原先三门主课加起来，全年级你不是第一就是第二，现在已经跌到四十九了。姜远不答，目光无神，落在旁边的地球仪上。雪颖道，小姑父每次都说，姜远是天才，雪颖、天成福气好，伢儿从小不用管，一点心事都不用担，我在想，是不是我们想让你自由发展，反而变成对你关心不够，没有尽好父母的职责。姜远摇摇头，一颗眼泪晃出来，顺着面颊流到嘴角边。天成道，这种话语没用场，关键要找到问题，解决问题。姜远道，我没什么问题。天成道，没什么问题，明年就要中考了，你这个成绩，危险了。姜远把眼泪往手臂一蹭，抬起头道，中考有什么用。天成道，有什么用，考不上二中，后面路就麻烦了。姜远道，考上二中有什么用。天成皱眉道，二中么，最好的高中，二中毕业，以后基本上就是北大清华，要么复旦，再要么浙大。姜远道，北大清华复旦浙大有什么用。天成不耐烦道，名牌大学，读对专业，以后找个好工作，或者最好是出国，跟小舅舅一样，到美国去，读博士，博士后。姜远道，找个好工作有什么用，出国有什么用。天成怒道，有什么用，你说有什么用。姜远道，我说有什么用，我说没有用，你那么想出国，自己怎么不出，自己做不到的事，逼别人去做。天成急道，我是为你好，我们这代人，从小就摸爬滚打，国内这种社会，我们是适应了，习惯了，你们不一样。你也就是在家里嘴巴老，我看是我们对你太好，等你以后进了社会，总有一天要吃苦头的，到时候才知道后悔。姜远道，我没什么好后悔的。雪颖道，姜远，你一向是有天分的，爸爸跟我虽然是普通家庭，一直以来都在尽最大的可能，给你创造最好的条件，就是想让你过得比我们更好。姜远道，算了吧，不管怎样都一样，人活着有什么意思呢，为谁辛苦为谁忙，最后都是要死的，功名利禄都是一场空。天成听了，怒把桌子一拍，站起来指着他鼻子道，好好跟你讲道理，又说这种触霉头的话，什么死不死的，才只几岁，就好像看破红尘了一样，最不要听你说这种话。姜远冷冷道，我不会说别的话。

这个冬天好像特别长。姜远看香港连续剧，皇家警察遇到一桩疑案，久久未破，转而去请教心理医师。心理医师戴副眼镜，眉毛一扬道，看一个人要重点看他的青春期，美国有学者研究过，原来对一个人一生影响最大的事，往往发生在他十四岁那年。姜远心脏一阵乱跳，暗暗想到，自己现在就是十四岁。有一天放学，校门口排队买炸里脊串，树下一对男女跨下摩托车，头盔一摘，女的正是嘉嘉，男的向她腰间一搂，并排而行。姜远一时忘形，脚步轻快，跑过去大叫道，姐姐。嘉嘉转头愣了一下，笑笑对男人道，我阿弟。男人朝他点了点头。嘉嘉道，高才生，读书好，人家都说他天才。男人鼻孔里好像发出一声嗯，又好像没有。嘉嘉头发比一年前长了不少，脸色苍白，鲜红的唇色像要滴出血来。姜远坏笑道，他哪个，郑勇是吧。嘉嘉点头。姜远道，你怎么都不来奶奶家了。嘉嘉道，也不为什么。一阵沉默，冷风把头发吹起又抛下，有一两根沾在了红唇边上。嘉嘉道，走了，有空帮我问外婆好。姜远道，我上回听到，他们要给你妈介绍对象。嘉嘉脸一沉道，滚，我妈的事你少管。姜远愣在原地，半天对着一双背影憋出一句，你才滚，谁要管你们。

街灯好像是一瞬间亮起来的，穿过梧桐树光秃秃的枝桠，染黄了过路人的脸。阿屁和杨扬买了里脊串过来，塞给姜远两串，香气从无数个小小的油泡中蹿升。阿屁坏笑着问道，哟，这女的哪个，你套儿啊，怎么跟了人家走了。姜远道，我阿姐。阿屁道，好像蛮漂亮的么。杨扬道，阿屁看女的，从来又不看脸孔，专门盯了人家 bra，bra 越大越好，跑起来晃当晃当顶好。嘉嘉和郑勇已经消失不见。姜远咬一口里脊，不防油顺着木签子流了一手，滴在白色运动鞋的鞋面上。

九溪

重重叠叠山

曲曲环环路

丁丁东东泉

高高下下树

《九溪十八涧》

俞 樾

在湖西群山中，自龙井蜿蜒十数里入钱塘江。其水屈曲洄环，九折而出，水未入溪则为涧，数倍于九。

狮虎桥

杭州的衖堂房子不知为什么有

那样一种不祥之感

在淡淡的阴天下

黑瓦白房子无尽的行列

家家关闭着黑色的门

《异乡记》

张爱玲

原名师姑桥。宋时桥东地势平旷，巷衢斜曲，有镇城仓、常平仓，每岁夏秋谷贱则增价收籴，遇谷贵则减价出粜，间亦用作荒年赈济。桥跨西河，附近多民居。二十世纪填河拆桥建路，其后路又拓宽，狮虎桥不存，为区片名。

第四章

二〇一六

河滨农贸市场，风风雨雨两层楼，屹立不倒三十年。卖菜的人换了一批一批，买菜的人却依旧。天成老了，仍不认老，明明有心脏病，依然天天穿街过巷去买菜，回来爬六楼，手上少不了拎着几大袋。雪颖每每道，现在手机操作，要啥有啥，随便啥店都可以叫外卖，便宜又便宜，你何必呢。天成一脸不屑道，外卖有啥吃头，都是地沟油。雪颖偷偷告诉姜远，姜远道，他这个人，不可救药。气话说了一通，又帮雪颖下了个软件，手机上雇人帮忙，买了菜送上门，供天成自己烧，免得他去菜场。试了两次，第一次天成吃了，不声不响。雪颖问时，他点头道，还可以。雪颖得意，谁知第二次他又不满，说那些人不是买菜买惯的，不会买，不新鲜，从此不肯再用。

这天姜远要来，雪颖知道天成昨晚没睡好，看他脸色铁青，便提议出去吃。天成不肯，硬说自己无妨，要去菜场。雪颖在家担心，看两集美剧解闷。门铃响起，姜远拎着菜，指指下面道，巧是巧，楼底下碰到爸爸。雪颖方才安心，又等了三五分钟，天成缓步上来。雪颖道，吃不消了吧，叫你不要逞英雄。天成沉沉喘气，黑着脸并不理她，换了件家居服，便进厨房去了。

姜远旧日房间的窗台上，七八盆植物各自开花，雪颖叫他看，他过来瞥了几眼，敷衍两声，往沙发一躺，自顾自玩手机。雪颖看他，仍是一贯清瘦的样子，鬓角到下巴绿茵茵一片胡茬并未修理，固然添了几分坚毅，却难觅童年时的样子。那时他总是甜甜地抬头唤，妈妈。重音落在第二个字，像撒娇更像求援。一阵感伤涌上，雪颖叫一声道，远远。是他小时候，她用过的称呼。姜远移开手机，眉毛挑了一下，一脸疑惑。雪颖抵着他脚尖坐下，问道，你们都好吧。姜远道，嗯。雪颖道，二叔礼拜四手术。姜远惊道，这么巧，刚好婷婷生日。雪颖道，嗯。姜远道，她应该回来吧。雪颖道，不晓得，你声音有点齆，是不是感冒。姜远道，鼻炎。雪颖道，啥时光有鼻炎了。姜远道，不知不觉，好几年了。雪颖道，人家说十男九痔，我看现在男的，十个有九个鼻炎，不晓得啥道理。姜远道，原先我还笑人家，有些人年纪比我小，一天到晚鼻涕不断，现在轮到自己，大概是报应。雪颖道，你小时光晕车，汽车坐上就吐，翻江倒海，这是遗传我的，后来没办法，每次一上车直接躺在我膝盖上，一路躺过去，这样舒服一点。现在你看，你也好了，我也好了。人这个东西，说不好，大概都是会变的。姜远道，嗯。雪颖又道，你看爸爸怎样。姜远道，啥怎样。雪颖道，身体。姜远道，反正就那样。雪颖压低了声音道，他昨天还同我生气，说起来，给你看样东西。说着从电视柜中间抽屉深处取出盒子，打开里面红绸布，是一只青玉手镯。姜远装模作样看了两眼，不得要领。雪颖道，原先我开棋牌房，有个搭子一时落魄，我看他人蛮老实，经常照顾他，借他钞票。后来他说要出去闯，到湖北做生意。姜远道，晓得，听你说过。雪颖道，我没往心里去，以为这样冒冒失失过去，总归不会成功，哪晓得几年工夫，被他咸鱼翻身，现在亿万富翁了。姜远笑道，可不可能，这种故事，根本不现实的。雪颖道，我本来也不相信。他呢，现在定居湖北，老婆女儿都接了去，杭州毕竟亲戚多，还要常回来，所以也买了套别墅，六百多个平方，里面有健身室、放映室，还有两个展览厅，专门陈列各种古董。前两天他回来上坟，一定要请我去参观别墅，他说姜哥不是也欢喜古董嘛，刚好过来坐坐，吃杯茶，交流交流。我想最近家里事情多，爸爸肯定没心思，所以就推掉了，想以后有机会再去。哪晓得他招呼也不打，昨天下午直接上门，说傍晚就要回湖北了，这次匆匆忙忙，先送我点小礼物，一只镯儿，一盒明前龙井，下次再回杭州，叫我们无论如何一定去参观。我想人家一片好意，对吧，知恩图报，蛮正常的吧，是好事情吧。呆巧不巧，爸爸外面买菜回来，看到门口一双皮鞋，疑心病就犯了，轻手轻脚开门，一看，我同一个男人家，孤男寡女坐在沙发上，他马上面孔板起，一句话语不说进了厨房，门砰一关。人家一片好心，被他这样一弄，弄得尴里尴尬，也不好多坐，立即告辞。晚上不管我怎么解释，你爸爸就是不理我，当我不存在。早上爬起，我说姜天成你有话就说，有啥要问随便问，再这么死样怪气，这种日子大家不要过了。被我这样一逼，他开口问了几句，逐渐才恢复正常。姜远道，这只镯儿呢，他有没有看到。雪颖拼命摇头道，幸亏没，被他晓得，又要觉得人家对我有啥企图。他的世界里面，所有男人家都是敌人，也不想想我明年都六十岁了。姜远笑道，老婆生得漂亮，自己反而受罪，所以说还是诸葛亮境界高，讨了个丑八怪老婆。雪颖道，我有没有说过，姑娘儿的时光，我们巷口来了个瞎子，好像是安徽人，人家都说他算命算得准，我呢，从小受外婆影响，不信这种东西的。有一天慧娟同我走过巷口，背后头有人叫，小姑娘，等一等。回头一看，是瞎子。他说要给我算命，我说我没钞票，他说小姑娘，你不是普通人，我不收你的钞票，白给你算，可以吧。这个瞎子，眼睛是两个黑洞儿，空的，啥都没有，吓人倒怪，我不敢盯着他看，头一低，只见他两只手黑龊龊，软疲疲。但是他算命要摸骨，一放到我后脑勺，手指头突然变得钢筋铁骨，死死箍牢，吓得我差点叫出来。瞎子说，你家里是书香门第，对吧。我想外公外婆都是教师，说是书香门第，勉强也可以算他对。他又说，你上面有三个，下面有一个，对吧。我说，这就错了，上面两个，一个阿哥一个阿姐。他说，不对，是三个，最大一个年纪小小就夭折了。我呆了一头，不会吧，真当被他说着，我有一个大阿哥，一岁半生脑膜炎死了，这件事外婆同我说过，我想瞎子怎么晓得呢。我说，那你说说看，我以后会怎么样。瞎子又在我头上一阵摸，他说，你聪明伶俐，性格刚强，可惜啊可惜，生不逢时，你的这些才华，一生不得施展，只能相夫教子，过过普通小日子。那时光我已经同你爸爸谈了几年恋爱，我心里想，小日子也好，我满足了。结果瞎子话锋一转，但是。我想，完了，中国话里面，最怕但是两个字，这两个字一出，后面肯定没好事情。只听他说，但是，你是老来苦。这句话语，我记了一辈子，为了证明他算错了。那时光我哪里会相信，人家以为我叶雪颖娇生惯养，一辈子被老公宠，哪晓得有一天被那瞎子说着。现在我每天，又不好同这个人吵，怕他气一急，心脏病发作，倒反我变恶人了，只好一口闷气吞在喉咙里。姜远道，算了，没办法的事，你自己调整好心态，不要跟他一般见识。雪颖叹道，再这样下去，他倒没去，我先要郁闷死了。

天成平时服药，绿叶蔬菜大都不能吃，荤菜又对心血管不利，可选范围大大缩小，翻来覆去几样菜。这晚清炒芦笋、清炒土豆丝、番茄炒蛋、鸦片鱼头，四只菜端上桌，自己又觉气喘，躺到一边沙发，叫他们先吃。电视里照旧是和事佬，两兄弟翻脸，不肯照顾老母亲，叫天叫地，使人心烦。依稀听到姜远问雪颖道，这是什么。雪颖道，他专门买的，防潮箱，放照相机和镜头。姜远笑道，一本正经。雪颖道，你是没看到，他的照相机一般都不让我碰，说怕震，怕我拿不稳。姜远道，反正多个爱好，总归是好事。雪颖回了头对天成道，说起来，你们摄影俱乐部下午还打电话给我，问家属晓不晓得，礼拜天的活动姜天成报了名，我说晓得。那女的说，我们一般不建议有心脏病的学员参加外地活动，万一老人家出个事情，责任我们担不起的。我说我看过行程，这次早去晚归，不用过夜，不用爬山，比较轻松，所以我同意他去。天成生性褊急，听了这番话心中不怿，坐起身道，老人家，啥叫老人家，这三个字我最不要听。雪颖笑道，六十四了，莫非还是中年。天成沉吟良久，忽然头一歪道，叫你不要把我的毛病说出去，现在好了，人家把我当啥看，当怪物，对我避之唯恐不及，好了，你满意了，一定要我变了孤家寡人，你才高兴。雪颖愣了半天，筷子往桌上一拍，声音提高八度道，啥意思，啥意思，我是为你好，你有没有一点良心。再说人家工作负责，只不过打来确认一下，又没不让你去，你发啥疯。天成冷笑道，为我好，如果你真当关心我，既然我生了毛病，就应该照顾我，这么多年，刮风落雨，都是我买菜、烧菜，你把我当老公还是当佣人。雪颖怒道，姜天成，你到底啥意思，我是不是说过让你不要去买，可以叫外卖，或者叫人买菜送上门，或者我们三个出去吃，是不是。再退一步，我来烧也可以，味道就算没你的好，生变熟总会变的。我是不是都说过，你是不是都不肯。现在反咬一口，闭了乌珠说瞎话，无语，我无语了。天成道，其他都不用说，你如果关心我，把我当回事，为啥好几次忘记提醒我吃药，这个礼拜已经错过三次了，你现在，每天电脑电脑电脑，要么手机手机手机，你的心里没我了。一旁姜远忍不住道，我听不下去了，你不要欺人太甚，说过多少次给你买电子药盒，你不要，买来了你也不用，怎么又怪我妈。你是心脏病，心智又没不健全，成年人首先要自己对自己负责，自己忘记吃药，反而去怪人家。你也不想想，当初从奶奶开始，全家轮流劝，叫你不要抽烟喝酒，一概不听。好了，生了这个病，怪谁，怪你自己啊。天成一时语塞，只有怒目而视。姜远道，出了问题责任就推给别人，自己身在泥潭，是不是要把身边的人都拖下去陪你你才甘心，一把年纪了还没活明白，什么时候你才能真正反省反省，从自己身上找问题。天成瞪大了眼吼道，你是小辈，我是长辈，是你爸，你怎么跟我说话，有没有一点对长辈的尊重。姜远也提高了音量道，什么小辈不小辈，少拿这些压我，我是就事论事，人人生而平等，我只讲道理，不讲辈分。天成咬牙切齿道，你懂屁个道理，你滚。姜远冷笑道，我爱在哪儿就在哪儿，你要我滚，不好意思，我偏不滚，我是自由人。现在不流行恐吓了，拜托，你那一套不管用了。姜天成，你到底横什么呢，知不知道自己现在是弱势群体，你已经废了，过时了，退出历史舞台了，醒醒吧。

天成感到有一股力量将他的嘴角往下牵引，脸上的表情脱离了控制。他和儿子中间，隔着一道矮柜，上面堆放着零零落落的工艺品，长青出国前送的湖蓝色琉璃天鹅，蜜月时王府井买回的小天使蜡像。工艺美术大楼二楼柜台里，雪颖一眼看到它，作朝天许愿状，洁白如玉，神态纯真，喜欢得不得了。天成道，欢喜就买回去，以后我们生个伢儿，也像它一样。这尊小天使像，从此一直摆在书柜上。有一日暖炉凑近，小天使熔化，变形，腰向前弯成了九十度，两夫妻仍不舍得丢掉，摆在原地。

不孝，你最不孝。天成凝视着蜡像，声音低下来，仿佛自言自语道，我是老了，老了又怎样。人家都有第三代，做爷爷，做外公，你呢，你作为我儿子，尽过责任没有，你给过我什么，但凡你有一点点孝心，或者有一点点为别人着想，为家庭、为家族着想，都不会像现在这样。你嘴巴上说得好听，要自由，其实不是自由，是自私。姜远愣了半天，干干地笑了两声道，你真可悲，生我养我这么多年，原来到头来，就为了要一个第三代，作为你投资的回报。我儿子要比别人读书好、工作好，我的脸上才有光，对吧。别人有第三代我也要有，否则我就抬不起头来，是吧，你是这么想的吧。我跟你讲，算了，第三代只是为了满足你的虚荣心，你要的是玩具，不是活生生的人，你自己三观都没摆正，还想什么第三代，你有什么资格去当别人的长辈，不要再荼毒别人了。以前你是怎么教育我的，不好意思，我一直都没有忘，其实我多希望从小自己的爸爸能够常常对我说，要做一个正直的人，做一个有担当的人。没有，你从来没有说过。你要我适应社会，要我学吃亏，要我讨好领导。可惜我一样也没有学会，让你失望了。对不起，你就失望到底吧。天成心口一阵绞痛，喃喃道，滚，孽子，给我滚，滚。

啊呀，侬哪能来了呀。敏儿姆妈叫得诧异。敏儿两只肩膀都湿了，手中一把粉色折伞，头朝下滴滴答答滴水。进来进来。敏儿姆妈接过伞，放在厨房水池里。附近办点事情，顺便看看你们，敏儿问道，小秦呢。回去了呀，夜饭吃好么就回去了，留在这里又没事体做，阿拉两个人夜里报纸看看，电视看看，侬放心好了。

敏儿不答，径直往卧室里走，电影频道放老片，瞥了一眼，大概是《城南旧事》。阿爸坐在藤椅上，头微微垂着，已经酣睡。老头子真是不来事了，一日到夜神智无知，敏儿姆妈指指脑袋，凑近女儿耳边道，这个地方啊，坏忒了，我现在，一无所求了，自家保牢要紧。敏儿少有地沉默，半天才道，明朝还要再去办事情，我住得远，落雨天不想来来去去，索性这里睏一夜，反正也有地方，对吧。敏儿姆妈面露犹疑道，小姜在家吧。敏儿道，嗯。敏儿姆妈道，你同他，都好吧。好的，敏儿答时头也不抬。

天鸣住院的事，她仍对自己阿爸姆妈保密，怕他们晓得了徒受刺激，甚至也没有对敏红说。有啥用场呢，她绝望地想。风平浪静的日子里，以为娘家人是最后一道防线，可以抵御一切雷电摧折，事情真的发生，才知道一无所用。倾诉无用，商讨无用，怜悯无用，理解无用，命运不按常理出牌，桌上没有裁判，只能自己默默承受。

客房的窗帘坏了。一夜雨声缠绵，对面四楼某窗里空空荡荡，装修工人忘记关灯，惹得树影摇曳，伸进来映在眠床和地板上。睁着双眼，望向这些晃动的幻象。像人影，她想。这片是天鸣，匹长匹大。右下方那小小一块，摇摇摆摆的样子，大概是俊航在学走路。天鸣只在海南见过俊航一面，此后都是视频通话。陈俊航，陈俊航，来来来看镜头，我是谁啊，我是谁，外公，外公，我是外公，忘没忘记我，陈俊航，来笑一个，来，哎，笑了笑了，对对对，哈哈哈。眼前都是天鸣接到视频时眉开眼笑的样子，发自心底的快乐，足以融化周遭，仿佛他才是那个不到两岁的孩童。这大概也是他最可爱的时刻，除此之外，总是少语寡言，像个影子。除非有时急了，对她一顿凶，她委屈，自然也要抱怨回去。

如果不出意外，他们大概还可以互相抱怨二十年、三十年，一直到敏儿阿爸姆妈的年纪。到时光，婷婷就是我现在的年纪，已经退休了。俊航同婷婷这样大，应该已经有了对象，说不定也当了爹。好了，四代同堂，我也变太奶奶了。明暗斑驳里，越想越开心，嘴角情不自禁翘起来，笑到身体一抽一抽，手里紧紧攥住棉被一只角，才没有发出声音。等到平复下来，头一偏，一串眼泪水横着滑落，打湿枕巾。

起身，上厕所。镜子前洗脸，镜中人卷发花白，眼泡皮浮肿，下巴挤了两层赘肉，是一张没剩下多少女性特征的面孔。绝望如潮袭来。她怔怔地站了几分钟，推门出去，回到客房。

敏儿。敏儿吓了一跳，几乎要弹起来。你没睏着啊阿爸，她讶异地问道。睏不着，过来看看你。她走过去，在阿爸身边坐下，近距离盯他，却看不清他的脸孔，只有黑不咙咚一个影子，好像原先平湖秋月门口摆的摊，那种一分钟速成的人像剪影。阿爸你好不好，听姆妈说，你不是很好。她的话语你相信哦，敏儿阿爸道，她么，一向来夸张的，唱戏文一样，说我老年痴呆，实际上我脑子清爽得很，比任何人都清爽。敏儿疑虑，揉揉眼，仍然上下打量他，怨道，阿爸，如果这样，老早好说了，害我为你担心事。敏儿阿爸道，实际上小姜呢，人真是个好人，好比他们东北的榆树木头，厚重，朴实，他现在情况怎样。敏儿惊道，你怎么会晓得。敏儿阿爸道，你也当我痴呆，女儿有心事，我会看不出。敏儿道，礼拜四动手术，不好的地方都要切掉。说到此处，又要抽泣。敏儿阿爸道，你为啥哭。敏儿遭这一问，心中所有委屈几乎要倾泻而出。我没想过他会生这种毛病，我本来希望，他退休之后静下来，哪怕养养鸟儿，钓钓鱼，脾气性格都会变平和，我同他，就算没有共同语言，起码可以同年轻的时光一样，两个人互相依靠，互相陪伴，安安耽耽过光一辈子，多少好。哪晓得偏偏这种时光，眼看六十岁要退休了，飞来横祸，还有啥好说，天意真当是弄人。敏儿阿爸道，如果说是天意，天的意思也是要考验你们。敏儿道，考验啥。敏儿阿爸道，譬如我同你姆妈，我们结合，我是想过的，她是千金小姐，从小没吃过苦头，我呢，乡巴佬、大老粗，她愿意同我一道，很不容易，所以我那时想，从今以后凡事要注意，她对的事情我听她，她不对的事情呢，我让她，随她怎么说，我不去辩，不去吵，因为我的心里是爱她的。既然爱她，怎么舍得同她吵，怎么舍得用话语去伤害她呢。哪怕她现在，到处说我老年痴呆，我也不懊恼，随她去说。敏儿道，阿爸。敏儿阿爸道，敏儿，你自己也是当外婆的人了，有些事情，应该想通了，如果运气好，过了这一关，之后你们怎样相处，我不用说了吧。

眼看阿爸的黑影子起身走出去，敏儿却浑身瘫软，躺倒在床上。迷迷糊糊中，她想起恋爱时读过《简·爱》，摘抄簿上密密麻麻抄了好几页佳句。人的天性就是这样的不完美！即使是最明亮的行星也有这类黑斑，而斯卡查德小姐这样的眼睛只能看到细微的缺陷，却对星球的万丈光芒视而不见。那时根本不明白这样的句子，天鸣又高又英俊，皮肤白净，她只看到他千般好，哪里察觉得到他任何的缺点。想起官巷口新华书店，命中注定的第一次见面，他来她的柜台买书，已经不记得是哪一本，只记得他笑起来齐崭的白牙齿。想起他接她下班，有车子不骑，偏要一路推了走，太平洋电影院、天香楼、教育文化用品商店，转弯到延安路，香港服装店、素春斋、小吕宋、大江南、海丰，他得意道，走，海丰里吃果汁露冰淇淋去，她不肯，叫他钞票省下来多买书看。想起两个人约会到虎跑，他三记两记蹿到一棵树上，叫她从下面拍照，她越看他越像动物园的猢狲精，下巴都要笑掉了。想起他从厂里借回录像机，闷头研究了一夜。想起他欢喜男伢儿，带婷婷同姜远荡马路，每次都是抱着姜远，让婷婷自己走。想起他回家，抱怨办公室主任阴险势利，骂那人卖屄儿子，她菜烧到一半，炝锅刀一掼，气得发抖道，姜天鸣，骂人是无能的表现，不管人家怎么错，这种下作话语，永远不准再说。想起他们父女吵架，婷婷把自己反锁在卧室里，他大怒之下，一拳将房门砸出一个大洞。想起入院时抽血，他皱着眉别过头去，不敢看针管。想起他此刻在病房里苦苦睏不着，大概也在听着同样的雨声。日子改变了一切，一切日子都改变了。一个他，百个他，万个他，交错在地面上斑驳的碎影里，和着她的梦渐渐远去。

天成门口探头一望，里面三张床，外两张都不是，最里那张，蓝布帘挡住了，却见敏儿坐在正对床尾的走道上，头仰着，靠着墙壁，嘴巴半张，睡着了。天成轻手轻脚走进去，看见布帘里面，天鸣一身病号服，蓝白竖条，侧卧在床上打手机游戏，床头柜旁边一只塑料袋，里面苹果皮、餐巾纸。天成道，吃过啦。天鸣吃惊，手机连忙放在一旁。背后敏儿闻声醒觉，自己站起来，客气叫天成坐，天成道，我坐床上，我坐床上。大家寒暄一通，天成看敏儿眼圈黢黑，一副疲劳过度的样子，叫她赶紧回去休息，敏儿推脱两次，对天鸣叮嘱一通，拎了包带了伞离去。

天鸣道，姜远没一起来。天成道，嗯。天鸣道，他一个人在湖光住着，多浪费呢。天成也不答，两个人沉默一阵。天成道，这两天怎么样。天鸣指着外面两床，小声道，睡不好，半夜两三点吵死吵活，没得停。天成笑道，住院嘛，都是这样，又不是宾馆。天鸣撇嘴不语，白头发从鬓角间窸窸窣窣长出来，爬过整个头顶。天成道，礼拜四手术，快了。天鸣道，这么早住进来，干啥也不知道，闷都闷死了。天成道，手术前一天，护士会来通知，注意事项一条一条，你跟敏儿都看看，上面叫怎样你就怎样，不要自已犟头撇脑。天鸣不耐烦道，知道的，又不是第一回住院。天成道，你啥时候住过。天鸣道，读初中的时候，肾炎，急性的，两条腿都肿了，尿不出来，我妈哭着喊着给我送医院的，你忘了。天成悟道，好像有这个印象，事情大概是有的，具体我已经记不清，我印象中你和我一样，年轻的时候没生过啥大病。天鸣道，怎么没有，还有一回，七五年，跟我妈回鞍山过年，刚好赶上东北大地震。那回住我大姨家里，晚上刚吃过饭，房子摇起来了，声音大得，像要散架一样。我又从来没见过这样的，人都懵了，听到荣兴说，不得了，地震了，全家人一下往外跑，我也拉着我妈跑出去。那时候是腊月，零下二十几度，马路上全是雪，冷得受不了。天边还闪着蓝光呢，也有白光，我妈又冷又怕，说要回屋去，大姨大姨父和荣兴都叫别回，正说着呢，又震了，我妈也不敢回去了。有人指挥，叫我们出来避难的人往南边去，说南边有防震屋，我们就在雪地里走啊走，一路上，哎呀，好多平房都倒了，我想这怎么弄呢，完了。最后就在防震屋住了一宿，第二天出去，呀，我肩膀怎么动不了了，冻了一宿，冻坏了，跟剪刀生了锈一样，给我妈吓得。还好大姨是护士，赶紧给我送铁西医院看，过了有小半年才好起来。前两年又开始疼了，不是一直疼，到个时候疼一疼，说明没好透。天成点头，又问道，荣兴他们，你还有没有联系。天鸣道，没了。天成道，我也没了，不光荣兴，荣贵、于德有、韩玲，还有我二叔他们一家，都有十几二十年没消息了。原先我爸我妈在，每年还有三四个电话，老一辈都走了，这根线也就断了。天鸣叹息一阵，忽又想起来，老舅那边家人呢。

天成明白他所说的老舅，即素兰的弟弟秉才，王家唯一的男丁。秉才年少时机敏风流，因为嘴巴伶俐，紧跟队伍，颇得上级的喜欢，一路顺风顺水，在武汉柴油机厂当了青年干部。忽然一日运动开始，老上级先被打倒，平时同事间多有得罪者，纷纷趁机推墙，秉才难免受牵连，精神濒于崩溃，几次想寻短见，幸被妻子仪芬救下，严加看管，防他不测。七〇年，大姐素文从鞍山拍电报，说母亲刘氏病重，叫他速回，秉才便坐上了武汉回鞍山的火车。那年夏天尤为炎热，车厢里密不透风，汗臭味和他人的吵嚷像浓雾包裹住他，使他的意识逐渐陷入混沌，在一片窒息中左冲右突而不能出。行驶了一天一夜，秉才忽然打开车窗，像一支箭一样跳了出去，消失在列车之后。几天后，素兰接到弟弟的死讯，来日漫长，秉才在她心里逐渐定格，变成那唯一一张留念照中的样子。二十四岁的秉才，八字眉，嘴角浮着略带轻蔑的笑容，身形瘦小，穿一件黑色皮夹克，眺望着不可知的远方。

秉才死后，仪芬带着一对女儿作坤、作巽回了鞍山。刘氏病愈，将两个孙女视如珍宝，一口一个小坤子、小巽子。天成记得九十年代，有一次素兰要回东北，他便陪母亲第一次坐了飞机。那时刘氏早已不在人世，素兰日常只跟素文一家往来频繁，此番知道仪芬病重不起，特意要去看望她。仪芬家住郊区，市中心过去，要坐一小时长途汽车，一路颠簸。那时作坤、作巽均未嫁人，两姐妹齐心服侍老母。天成见小坤子活泼热情，谈话机锋敏捷，小巽子却常常是沉默的，给人一种满怀心事的印象。这两个表妹仿佛各自继承了乃父的一半，将秉才的人生续写下去。

没了，天成回神道，小坤子、小巽子跟我们家本来就不太联系，舅妈走以后就断了。我爸这边，张家峪整个村子都没有了，九十年代搞高新开发区，征田，拆屋子，一半地并到大学城，另外一半农改居，还是当地的村民回迁后住着。天鸣瞪大眼睛道，怎么知道的。天成道，网上查到的。还有，鞍山有个人叫姜君麟，七十多岁，是家谱文化协会的会长，他接受报纸采访讲，他是鞍山姜氏“尊君天佑长”这一支。我一看就知道了，等于跟我爸是同族同辈，远房堂兄弟，说不定还认得我爸。天鸣似懂非懂，眼睛好像闪着光。天成道，这老先生不简单，他重修的家谱我在网上看了，不看不知道，我们这一支，原本是哪儿的人，你猜。天鸣笑道，不是东北的吗。天成道，东北之前。天鸣道，猜不到。天成道，山东，山东莱州府掖县，掖县有个地方叫冯家槐树，我们的祖上叫姜常和、姜宽武，这两兄弟就是冯家槐树底下的人。那时候清朝，顺治啊，多尔衮啊，满族人刚入关没几年，关外东北老家呢，白山黑水，地多，人倒反少，所以朝廷下令，但凡你愿意出关垦地，就分地给你。那些年山东又有灾害，又有战乱，还要交粮上去，待不住了，姜家兄弟就从冯家槐树出发，等于是最早闯关东的一批人，顺治八年闯到了辽阳，在城南的庙台村安了家，落了户。再往后到了康熙的时候，姜宽武的孙子姜清德，领着全家老小，迁到二十里地之外的张家峪，从此就在张家峪扎了根。现在张家峪是没了，姜常和、姜宽武两兄弟的坟还在庙台村，据说那一片，都是参天的松树柏树，气派很大的。天鸣听了激动，问道，我们往上，不知道出没出过名人、大官。天成道，姜君麟说了，我们这支没有显贵，都是普通人，全靠忠厚和团结代代相传。天鸣听了默然，半天道，我想要有机会，能不能想想办法，联系到这个老叔叔。我爸来南方几十年了，到我们这辈，老家人都不大认识我们了，更不用说姜远他们。老叔叔既然修家谱，应该把从我爸开始的咱们这一支也补进去。人是不在老家，流的总归是一样的血，家谱上起码应该留个名字，好叫子孙后代知道。天成点头道，认祖归宗，认祖归宗，等你病好起来，我想办法去联系他。

天成印象中，两兄弟有许多年没说过这么多话了。他脾气躁，天鸣平时闷声不响，急起来更像拼命三郎，往往没说两句，各自心急火燎。这样的兄弟对谈，大概没法从根本上拉近他们的距离，但至少以后忆起，他们之间确有过这样平静的一刻，是可以没有隔阂，没有成见，放下所有尖锐和锋利的言语，赤诚地相对而坐的。有护士尖声道，量个体温。说罢留下一支体温计，如一团白色雾气飘远。天鸣含入口中，如老僧入定，闭目不语。天成默契地别转头去，窗外是嘈乱的晚高峰，雨声、汽车引擎声、报站声、喇叭声、笑语声、咳痰声，声与声交织在一起。依稀想起儿时，一家五口从沈阳坐火车南下，是夏天的傍晚，陌生的城市潮湿而多蚊，他紧紧攥住姐姐的手。落脚的第一夜，住在仁和路群英饭店，君山打了地铺，三姐弟挤着睡在母亲身边，房间里初初有股拖把拖过的味道，旋即再闻不到，怕是被湖面来的风吹散了。帐子里，天成抱着素兰小臂，亲眼见她反常地迅速入眠，发出沉重的鼾声，忽又一个激灵惊醒，失态的样子惹得他咯咯笑不停。素兰定了神道，嘘，小点儿声，妈妈做了个梦。天成道，啥梦。素兰叹道，哎呀，想不起来了，再睡吧，快睡。她用脸颊贴住儿子的前额，再度坠入梦的深处。月光笼罩在室内，清冽如水。

不久，一家人搬至宝极观巷大院。此处粉墙黛瓦，曲径深丛，原是民初省府高官所造宅院，后来几经易主，鬻至豪商蔡则珣之手。四九年仲夏，蔡氏惊惧病卒，妻儿无计，乃将宅院捐给政府。此后前院做了建工医院及省机械化公司机关，后院辟出主楼，改为建工医院宿舍，其余建筑，数家杂居其中，外面都叫宝极观巷七十二号，唯弄堂旧民知根知底，仍称此处蔡公馆。天成幼时常问到底啥时候回东北，君山笑笑不语，吐出团团灰色的烟雾。再大几岁渐渐知道，原来当年中国工业，辽宁是第一大省，浙江极落后，国家号召支援浙江建设，君山身为冶金部技术专家，从苏联进修归国，自然积极响应，举家南迁。六十年代，厅里原将安吉路一套在建住房分给君山，谁知不多时工人便造了反，举家抢住进尚未粉刷、未装门窗的房子。直到七六年，“文革”以来机关单位首次分配，君山总算分到一套新建五层洋房的三楼，此处虽在枪篱笆外面，但那时极少有人住洋房，而且这批房子，属于基建委领导下的创新工程，名为综合革新房，据称隔音、保暖、节约材料、施工快。一家人一住数十年，期间扩建厨房厕所，经历数次装修。九四年君山仙逝，〇五年素兰也故去。犹记得那日凌晨，省中医院住院病房里，素兰已换上寿衣，一片呜咽声中，众人痛候殡仪馆派灵车来。知道是诀别的时刻，天成六神无主，怔怔地走到窗台前，外面天色已经发亮，路灯犹未熄灭，有鸟群在城市上空飞旋。蓦然北望，病房对街竟是群英饭店，高空俯视下去，仍保留着记忆中的格局。南渡五十年，素兰从此处来，从此处去，正是冥冥天定。

每次梦见素兰，都是病中的样子。有时躺在病床上愁眉苦脸，有时行走一如往常，小玫见了一阵惊喜，心里不住想，我妈还在，我妈还在。过去跟她说话，她神色却仍是愁苦的，几乎是哀求着问小玫，我的这个病，咋就治不好呢。

中国人讲托梦，死去的人远离阳间，不可复见有形的躯体，未亡者却仍有希望在梦中和故人相聚，享受片刻重逢的欢愉。只是一世母女，相伴四十多年，为何偏不能以健康的面貌托梦，每次出现，都是最后那一年的残病之躯，小玫想不通。

这次的梦，是带着韵韵去看素兰。走道潮湿、肮脏，尽头一间房间，大约是当年北屋的样子。素兰躺在单人床上，小玫上前，轻轻将她唤醒，妈，我们来看你了。素兰迷迷糊糊坐起来，白色汗背心侧面，露出半个乳房。小玫小声道，有人在呢，老虎的媳妇儿，韵韵，你外孙媳妇儿，特地来看你的，她有个好消息，让她自己跟你说。素兰转过头，满脸疑惑看着小玫，哪有人呢，我怎么没看见呢。

她的病已经到了晚期，或者也可能，她已经在另一个世界，只能看到我一个人，小玫飘飘忽忽地想。眼前的场景渐渐模糊，仿佛回到从前，星星娱乐城大厅，空气里闪着金色的光，一派热闹的样子，两桌人举杯尽欢，一桌是小赵和他的同事们，另一桌是姜家，大家和从前一样高兴。身边有孩子说，我要那个、那个鸡腿。小玫脱口道，妈妈给你夹。忽然心中疑惑，怎么是老虎，老虎在北京啊。只见老虎剩个背影，跟在另两个孩子后面，大概是姜远和婷婷，三个人嬉笑着跑出大厅。小玫放心不下，也追上去。

又是那条长长的走道，尽头处一点光亮，是湖光新村的厨房，素兰背对着门刷牙。小玫看她的身形，较健康时已瘦了一圈，心中酸楚。妈，刷好了我来收拾。素兰没听清，小玫又说一遍，水池我收拾，你回去躺着。素兰回头道，怎么没见你姐姐来呢，哎呀，我最愁的就是她。

醒来，双人床上，只有自己一个人。想起小赵还在北京。后天就是天鸣手术的日子。小玫坐起来，开灯，发了一会儿愣，脖子一动就酸痛，落了枕。老底子说法，落枕要让属老虎的人捏。老虎小时候，她让他捏过。使劲，再使劲。小爪子狠狠一扭，痛得她求饶。哎哟哇，坏东西，趁机弄你妈哦，过来，我不打死你。母子两个笑成一团。

现在老虎也不在身边了。楼梯上那间阁楼，他一年只回来住一两次，加起来不会超过五天。小玫起身，穿过客堂间去厕所。窗外面是黑夜，唯独对面楼一点亮光，看得出是个年轻女人，在阳台站着抽烟。小玫自觉口中发苦，不知怎么回事，吐出好几口牙齿血，痛倒不痛，不免有点心惊。又想起刚才的梦，素兰在梦里刷牙。她的眉目还在眼前。

天亮吃了早饭，便坐公交到湖光新村去。湖光大门口，正对着的一条弄堂，原先没有名字，后来道路名称规范化，便以笃底的胜利中学为名。记得弄口几株木芙蓉，夏天会开出硕大的花朵，叶子也大，素兰那次认真看了一阵，面露喜色道，我就喜欢这红的花儿，这还不够红，顶好是大红，喜庆。中段老年活动室，麻将声一度天天不绝，外墙上的叶幕间，密密钻出粉红色的蔷薇，比店里可以买到的任何料作都要好看。寒冬时分，冰条从瓦楞间长出来，总有小学生站到花坛上，拗下来放到嘴里尝一口，装在口袋里拿回家。小玫走过原先活动室的位置，路边立了几块宣传牌，图文并茂，诸如，虽然你不能牵我一起走，但我一定要拉着你一起走，或者，主人，帮我擦擦，不外是规劝文明遛狗。

四十年前，湖光新村刚建成，君山这样的干部分到房，是为第一代住户，如今已经十去七八，剩下的也垂垂老矣。外地小年轻来杭州租房，首选便利、便宜，此处虽是市中心，离西湖只几步路，却因房子老、配套差，少有年轻人问津。往两幢间的窄弄拐进去，平白无故又冷了许多。这条弄因为背阴，连年照不到阳光，雨水不易蒸发，连花坛也杂草丛生，变成蚊虫孳生的温床。记得东头路口，好大一个凹凼，雨天一到，就变水汪凼，行人经过往往湿鞋，除非有人心善，拿两块砖头垫在水中，方便后来的人。小玫此时特意再看，凹凼已经铺平。右手原先一排车棚，婚后每次来看父母，脚踏车停在里面，现在都封闭起来，深蓝色铁门上用白漆刷了编号，变成各家各户的柴间。最西头一个门洞，三楼便是老房子。路过楼下，朝上看一眼，时间仿佛回溯到从前，北屋窗口，素兰每回探头出来，目送儿孙离去，小玫也默契，对母亲挥一下手。素兰道，慢点儿走。小玫就点个头。素兰故去后，天鸣一家住了六七年，姜远又住了三四年，如今再看，那窗口像个黑洞，再也没有人在等候了。

有人从楼里缓缓出来，驼着背，一副吃力相。刚认出是二楼大老汪家寡妇，对方已经大声喊她，小玫。小玫笑笑，故作热情打招呼。想起素兰在时，最不爱看这个老太婆，给她取了绰号，叫大喇叭，嫌她嗓门大，讲话粗俗，能来事儿。那时大喇叭动不动跑上来，敲门提意见。你们家空调又滴水了。你们家空调声音太响，吵得我睏不着，好不好不要开了。大老汪，信阳人，四九年九十月间参加的革命，比君山晚了半年。君山最初定了技术七级，此后转到行政十七级，拿十五级的工资，高出大老汪三级。后来办离退休，君山嫌离休手续浩繁，还要回鞍山开种种证明，索性办了个退休。素兰怪他傻，君山道，建设国家嘛，个人待遇不差那点儿，无所谓。人嘛，觉悟要高，为几个蝇头小利，争得头破血流，像话不像话。大老汪倒是积极，回了趟河南，第一时间办下了离休。大喇叭从此趾高气昂，楼梯口撞见素兰买菜回来，大声打趣道，都说姜是老的辣，我看也有不辣的，晚点儿上你家借两块去。素兰脱口便道，哎呀老姐姐，你可不知道呢，我们家颂云养的那狗，背地里尽干那些鸡鸣狗盗的事，当人面儿一天汪汪汪叫唤，怕是不得让你进门呢。大喇叭占不到便宜，反被将了一军，讪讪地回屋去了。九〇年大老汪害急病死了，大喇叭背越来越驼，后来听说她生了宫颈癌，没几个月好活了，素兰反倒可怜她，有时下去二楼陪她打麻将，然而回家后必定细细洗手。小赵道，妈你干啥。素兰道，坐了一下午大喇叭的凳子，怕叫她给传染了。小赵就笑，连老虎都笑道，外婆你搞笑啊，癌症又不会传染的。素兰摇头道，我才不管呢，那话怎么说的，不怕一万就怕万一，嗨嗨。说着继续洗手。

水龙头哗哗响。小玫僵着笑问，阿姨，你今年几岁。大喇叭歪着头，一脸得意道，九十一，我去隔壁楼去，搓麻将哎。小玫道，不容易不容易，身体还这么好。大喇叭笑道，是哎，是哎，我身体好哎，九十一了。小玫暗想，老天不公。她甚至有些无名的愤恨，怕脸上流露出来，寒暄了两句便上楼。

一九九二

外屋地欢聚一堂。女的不约而同穿了毛线衫，雪颖是自己打的金黄色银杏叶纹样，领口还围了红白黑三色丝巾，敏儿一色紫罗兰加大圆扣，小玫桃红湖蓝双色横条样式，三人都是长发，配上抛高的刘海，颂云则是红黑抽象斑纹，一头齐肩短发烫过了。东墙正对大门，贴了一幅外国美女，白色连体泳衣勾出诱惑曲线，外面罩了米黄色透明薄纱披肩，身后一部金光煞亮汽车，左下角八个大字，梅塞德斯奔驰房车。冰箱顶上雀梅居高临下，边上一盒百事吉干邑套装、两坛黄酒、几罐糖水黄桃。南墙上一对外国小孩提了花篮立在草丛中，男孩轻吻女孩脸颊。沙发靠着西墙，背后悬一幅织锦熊猫图。北墙靠近大门挂了年历，大红底色正中，一只剪纸金猴，下面几行小字，1992 恭贺新禧，农历壬申年，高级精美胶片挂历。

厨房门忽地推开，素兰出来，边摘袖套边叹道，呀，这外屋地热的。雪颖心细，叫天成往自己这边再挪一挪，炳炎、颂云见了，也跟着移半寸。素兰走到颂云边上，右脚往扶手上跨过，借力在沙发踩一脚，身边君山怕她跌倒，伸了手护住她，令她插身进入沙发和圆台面之间的窄位。小玫贴心，递了一只枕头，叫她垫在身下。素兰坐定，遍看天成、天鸣、小赵、小玫、雪颖众人，无不模样俊俏，气质脱俗，再看孙辈，脸蛋也都圆乎，心里甚是喜欢。顺手将衣领理一理，笑道，你们瞅你爸爸。众人一看君山，双颊绯红，西装外面还披了小赵的荧光灰大衣，于是都笑。素兰一拽，帮他脱下大衣，小玫笑道，我爸不是热，是人逢喜事精神爽。

君山生于正月初三，姜家向视这天为大日子，比初一更要紧。每年除夕年夜饭，素兰、颂云、敏儿合力操办，小玫等人打下手，热闹过后，初一初二两天仍旧要团聚，吃饭看电视打麻将，到了初三，素兰又新张罗出一大桌菜。这天照例将圆台面抬出，众人紧挨着围坐了一圈，外屋地挤得满满当当。桌上正中间一盆水仙，生得绿茎如箭，几乎有一尺高，最顶上十来朵玉台金盏，开得正旺。周围圆盘密密攒聚，有烤大虾、卤牛肉、卤驴肉、虾油卤鸡、红烧狮子头、酱肘子、哈尔滨红肠、尖椒肉片、青椒墨鱼卷、干炸响铃、凉拌海蜇头、炒三丝，一共十二盘主菜，更兼甜咸两味春卷，以及芹菜、酸菜、白糖三种馅儿饺子，热腾腾向上冒出一片白气。大家七嘴八舌，时而有女人歌声幽幽传来，小楼昨夜又东风，故国不堪回首月明中。雕栏玉砌应犹在，只是朱颜改。原来小赵心细，一心要给君山寿宴添几分雅韵，开饭前故意在北屋音响里放了邓丽君，又将北屋门轻轻掩上，故此歌声既不会被阻断，又不至于喧宾夺主。

饭后移师北屋，仍有节目继续。一张三人沙发，君山左手夹支烟坐中间，面前一张方凳上，摆个白瓷烟灰缸，左首姜远、老虎，右首婷婷、嘉嘉，都挤在一块，其余人在门口看热闹。小赵看看差不多，便道，老虎你带个头。老虎会意，拿腔拿调道，今天是外公生日，我祝外公长命百岁，万事如意。君山咧嘴笑道，好。雪颖道，姜远也说一句。姜远道，祝爷爷寿比南山。他是倔强的性格，不愿与常俗套话相同，故意略去那前面四字。君山把烟换到右手，左掌连连抚摩他头顶，笑道，好，好。天成道，嘉嘉说。嘉嘉一本正经对着门口众人道，今天是外公六十九大寿，我在这里祝他身体健康，节日快乐。众人一片哄笑，嘉嘉知道口误，皱起眉头，窘道，生日快乐，生日。炳炎笑道，对我们说干啥，要看着外公说。嘉嘉还要重说一遍，小赵道，全体都有了，来一首生日歌，老虎带头。四个小孩一边拍手打节奏，一边唱，小赵自己最起劲，用英文加入其中。唱罢小玫又道，大家向外公一鞠躬，预备，齐。四个小孩站起来，转身朝君山行了礼，君山老怀甚慰，连连道，好孩子，好孩子。

嘉嘉等三人都回去就座，老虎机灵，见小赵冲他使眼色，便在原地对众人鞠了一躬道，今天我当小主持，首先请外公讲几句话。这孩子大眼睛翘嘴巴，生得像个洋娃娃，这天身穿红白宽条上衣，配棕黄色背带裤，越发像外国小孩，天鸣等人看了，无不喜欢。君山将烟头磕了几下，思虑片刻道，那，我就说几句吧。今天，正月初三，咱们全家，济济一堂，我感到很快乐。特别是，几个孙子孙女，外孙子外孙女都在，你们有的上小学、中学，有的还在幼儿园，将来都是国家的主人。我对你们有个要求，你们要好好学习，不断进步，还有一个，就是要谦虚谨慎，戒骄戒躁，在学校，听老师的教导，在家，要听爸爸听妈妈的话，特别是，不要贪玩，不要懒惰，学习一定要狠下功夫，不能荒废掉了，要紧紧记住。过去有这么一句话，一杆竹枪，刺死好汉不见血，半盏残灯，燎尽田园化成灰。还有一句话，短棒一根，打倒无数英雄，盼世人，急回头。我说的这个意思大家可能不知道，过去呀，帝国主义在一八四〇年，靠鸦片来侵略中国，谁抽了他的鸦片烟就要死，横床卧枕，一日废尽百事，一天什么也不能干，所以中国没有能力自强。我们年岁大了，对过去的历史有特别的体会，今天相比过去，那是一个好时代，所以你们，一定要努力，一定要前进，长大以后，要为社会主义做贡献。这是我对你们的要求，大家都记住了吧？嘉嘉带头道，外公您放心，我们一定记住，长大做社会主义的栋梁。老虎不甘落后，也道，外公你放心，我会认真考试，在小演员班里当主角。

天成等人听了君山这番大论，深觉陈腐无趣，好比老干部做报告，却又不好扫老父的兴，都耐着性子等他讲完，忽听到老虎最后这句，反被这孩子逗乐，纷纷大笑叫好。又见老虎道，下面我给外公表演个节目。说罢忽然愣在原地，忘了下面的话。小赵提醒道，表演什么节目，题目叫什么。老虎道，叫《爷爷年纪大》。爷爷年纪大呀，嘴里缺了牙，我给爷爷泡杯茶呀，爷爷笑哈哈。奶奶年纪大呀，头发白花花，我给奶奶搬凳坐呀，奶奶笑哈哈。爸爸和妈妈呀，齐声把我夸，尊敬老人有礼貌呀，是个好娃娃。众人看他口齿尚不清楚，却一脸认真，禁不住都笑。小赵道，唱得不错，再来个诗朗诵。老虎想了想，挺胸立正道，新年好，新年好，我送布娃娃一顶小红帽。布娃娃眯眯笑，伸手让我抱。哎呀呀，不抱，不抱，咱们都大一岁了，你呀，知道不知道。小赵道，响一点，男子汉嗓门要大。老虎吞吞口水，继续道，坐在椅子上，我在长高。走在大街上，我在长高。往窗外看时，我在长高。看电影时，白天，黑夜，我都在长高。我和爸爸站在一起，爸爸不再长高，而我却在长高。总有一天，我会和爸爸一样高。

众人掌声热烈。天成朝小玫点头道，老虎念得好，有感情，到底小演员。小玫笑道，下一个，谁自告奋勇。嘉嘉等三人都闷声不响。老虎跑到姜远身边，拍一下他大腿，叉着腰大叫道，姜远。姜远只当没听到，自顾自低头盯着地板。小玫道，老虎你要有礼貌，要说完整，下面由姜远哥哥表演一个节目。老虎正欲依样重说，却见姜远面露怒色，狠狠瞪了他一眼。天成对小玫道，不要催他，让他自己上台。姜远依旧装聋作哑，支起二郎腿，假装玩手指甲，一旁君山和嘉嘉都去劝，老虎使劲拉他，谁知他铁了心一般，一概不理。人群中雪颖道，唱个电视剧的歌也可以。姜远知道推辞不过，只好硬邦邦走到前面，二话不说，黑着脸唱起来。从来不怨命运之错，不怕旅途多坎坷，向着那梦中的地方去，错了我也不悔过。人生本来苦恼已多，再多一次又如何，若没有分别痛苦时刻，你就不会珍惜我。千山万水脚下过，一缕情丝挣不脱，纵然此时候情如火，心里话儿向谁说。我不怕旅途孤单寂寞，只要你也想念我。我不怕旅途孤单寂寞，只要你也想念我。只要你也想念我。唱完随随便便朝人群鞠了半躬，退回沙发上恹恹地蜷着去了。

众人也照样说些鼓励的话。老虎又道，下一个，嘉嘉姐姐来。嘉嘉笑道，我和婷婷一起。两姐妹走到前面，各自背着双手站定。小赵提醒道，有神，眼睛要有神。嘉嘉撑大眼睛，憨憨笑道，下面由我和婷婷一起，为外公合唱一首电影《妈妈再爱我一次》的主题歌，预备，齐。世上只有妈妈好，有妈的孩子像块宝，投进妈妈的怀抱，幸福享不了。二人唱到此处，嘉嘉忽然哧一声笑场，婷婷不明就里，反正也跟着笑。一旁老虎教训道，认真唱，注意节奏。二人继续唱道，世上只有妈妈好，没妈的孩子像根草，离开妈妈的怀抱，幸福哪里找。

歌还未唱完，众人先欢呼鼓掌，尤其颂云、敏儿二人最开心，脸上笑得花开灿烂。一群人中，唯有天成脸上仍在笑，暗里心绪却不甚宁。散了回家，黑夜里翻身翻了半宿，仍睁着眼苦无睡意。想到今天是君山大喜的日子，本该热热闹闹欢庆一场，老虎朗诵的童谣尚算得上积极，姜远的歌却大有孤苦冷清的味道，与这日子的氛围不相称，到了嘉嘉、婷婷所唱，更是凄恻惨淡不忍听。再联想起吃饭时绕梁不绝的靡靡之音，叫人难免生出一种悲叹，莫非眼下的盛景终将付与东流，一切相聚都将在时空中分散、消解，最终归于虚空。

呢係边个嘅行李。

这是谁的行李。

唔好意思，我嘅咭片啱啱用晒。

不好意思，我的名片刚刚用完。

本地台播的这只粤语教学节目，最初是小赵在看。小赵父亲是广东人，不过走得早，粤语小赵几乎不会讲。前几年开始流行香港歌曲、香港电影，他是一律看不上，认为不登大雅之堂。我这次去香港，感触是蛮深的。什么叫弹丸之地，香港真正是弹丸之地，发达确实发达，英国佬搞经济，确实搞得好，但是论文化，论历史的积淀，香港那真是不行。小赵举杯跟天成一碰，喝了一口，抹两抹嘴巴道，文化沙漠，真正是沙漠，如果不是四五十年代过去很多阿拉上海人，现在还要不成样子。天成眼睛眨巴眨巴，点头称是。不过后来小赵从药房出来，开起医药公司，广东客户越来越多，不得不学几句粤语。刚好电视台有这种节目，每天中午十分钟，教一些基本对话，他也就趁机学起来。

有一次在湖光新村看节目，旁边地上铺了篾席，四边用布包起来，姜远和婷婷各捧了块西瓜坐着，面前一只塑料脸盆，接汁水，吐籽。电视里念一句，小赵嘴里念，姜远心里也跟着默念。姜远读书近，就在湖光新村后面桃花里小学，走路不过五分钟，每天在素兰家搭伙吃一顿午饭，下午放学先回湖光，天成下班，骑车顺路接他回河滨。有时天成累了，不想买菜烧饭，或者两夫妻想二人世界，就让姜远在湖光住一晚，第二天自己走路上学。

好在天鸣夫妻喜欢姜远，不以为累赘，反而对他多加照顾。有一次在边屋，姜远和婷婷看电视，敏儿进来，姜远从书包拿出一只盒子给她。敏儿瞄了一眼，笑道，干什么。姜远道，谢谢二婶。敏儿道，谢我干什么。姜远道，妈妈说这个送你，谢谢你照顾我。敏儿笑道，姜远，我是看你从小大起来的，小时候带你和婷婷出门，我左手一个，右手一个，路上人家看到，都说我福气好，一生生了两个，你还记不记得。姜远道，嗯。敏儿道，拿回去给妈妈，叫她不要这样，这么客气干什么。姜远道，不行的，她说一定要给你。敏儿道，那你代我好好谢谢妈妈。姜远道，嗯。敏儿将盒子收进食品柜，又道，姜远真当听话语，真当乖。姜远脸红，假装在看机器猫动画片。敏儿道，这么聪明，桃小年级第一，爸爸妈妈从来不用操心，长大了肯定更有出息，我们婷婷以后，要靠你拉一把了。姜远听不太懂，抬头看她。敏儿弯下腰，侧面头发掉到眼前垂着，粉红的牙床微微露了出来，柔声道，以后赚了大钱，帮一帮我们婷婷，叫她给你当个秘书，好不好，姜远。姜远望向婷婷，婷婷咧嘴朝他一笑。

桃小原是松木场一带有名的桃花庵，面朝弥陀山，旁倚松木场河。苏嘉湖的香客去灵隐，往往坐船至松木场泊岸，少不了路过此庵，略进香火，休息片刻，往南至弥陀寺、昭庆寺，再穿过西湖到茅家埠，沿湖边小路，经大麦岭、胭脂岭、九里松，到达灵隐。弥陀、昭庆二寺转衰之前，桃花庵已经败落了。四九年原址改建成省属机关干部子弟学校，此后历经几十年，招生虽已平民化，仍是市里有名的重点小学。姜远班主任毛老师教语文，四十七八岁，矮个子，精干巴瘦，脸孔蜡黄。课后作文写《我的校园》，她先念一段自己写的范文。站在校门口朝里望去，首先映入眼帘的是一排青翠的雪松，像高大的卫兵矗立着。下方的花坛里百花齐放，红的如火，白的似雪，粉的像霞。

毛老师不欢喜姜远，嫌憎他数学好，语文不好，跷脚杆儿。四年级上半学期，姜远和六年级学生一起，代表学校参加奥杯赛，最后虽只得了三等奖，仍成了学校里的传奇人物。毛老师越发讨厌他，语文单元测验，姜远九十八，一道填空题扣了两分，旁边一个大红叉。姜远不解，和同桌一对答案，同桌答得一模一样，毛老师却打了勾。想了半天，鼓起勇气去找毛老师。毛老师，这道题好像批错了。毛老师拿卷子瞥了一眼，甩给他道，再仔细去看看。回到位子上又看了半天，实在不知道哪里错。同桌闫超楠道，我也觉得你对的。姜远犹豫道，要么算了。闫超楠道，干吗算了，你应该一百分哎，可不可惜，我陪你去说。两个人再去找毛老师，闫超楠道，毛老师，姜远这道题好像没有错。毛老师接过卷子，眯起眼看了半天，往姜远面前一拍道，你改过了。姜远一惊，愣在原地。毛老师道，原先的答案被你擦掉了，这个是重新写上去的，以为我看不出来，啊。姜远委屈道，没改过。毛老师道，到底有没有。她的一对小眼睛里放出凶光，直勾勾瞪着他道，还要说谎，我最看不惯你这种说谎的人了。你承不承认错误，不承认不要回去了，等你爸爸来接你。

阳台顶上，一米见方一个洞，是天成旧年开的。架上竹梯，叫姜远先爬。上去千万千万不要动，原地蹲下，等我上来你才好动。天成爬上去，抱儿子翻到楼顶。楼顶东侧，十几盆大盆栽排了两排，另外三侧空着，除了种花，还可以放风筝。竹条做成骨架，贴上桃花纸，再加一长串纸尾巴。天成将线筒交给姜远，把着手教他道，你试试看，轻一点，不要使劲拉。姜远道，飞得好高啊，看不见了。天成得意，把线轻轻一抖一抖。太阳渐渐坠下去，打翻金黄色的颜料，洒向半空。六层楼的楼顶，却似城市的制高点，楼房与马路之间，远山与湖水之间，整个世界都在眼底了，再无别的秘密。姜远道，爸爸，奶奶家在哪。天成一指道，那边那幢最高的楼，看没看到，知不知道什么地方。姜远道，杭州大厦。天成道，再往右一点，那片粉红的房子后面，就是奶奶家了。姜远道，我在这叫一声，奶奶能不能听见。天成笑道，你叫叫看。姜远朝着远方喊道，奶奶。奶奶。奶奶。

爬下竹梯，阳台栏杆、地面、窗台，全都种满了花。原先还用玻璃绳搭了网，喇叭花顺着网姹紫嫣红开遍。等到结了果，剥开外衣，里面的籽是黑的。天成道，不要扔掉，牵牛籽很有用的，炒炒吃可以治肚子胀。姜远将信将疑。后来网拆掉了，剩下文竹、雀梅、五针松、月季、宝石花、仙人掌、杜鹃、吊兰、万年青、君子兰。天成道，君子兰，姜君山的君，王素兰的兰，爷爷奶奶老家在鞍山，鞍山最有名的花就是君子兰。有时候天成在阳台上叫，姜远快来。姜远丢下书跑过去。天成得意道，捉到一只瓢儿虫。姜远一看，红红背上七颗黑点。姜远道，七星瓢虫是好的，二十八星瓢虫是坏的。天成拿一只保济丸空瓶子，瓶盖上用针钻了孔，将那七星瓢虫丢进去养两天。也有时是蚱蜢，是蛐蛐儿。捉到金乌龟，天成叫姜远用手指头捏它。姜远小心翼翼，那虫子的几对铁脚像钳子，轻轻钳住食指，他微微有些痛，问道，金乌龟是好的还是坏的。天成道，坏的，吃花吃树叶的。姜远便抓住它一只脚，使劲一扯，扯了下来。心中茫然，看着它挣扎一会儿，索性又扯了另一只脚，好让它对称。那虫子剩下几条腿划着圈乱动，扑着翅膀要飞，姜远急忙将它两只翅膀也拽出来扯了。天成道，五马分尸，残酷，残酷。姜远看着金乌龟痛苦的样子，手足无措，将它丢回花盆的土壤上，心里好像泛过一阵内疚，又不知道这种内疚是对还是错。天成道，算了，不要去想它了。又道，进去手先洗一下。

礼拜天，西山公园看菊展。大草坪是造型菊区，一眼望去，三只大象形态各异，都是菊叶重重叠叠构成。后面一条蜿蜒长廊，辟作品种菊区，名目无不切题，赤狮、春江绿波、桃园三结义，看见字面便知其形态。天成道，教你一个知识，菊花的每个花瓣都是一朵单独的花，所以你看到这样一朵花，其实不是一朵，是一百朵。姜远笑道，老早知道了，我又不是笨蛋。路过小卖部，姜远要吃炸鹌鹑，天成便掏两块五买了一只，姜远油滋滋将两条腿啃了，又吃一只翅膀，留一只给雪颖，剩下都是胸脯白肉，母子两个都不爱吃，因此都给天成。夜里，姜远在钢丝床上睡熟了，旁边大床上，天成同雪颖嘀嘀嘟嘟说悄悄话。雪颖道，今朝晓得这样，不穿那双高跟鞋了，走路做筋做骨，两只脚酸死了。天成道，哪个位置，给你按摩按摩。雪颖伸腿过去，架在天成肚子上。天成按了半天，看她没有反应，捏她一把道，舒不舒服要说一声的。雪颖道，你这种人经不起表扬，一表扬又要瞎说。天成道，啥时光瞎说过了。雪颖道，你原先说的，跟瞎子学过按摩。天成道，是学过，这又不好说谎。雪颖道，少林寺学过武功，这也是真的了。天成声音高了几度道，当然了，李连杰的师父教的，等于我是李连杰的师兄，你不相信，可以去少林寺查。两个人瞎七搭八说了一通。雪颖道，今朝看他笑得蛮开心，好像没受啥影响，总算放心了。天成道，你说是不是毛老师冤枉他。雪颖道，凭我对儿子的了解，他绝对不可能自说自话改答案的。天成道，同我想的一样。雪颖嗔道，同你想的一样，那你当天去接他，怎么不同毛老师说清爽，如果姜远没错，为啥要他承认，为啥要道歉呢。天成叹道，你是不晓得，哪里有这么容易。雪颖腿缩回来，微微怒道，啥意思，平时说得蛮好听，真当碰着事体，又变了洞里老虎。你不去我去，我倒要寻她对对质，看看到底哪个说谎。天成道，绝对不好去的。雪颖听出他话里有话，便问其中缘故。天成道，明年老虎要读小学，小赵想给他弄进桃小去，我上次告诉他，毛老师的老公俞老师是教务处主任，小赵听了眼睛煞亮，准备寻他们开后门去了。雪颖道，毛老师这么不欢喜姜远，哪里肯做这个人情。天成道，你这个人，说到底还是幼稚，现在这种社会，只要有钞票，一切问题都可以解决，到时光小赵、小玫带了老虎，请他们高档饭店里吃顿饭，两条中华一塞，红纸包儿再包个一千块，不要说老虎进桃小不成问题，你相不相信，毛老师对姜远也会客气起来。

雪颖听了默然，翻了个身面朝墙壁。想想自己从小，教师宿舍里长大，父母那个年代的人当老师，确实是为了教书育人。原先的老师不见得都好，同一个墙门里，老师之间也有斗来斗去的事情，尤其那种年代，雪颖姆妈脾气犟，说话冲，到处得罪人，又不肯拍马屁，人家就都来整她。雪颖初中班主任方觉浅，当年看她生得漂亮，又欢喜打扮，有天趁了教室里没人，恶心恶肝要来弄她，她拼命逃出去，手膀撞到门上，撞出一大块乌青。从此之后，方觉浅就想方设法打压雪颖，任她每次考试都第一，同学威信也高，偏不给她当班干部，说她作风不正派。像这样的恶人当老师，原先也不少，但是至少一点，没哪个老师敢于明目张胆收家长钞票。雪颖想，现在真是变了，随便做啥，都是钞票钞票钞票。记得长青出国之前的饯行饭，本应长青是主角，不晓得为啥，桌上纷纷谈论天成。卫星满脸忧愁道，你不是有技师证嘛，这种条件，完全可以自己跳出去做生意，哪怕寻个搭档，一道办只公司，是不是，肯定比留下来好呀，留在你们厂里有啥前途，哦，当一辈子工人，你以为光荣啊，现在又不比原先了，万一倒灶呢。天成窘迫，双眼拼命霎了一阵，缓缓道，这个问题么，我想是想过，但是做起来太难了，要去借钞票，要花时间，花精力，万一亏了，得不偿失，没把握的事情我是不做的。卫星道，做人不好这样想的，做都没做，先想到蚀本，大家都不要做生意了。你要想，如果发了呢，雪颖跟了你，一道过好日子，别墅住住，钞票数数，姜远以后自费留学，到美国寻长青去，多少好呢，连我们都沾你的光。天成结结巴巴，还欲开口，雪颖抢道，这点上面，我是支持天成的，日子是安安耽耽比较好。不要说他，连我都被人家寻上了，因为我前两年做统计，成本核算要经我手，所有香精的配方我都是掌握的，有些人自己跳出去办了厂，偷偷就来寻我，一万块问我买五只配方，只只是拳头产品。如果答应，这一万块老早落袋了，等于我四五年辛辛苦苦做生活挣的工资，这种钞票，你说好不好挣，查又查不着我，就算查着是我，也没证据的，告又告不来，最多不在香料厂做了。香料厂呢，实事求是说，我做得也不是很舒服，前年上来的书记孙根茂是个小人，专门欢喜听好话，顺我者昌，逆我者亡，人家叫他阿爹，厂里有一批马屁鬼，这两年都爬上去当头儿脑儿了。孙根茂对我，原先还一天到晚到我们科里来，要寻我谈空天，他说叶小姐做账屈才了，香料厂一枝花，要么过来给我当秘书。他这种人，我是一分钟也看不上眼，我说阿爹，麻烦让一让，我这里在核账，不要打乱我。孙根茂估计就不高兴了。再后来开职工大会评十佳，要每个人写总结。我在台下同九莲嘀嘀嘟嘟说怪话，孙根茂看见了，对着话筒说，叶雪颖，台上开大会，你台下开小会，你是领导我是领导。我不响，孙根茂说，我看你好像不服气，来来来，站起来说一说，叫大家听听看你有啥高见。我是很说得出做得出的，九莲在旁边拼命拉我衣裳，我不管，既然他叫我说，我就站起来大声说，每年评来评去，永远都是这十个人，这份名单从来没变过一个字，复写纸垫一张，全部可以搞定，何必还要我们其他职工写啥总结呢，形式主义，官僚主义。孙根茂呆了一头，大概没想到我这么敢说，他也下不来台了，只好说一句，你的意见我晓得了，会研究讨论的，但是无论如何，会议纪律一定要遵守。会后办公室的人来寻我，说阿爹叫你明朝早上去一趟。我想与其送了去自取其辱，不如我退一步，第二天索性调休。后来再上班，他也没寻我，不过扣了我当个月的奖金，估计从此把我当阶级敌人了，有时光见了面，脸孔比石头还冷。这种环境，我待得确实不舒服，但是人家问我买配方，我不可能答应的，这属于违背原则，否则以后我叶雪颖跑出去，还怎么抬得起头做人。钞票是好东西，只不过有钞票不一定更加好，百万富翁，每天山珍海味，看看是好，是羡慕，其实他夜里为了钞票担心事，觉也睏不着，还不如我吃白米饭，做梦做得香。卫星冷笑道，你们不相信，现在觉得这种日子过一天是一天，放着钞票不去挣，以后总要后悔的。对面长青已经沉默许久，忽然放下筷子道，阿嫂，有件小时光的事情我记到现在，说出来给你听听看。众人都朝他看。长青道，从小我同雪颖最要好，她作为阿姐，一向来很照顾我，也很保护我。我大概七八岁的时候，有一次她带我去庆春路副食品商店，刚刚好卖花生的人不注意，我馋痨病犯了，随手抓了一把，藏在口袋里，出来之后分给她吃，我以为她会高兴，哪晓得她脸孔一黑，骂了我一顿，骂到我哭为止。印象当中，这是她唯一一次骂我，她说，我们人可以穷，志不好穷。阿姐，你这句话语，我一直记到今朝。

炳炎出娘胎起就住在观巷，结婚，生女，活了四十多，突然一天，房子外面墙壁，红油漆刷了个拆字。炳炎心慌，晓得无法住下去，到处问人租房。最后，元件六厂的同事老刘说，有一间祖传旧屋，在灵隐边上三天竺与中天竺之间，可借他们一家暂住。至于租金，老刘不好意思多要，象征性收了一点。于是炳炎一家三口，连带原本养的一只猫、一只狗，搬出枪篱笆外面，去天竺溪边的旧屋住下。

元件六厂效益不好，晶体管芯片无人问津，八小时工作制变六小时，天天下午两点钟就下班，夏天一到，正好顶着毒太阳回去。马路口行人等红灯，排成一支斜队，躲在电线杆细细的影子里，公交车如同一只蒸笼，坐在靠窗的位子上，脸孔晒得火辣辣，汗从头顶心流下来，前胸后背屁股大腿，无处不湿透。溪边小屋倒是清凉，夜间睡觉，鸿运扇不必开，一把麦秆扇摇两摇足够。此处林木蓊郁，溪水潺潺，论风光是城里所不及，只是房屋破旧之外，生活环境潮湿不堪。颂云自住到此处，常常膝盖痛，嘉嘉皮嫩，又深为蚊虫所苦，两只手膀血赤糊拉，都是抓痒抓破的。炳炎无计，眼睁睁看全家受罪，深感自己无用。恰好这时敏红出嫁，搬出羊坝头大房子，敏儿想起姆妈前年跌了一跤尾骨骨折，不放心两老单独住着。礼拜天，众人赴溪边小屋看颂云一家，颂云说起苦处，唉声叹气。敏儿索性做个顺水人情，自己一家搬去羊坝头陪两老，将湖光新村的房间腾出，让给颂云一家，于是皆大欢喜。之后几次吃饭，小赵都要特别敬敏儿一杯，说二奶奶高风亮节，关键时刻做出牺牲，这种境界，绝对是我们大家的表率。

素兰不喜欢小动物，嫌埋汰、闹心，炳炎只得将猫背着嘉嘉送了人，留下京巴狗金金，平时养在阳台上，自己和颂云住了里屋。素兰则和君山搬到边屋，嘉嘉搭一张钢丝床，跟外公外婆住一间。天成有时不来接儿子，姜远就在湖光新村住下，和嘉嘉挤着睡。礼拜天，天成、小玫两家往往都过来，打电话叫敏儿，敏儿想到有麻将搓，心痒难耐，早就忘记往日输钞票的懊恼，急急忙忙也来赴约。

麻将传入姜家，军功章上姜远至少一半功劳。八九年春天，幼儿园大班眼看就要毕业，课堂上朱老师突然宣布，教大家一种扑克的新玩法，叫作大老K。规则讲了一番，最后笑得神秘兮兮说，这件事情，小朋友一定要保密，不好告诉章园长的。礼拜天大家都在湖光新村，姜远吵着要大人陪他打大老K，天鸣、小玫都不明所以，炳炎见多识广，路过一听，知道是以麻将规则来打扑克。众人围过来看新鲜，炳炎简单讲解几句，雪颖、敏儿都点头懂了，素兰得意笑道，这玩儿我早会了，不就是东北的纸牌嘛，万、饼、条，一样一样的。

从此家中麻风蔚然，上至君山，下至婷婷，无不精于此道，十四人都在时，往往开两桌甚至三桌。只有颂云和老虎不太热衷，老虎太小，会是会了，宁愿玩遥控汽车。颂云则嫌打牌无趣，连旁观都不情不愿，众人打麻将，她在一旁看电视，晚会唱歌跳舞，声音开到最响。小赵转身邀她道，阿姐，姐夫今朝大输特输，人家说搓得越少手气越好，你代他来两把。颂云苦着脸道，麻将最没意思，纯粹浪费时间，浪费生命，我还是欢喜原先，大家聚在一道谈谈天，说说笑笑，多少好。对面炳炎嬉皮笑脸道，麻将这个东西呢，同臭豆腐一样，闻闻臭的，吃吃香的，你是搓得少，不晓得它的乐趣。其实你搬张凳儿过来坐我旁边看，看几次就熟练了，连嘉嘉都是五分钟学会的。颂云作色道，我啥不好学，学赌博，还好意思说到嘉嘉，嘉嘉就是被你们带坏的。说罢关了电视起身，自顾自回里屋床上歪着看书去了。

大人搓麻将，小孩有时出去荡马路，沿着桃小门前小路、松木场河故道畔，都是食品玩具小卖部。姜远出一块钱，买两个雪米糍，自己一个，婷婷老虎分一个。婷婷买了一罐柠檬丹，塑料瓶子是三潭印月的形状，旋开瓶盖，先叫姜远伸手，倒出几颗在他掌心，再给老虎几颗，最后倒在自己手上，仰头含了一把，剩下半瓶拧紧，放到衣服口袋里。姜远道，谁知道这是什么做的。老虎道，柠檬。婷婷点头。姜远道，错，是老鼠的鼻屎。婷婷咯咯笑道，骗人。老虎也大叫，姜远骗人。姜远笑笑，又道，以前我小时候，有一种无花果，装在袋子里的，一丝一丝抽出来吃，味道跟这个差不多，酸酸甜甜的，很好吃，可惜买不到了。婷婷笑道，你小时候，好像你是大人一样。姜远道，干吗，对你们来说，我就是大人。老虎道，嘉嘉姐姐才是大人，嘉嘉姐姐都找对象了，你有没有找对象，没有对象就不是大人。婷婷窃笑。姜远道，不要乱说。老虎道，真的，她在里屋跟一个男的打电话，我在北屋都听到了。姜远道，他们说什么，有本事你说出来。老虎咯咯笑道，很恶心的，我才不说。

嘉嘉自从上了高中，回家越发晚了。新闻联播、天气预报看完，君山自去洗漱，素兰收拾收拾，八点一过，进屋关灯睡觉。炳炎、颂云怕影响二老，只好也早早上床。姜远从小夜新鲜，素兰劝他道，早点儿睡，席子奶奶都给你揩好了，水里搁了花露水，一点儿不黏了。姜远推道，作业还没做完呢。夜阑人静，独自在客厅磨磨蹭蹭，伏在数学作业本上，心里编着离奇的故事。在下姜远，携三位黄金圣斗士，双鱼座阿布罗狄、处女座沙加、水瓶座卡妙，特来与武林六大门派高手一战。对面华山派掌门作了一揖，忽地变脸狞笑道，姜少侠，天堂有路你不走，地狱无门你闯进来，今天就由老夫来领教领教你的功夫。九点半左右，铁门外有响动，姜远知道嘉嘉回来，急忙跑去给她开门。嘉嘉比姜远高了一个半头，脸依旧圆鼓鼓，白拓拓，进门往沙发上斜着一坐，面色如三月的桃花盛开。姜远问道，你从哪回来。嘉嘉道，学校啊。姜远低声道，才怪，肯定是去歌舞厅了。嘉嘉笑了，站起来走到他身后，推他一下后脑勺。姜远正要还手，嘉嘉道，给你听首歌，要不要听。

一根耳机线塞进他的耳朵，另一根留给自己。歌声从她手中的随身听里流出来，是忧伤却没有太多负担的声音，像春日黄昏里，花丛中扑扑飞出的蝴蝶。一曲唱完，她追问道，好不好听。他点点头，问是谁的歌。她表情神秘，难掩得意，一个新出来的歌星，我们班同学现在都在追，叫林志颖，才十七岁，比小虎队年纪还要小，比郭富城还要帅，全世界他最帅，没有比他更帅的人了。

她打开书包，抽出一本卡通兔子封面笔记本，手抄歌词之外，贴满港台明星粘纸。翻到中间一页，一张一寸大小的粘纸，孤零零贴着在正中。是邮票的形状，天蓝底色，白衣少年摸头微笑，仿佛要走出画框，站到面前来。上方林志颖三个浅蓝色大字，下方是Jimmy Lam。姜远盯着看了一会儿，指着旁边圆珠笔手写的28－26＝2问，这个什么意思。嘉嘉道，干吗告诉你。姜远一再央求，嘉嘉才道，算缘分的，现在很流行这样算，比如林志颖三个字，一共二十八画，我的名字二十六画，减一减就是我跟他之间的缘分，零是亲密无间，一是永远在一起，我跟林志颖是二，二是一生最爱，三是知心人，四是普通朋友。姜远道，还有呢。嘉嘉道，还有些是不好的，比如面和心不和，水火不容，反正很多很多，说不完。姜远道，九是什么。嘉嘉想了想道，九是苦恋。姜远道，哦。嘉嘉笑道，你在算跟谁的，肯定是班里女同学。姜远脸一红道，才怪。嘉嘉嘿嘿坏笑道，你倒蛮有出息的，想不到比我还早，书上说双鱼座都是多情种子，一点也没说错。

西湖东北角，宝石山麓，宝石娱乐城。此处原是防空洞，后来建成会堂，地下部分因地之便，改成电影院，冬暖夏凉。等到娱乐城开张，年轻人夜间争相赶来潇洒潇洒，纵情歌舞，此地因而俗称阿宝。中间大厅是舞场，七彩镭射灯明灭之间，衣香鬓影，看不清眼前人的脸。周围一圈，都是卡拉OK包房，星座、康乐园、晶都、西梦花，装潢风格各异。晶都像欧式宫殿，水晶吊灯，水晶桌台，窗帘边缘也挂着仿水晶的塑料装饰。午夜时分，小伙子坐在独脚凳上，明明脸还稚嫩，却学刘德华的声音。独自去偷欢，我谢绝你监管，道别你身边，我寂寞找个伴。唱的时候，右脚尖在地面上一踮一踮。嘉嘉懒懒地靠在皮沙发上抽烟，凝望他激情的侧影。忽然门推开，有人直冲进来，一把抓住嘉嘉手臂，拎起就往外走。烟头掉在地板上，小伙子呆住，一动不敢动。嘉嘉吓了一跳，定睛见是炳炎，又羞又怒，正要发作，瞥见门外颂云、天成、小玫、小赵站成一排候着，心便往下沉了一沉。

五个大人押着一个姑娘儿，沿保俶路往北回湖光新村。众人一路无话，只有炳炎、颂云小声嘀嘟几句，像暴雨前闷热的空气。到了弄堂口，只见前后几幢都有灯光，唯独家里这幢，整栋楼一片漆黑。天成道，恐怕停电了。上楼进门，外屋地中间方桌子上点了一根蜡烛，桌子前素兰干坐着。嘉嘉卖乖，叫了她一声，素兰道，哎呀，上哪去了，大晚上的不回来，给你爸你妈都愁坏了。天成道，怎么停电了，停了多长时间。素兰道，得有十来分钟了吧，你爸爸要去修，我没让他去。天成便拿了电筒和电笔，去楼道里查看。嘉嘉故作轻松道，外婆，有什么好担心的，我这么大人了，又没事的。话未说完，不防背后颂云骂道，你多大，十五六岁的姑娘儿，就跟社会上的人混在一起，混到歌舞厅去，脸要不要了，啊。嘉嘉低下头，闷声不响，就着烛光，坐到沙发上去。炳炎大吼一声道，站起来，哪个叫你坐了。嘉嘉怔怔地站起，肩膀抽动，越抽越厉害。此时君山听到响声，也起身从边屋里出来看，一家人有凳子不坐，全都站着对峙。烛火跳动，从每个人下巴照上来，亮一块黑一块，如化了滑稽的怪妆，明明都是最熟悉的人，却简直要认不出了。炳炎道，今朝大家都在，叫大家听一听，大家平时都怪我太宠你，我想我就你这一个独养女儿，不宠你宠哪个。从小到大，你要啥我给你啥，没的东西创造出来也要给你。但是你有没有想过，你爸爸宠你，不是为了要你去跳舞，不是为了要你去抽香烟。颂云道，跳舞就算了，还同男人家勾勾搭搭，你好的怎么不学。嘉嘉憋不住委屈，哇哇大哭道，哪个勾勾搭搭了，我哪里勾勾搭搭了，你哪只眼睛看到我勾勾搭搭了。小玫道，嘉嘉，那男的谁。嘉嘉哭道，同学。小玫道，你是不是和他在谈恋爱。嘉嘉道，我们就唱唱歌，唱唱歌有什么不行。小玫道，和没和他谈恋爱，你就告诉我，谈还是没谈。嘉嘉不答，手背遮住半张脸，哭得越发伤心。倒是金金护主，跑到小玫膝边冲她吠了几声，被小玫火起，半轻不重踹了一脚，懵懵地溜进里屋去了。颂云仿佛听见金金呜了一声，但此时乱成一团，人尚且顾不上，何况是狗。小玫还要再问，忽然头顶日光灯跳亮，发出嗞嗞的声音，众人同时抬头，眯起眼睛适应那重回的光明，有人发出低声的赞叹，脸上似乎浅浅地笑着。素兰见嘉嘉泪痕满脸，可怜巴巴的样子，心里不忍，便吹了蜡烛，带她去厕所洗把脸。

天成进门，将工具收好，洗了个手，坐回到众人中间。炳炎递根烟给君山，自己也点了一根，一言不发。君山道，这孩子确实，不像话，啊。颂云跺足道，爸，你是没看见那个环境，都是社会上的男男女女，你要看见了更生气。君山深吸一口，吐出巨大的烟圈，渐渐弥漫到整个外屋地。小赵道，存在的必然有其合理性，歌舞厅呢，作为一种娱乐消费的形态，也不见得一定不好。问题是嘉嘉这么小，按法律上说起来，就是未成年人，按身份来说，就是学生。学生嘛，以学为主，不适合去这种地方。至于早恋，更加不行。难为嘉嘉不是我女儿，如果老虎，以后十八岁不到就去谈恋爱，想都不要想，脚骨都拷他断来。阿姐，姐夫，嘉嘉这个伢儿，我是看着她大起来的，她的本性可以说相当单纯，我们作为家长，一定要给她好好把关，她现在可能不理解，甚至于对我们心怀怨恨，不要紧，十年二十年后，等她懂事了再回头看，一定是感激我们的。天成对炳炎点头道，以后对她，是要好好立规矩了。

外屋地的声音隔着一道门，听起来却像远隔着万重山。热水泡了毛巾，素兰往嘉嘉脸上一焐，叫她使劲吸气，又给她抹了几把，将她眼泪都擦干净。嘉嘉凝神看着天花板，感到视线变得清楚了，周围也随之亮了一些。素兰道，哎呀，个儿蹿太快了，我都快够不着你了。嘉嘉面无表情，喉咙深处发出含混的声音。素兰道，你妈妈那也是气话，知道不。嘉嘉铁着脸道，我没有妈妈。素兰道，外头那不是你妈妈啊。嘉嘉道，她不配当我妈妈。素兰嗔道，嗨嗨，这话不好瞎说的，她要不是你妈妈，那我还是不是你外婆了，你连外婆也不要了啊。嘉嘉道，不要了。说完自己却没绷住，哧一声笑了。素兰也跟着笑，忽然小声说了句话，嘉嘉没听清，素兰凑近她耳朵，又说了一遍道，你在外头真抽香烟啊。嘉嘉不答。素兰道，那可不是好东西，小女孩子更不好抽的，成啥样子呢，叫外头人看到，不笑话啊。嘉嘉道，谁笑话了。素兰道，反正不好。嘉嘉道，我平时也不抽的，就是唱歌唱得开心，抽一根玩玩。素兰道，听外婆话，可别再去了，那歌舞厅是啥好地方，在家看看电视，和外婆唠唠嗑，多好呢。嘉嘉冷笑道，家，家有什么好，家里最没自由，我就是不想在这个家待着才去的。

此后姜家麻局停办许久，大家即便聚拢，不过饭后聊几句就散。敏儿看众人没兴致搓麻将，也就更少登门，宁愿多陪陪娘家人。嘉嘉被颂云死死看住，再也没有去过阿宝，母女之间不咸不淡，仿佛隔了一层。炳炎则跟自己一个弟兄合开了公司，做的是器材生意。小赵豪气，请毛老师夫妻百合花大饭店里吃了一顿，送了点东西，老虎等于一只脚已经提前踏进桃小，姜远沾了他们光，再没被刁难过。

只是忽然一天，金金不见了。颂云本不爱动物，金金养时间长了，又能通人性，多少都有感情，前后楼到处找，巷口大叫金金名字，正好撞见嘉嘉放学。嘉嘉这一向时常木木冷冷的，看颂云神色慌乱，问了才知不妙，眉头皱起，母女两个分头行动。有附近的闲人假作好心，过来问东问西，啥颜色，啥品种，颂云细细说了一通，那人最后道，没看着过，也可以说看着过。颂云道，看着过，在哪里呢。那人道，附近这么多狗，就算看着过，哪个会注意。颂云急出一头汗。嘉嘉道，金金这么聪明，怎么可能迷路。颂云道，迷路倒不怕，我看报上说，有人养狗不想养了，开车扔在几百里之外，过了一个月，那狗自己找回家了。我想金金也有这本事，它平时又亲人，出去玩一圈，肯定要回来的，就怕有人起了坏心，把它抱走了。抱走也分两种，要是看它滑稽，自己好好养，我们找不到，看不到，好歹它有个好下场，没遭罪，吃好喝好，那也阿弥陀佛了。最怕碰到狗贩子，有的狗贩子，当面卖狗，背后偷狗，现在的人，只要能挣钱，什么干不出来。嘉嘉道，你还说，你不要说了行不行。二人茫茫然上楼，素兰在门口盼道，找着没。嘉嘉不答，颂云道，跑了，哪里都找了，没了。君山拍脑门叹道，怪我，开门透气，没想把它给忘了。素兰道，我看大门要不就这么开着，没准还能回来。颂云无奈，只有期待奇迹。炳炎下班听了，嗟叹不已，见她们母女这般神色，便对嘉嘉道，万一找不回来，爸爸再要一只来给你。嘉嘉道，除了金金，别的什么狗我都不要，翡翠狗、钻石狗，都不要。

金金全身都黄，就只脖子后面一撮白毛，独一无二。此后一段时间，附近看到别人遛狗，颂云都要走近瞄两眼。然而金金毕竟没再出现。日子倏忽而过，一天吃了中饭，素兰将剩菜用罩笼儿罩好，唰唰洗了碗筷，忽听外面铁门一撞，回头见是颂云匆匆走入。外屋地沙发上君山看报，颂云也不打招呼，自己钻回里屋，又砰一声关了门。素兰寻思不对，匆匆抹了手，假作去阳台收衣服，便推里屋门进去。只见颂云呆坐床边，双眼红肿，头发蓬乱，腮边两行泪珠犹未收。素兰心里一慌，只当嘉嘉忤逆，忙问原委。颂云道，你问小玫去。直到君山也进来，两老缠了半天，她才说出缘故。

原来小赵为人圆滑，颇善于顺时应势，九二年盛夏未到，果断辞了中医院药房的工作，自己办起公司，乘风破浪，所获颇丰。家里平时聚会提到此事，大家赞不绝口，连君山都夸他有魄力，有能耐。小赵得意道，爸，我呢，自从进入咱们姜家以来，从姜家人身上学到不少。姜家人非常严谨，非常慎重，做什么事情都深思熟虑，这点非常好。我平时在观察，我发现小玫也好，我姐也好，天成、天鸣也好，对很多事情是比较悲观的，但是我呢，我比较乐观，我是从来不怕失败的，可能我身上流的是广东人的血，所以敢于冒险，或者说有种闯劲，你看革命也好，改革也好，广东都是排头兵，带队打冲锋的。小玫有时候，一件事情正正反反考虑半天，晚上睡不着，我说你愁什么，去，去做去，扫帚不到，灰尘会自己跑掉不成。爸，我个人有一点浅见，可能说得不太对，我认为两种不同的性格里面，没有哪个更好，哪个更对，而是一种互补，一种融合。婚姻，有人说婚姻是什么，我想婚姻的意义就在这里，把不同的人组合起来，变成一个更丰富的大家族。

小赵本是趁着酒兴吹吹牛皮，大家也都听过算数，独有炳炎心下不能平静。过了几日炳炎专门去找小赵，请教生意如何起步，小赵慷慨激昂，一一指点。不久炳炎从元件六厂出走，同原先观巷的邻舍阿毛合伙做了生意。阿毛早年在部队，有战友转业进工商局当到副局长，通过这层关系，拉了几个大客户。哪晓得天有不测风云，两个月后的一天，阿毛骑脚踏车去公司，路上被一辆水泥车刮倒，整个人碾作一摊肉泥。炳炎惊愕悲痛之余，深感自己独木难撑残局，每天回家长吁短叹。颂云见此情形，心里也不舒畅，嘉嘉又是个不省心的，只得找小玫诉苦。小玫同情姐姐，便叫小赵出手帮自家人一把。小赵不好推脱，约了大客户夏总，太子楼里请他同炳炎见面吃了顿饭，拜托夏总多多关照这位连襟。那夏总喝了几杯，拉住炳炎一只手道，人家求我办事，我夏某人未必赏脸，但是赵经理开口，我没有不帮忙的道理。赵经理讲义气，他对我，那绝对没话说，绝对是百分之百，所以我夏某人对赵经理，是多少呢。炳炎忙赔笑道，也是百分之百。夏总仰头大笑道，百分之百，百分之百。小赵在旁和道，夏总为人相当豪爽，我对他百分之一百，他只有加倍对我，百分之两百，百分之一千。夏总高兴，另一只手捏住小赵的手，转头对炳炎道，赵经理三个字，我当着外人叫叫，你看，今天我们公司两个小妹妹在，哎呀我这个人，个性比较矜持，靓女面前，不太好意思，只好一口一个赵经理，实际上私底下，我有时候叫他耀耀。小赵笑道，这个确实，我说句良心话，只有我自己家里几个哥哥叫我耀耀，别的没有。夏总道，耀耀呢，好比是我一个小弟弟，吴经理是耀耀的连襟，相当于也是我的兄弟了。兄弟之间千万别见外，有需要尽管开口，一见外，就是不把我夏某人当兄弟。炳炎忙道，一定的，一定的，我再敬夏总一杯。举杯正要敬，夏总手一挥叹道，我啊，肝脏不大好，今天已经超标了，我看这样，让我们李小姐代表我继续，小李，来，吴经理，抱歉，抱歉。边上女人便软绵绵地靠过来，举了杯子和炳炎相碰。小赵见大局已定，心里松下来，也寻了个空杯斟满，自己又斟了一杯，转头对另一个女人道，照顾不周，靓女受冷落了，是我不对，不该，不该，不该，来来来，我赔个礼。那女人忙起身接了酒杯，和小赵对饮。小赵道，靓女肯定新来的，以前没看见过。夏总远远指着她道，耀耀，你千万不要小看她。这个虞小姐，看上去文文气气，好像江南的小家碧玉，实际上呢，啊呀，厉害得不得了，而且她身怀绝技。讲到此处，故意顿一顿，吃一口菜。小赵笑道，什么绝技。虞小姐嗔道，夏总快讲，不要卖关子，讲讲清楚，还我清白。夏总道，什么绝技，我告诉你，她们两个都是千杯不醉，多少英雄好汉，全都倒在她们面前。有一次，我跟虞小姐开玩笑。李小姐淡淡道，这只老故事，夏总又要讲一遍了。炳炎道，啥故事，夏总快讲一讲。夏总道，不是故事。我跟虞小姐开玩笑，我说我做主，给你改个姓好不好，就姓鱼，一条鱼的鱼。鱼儿离不开水嘛，好比你喝酒，越喝越如鱼得水。结果这个虞小姐，看她看不出，一张嘴巴不得了，她说，我是鱼，那你夏总就是虾，我们公司也不要开了，菜市场里去卖水产品好了。炳炎拼命忍住，见小赵放肆大笑，才敢笑出声音。小赵又敬虞小姐一杯道，那我冒昧问一下，虞小姐到底是哪个字，干勾于呢，还是人则俞呢，还是余杭的余。虞小姐道，都不是，虞姬的虞。小赵没听清楚，愣道，哪个。夏总叫道，哎呀，虞美人的虞嘛。众人听了都笑，再看虞小姐，光彩照人。李小姐道，姓虞都是美人，真好。原先看书，女的只要姓柳，姓苏，必定才貌双全，都是千金闺秀。只有我们这种姓，普普通通，马路上一抓一把，随手扔到水里，一秒钟影子都没了，上帝太不公平。虞小姐低头浅笑，好像没听到。夏总咧嘴道，我们李美人有意见了。李小姐道，哪里。夏总指了小赵道，李有什么不好，他是百家姓第一，你是当代第一，都是自然选择，优胜劣汰。其他不说，从古至今，领导人里面多少你们李家的，你去排排看。还有李宁、李小双、李小龙、李嘉诚、李谷一，各行各业，都是人中龙凤，说明你们的遗传好。叫吴经理评一评，我的话有道理吧。炳炎忙道，一点不错，我补充一个，李玲玉，也是美人嘛。李小姐噗嗤笑道，吴经理最公道，我再敬你一杯。

小赵向来精明，自以为炳炎经商不过小打小闹，不妨做个人情，拉他一把。到了年底要续签合同，接连几天电话，虞小姐都嗲嗲抱歉，只说夏总出差去了，合同晚点再说。小赵满腹疑窦，直奔夏总公司，虞小姐一抬头见了他，慌忙站起来要往里走。小赵不欲打草惊蛇，拖住她寒暄几句，却见夏总正好从办公室出来。小赵高声道，夏总。夏总见了是他，也不躲，也不客套，拉进办公室，关起门亲自给他泡茶。小赵忙道，不用了，我路过，坐一坐就走。夏总道，耀耀，吴经理没找过你吗。小赵道，最近忙，没跟他聚，夏总，到底啥事情。夏总一拍桌子，高声道，这个吴经理，他倒好，赚了便宜又卖乖。既然如此，我来唱一回黑脸，实话告诉你，明年的单子，李小姐已经跟吴经理签下了。小赵愕然。夏总道，那边给的价格我也看过，确实更加合理一些。市场经济嘛，耀耀，你是最懂道理的人，做生意第一条大忌，不能够感情用事，要让商业规律来说话。小赵道，夏总，我绝对理解。夏总道，你呢，也不要老是一个一个电话一直打来，催命符一样，想干什么，有的话不用我说透，你就应该懂了，把我夏某人逼到天花板上，对谁有好处，啊。我再强调一遍，做生意而已，谁不是求个财，这里面没什么对错。明年我跟他签了，后年可能再跟你签回来，大家轮流发达，共同富裕，不是很好吗。

自从下海以来，小赵过关斩将，事事遂心，何等风光，结果被自己连襟暗地里伸出绊马索，实在一万个想不到。他又极要面子，不肯将矛盾公开化，故此仍好声好气对夏总道，一样的一样的，吴经理和我，说到底都是自己人，全都一样的。回家却臭骂小玫一通，骂她头发长见识短，徒生妇人之仁，酿成今天的局面。小玫无端吃了骂，自己又理亏，只好忍气吞声，憋了一肚皮的火，弄得积年的旧疾美尼尔氏症犯了，整个晚上生不如死，如历炼狱。第二天下午提前出来，颂云单位门口候到她，抢上前劈头盖脸便道，我倒还想当一回好人呢，没想到好心都喂了狗。颂云愣了一愣道，小玫你干啥呢，说谁是狗，好好说话。小玫手指头指指点点，都要戳到颂云鼻尖上了，破口大骂道，狗咬吕洞宾，哪个是狗你自己说，当初要不是看你可怜，根本不会帮这个忙，没想到你们蟑螂灶壁鸡，一对好夫妻，为了两张钞票，脸孔都不要了。

颂云说到此处，不由得伏在床上放声大哭。君山连连摇头道，这事我看是小吴不地道在先，小玫的反应也过头了，不管啥事，大家都是一家人嘛，可以坐下来，对话协商解决，她这个样子胡搞，矛盾都搞升级了，太不像话。颂云哭道，爸，这事我本来不想说，怕你们听了闹心，你们不知道小玫讲话多难听，单位门口指着鼻子骂我，完完全全跟泼妇一样，骂我什么，我真的说不出口，杭州话所有骂人的词里面，这两个字最难听，再也想不到，她会这样骂我，叫我们单位同事看到了，以为我做啥了呢，我这一来，真是跳进西湖也洗不清了。哭了一阵，气息渐平，又道，她说小吴为了赚钱不要亲情，说我们认钱不认人，我看她才是，翻脸翻得比谁都快。我和她差十来岁，这个妹妹，我一向就跟待自己女儿一样待她，有时候觉得嘉嘉不争气，我还想呢，要是有个女儿像小玫一样就好了，真没想到她有一天会这样对我。人家说，有的话跟刀子一样，一旦说出口，扎了人，再要收，收不回来了。

宝极观巷

瑶草接琪花

春长不知老

背首看西山

夕阳无限好

《环林夕照》

秦邦福

巷内原有全真教宝极观，观中挂张三丰像。明时观宇甚广，内有十景，曰孤云访道，曰赤脚谈玄，曰苍松云鹤，曰玉沼金鳞，曰祖庭秋月，曰观桥春水，曰仙阁朝霞，曰环林夕照，曰石坛丹桂，曰玄圃绯桃。民初马一浮迁入巷内，潜心研佛。后并入凤起路，今巷与名俱不存。

天竺

香山居士留遗迹
天竺禅师有故家
空咏连珠吟叠璧
已亡飞鸟失惊蛇
林深野桂寒无子
雨浥山姜病有花
四十七年真一梦
天涯流落泪横斜

《天竺寺》
苏 轼

天竺在灵隐南，沿山而上，为下天竺、中天竺、上天竺。下天竺亦称三天竺。各有古刹，为法镜寺，法净寺，法喜寺。《武林旧事》称，三寺相去里许，皆极宏丽，晨钟暮鼓，彼此间作，高僧徒侣，相聚梵修，真佛国也。白居易曾手书一诗于法镜寺中，语带连珠，至苏轼知杭州时到访，墨迹已无，仅有碑刻在。

第五章

二〇一六

小玫，你歇一歇。小玫如梦初醒。不要紧的。继续弯腰拖地，眼睛却止不住四处乱瞄。此刻站的这个地方，原先叫外屋地，正中一张桌子，大家围着吃饭、打麻将，数不清多少次，现在叫客厅，仍是旧的格局、旧的实木地板，但是门变了，墙壁颜色变了，画变了，沙发变了，桌子椅子变了，冰箱变了，洗衣机变了，碗橱变成玻璃柜。边屋成了书房，墙壁刷成天蓝色，靠墙一张沙发床，雪颖偶尔过来睡。里屋仍是卧室，却和阳台打通了，窗台上一片绿影都没有。北屋最想不到，现在是宠物房间，黄不溜秋一只矮脚狗，一开门就猛扑上来，吓得小玫浑身僵住，被它转着圈嗅了个遍，幸亏雪颖拽走，关进笼子里。惊魂甫定，小玫自嘲道，还是它福气好，这种黄金地段，自己一只独立房间，多少人都住不起。隔壁姜远听到，有气无力喊，地段是好，房子实在太老了，不隔音的，冬天又冷，下水道的臭气经常飘到房间里。小玫道，是啊，房子也老了。往事像过电影一样闪现。想起那年君山拿到钥匙，全家高高兴兴搬进来，算一算，至今刚好四十个春天。第一次带小赵回家，五星牌地方国营茅台酒，小赵特意拎了两瓶上门，晚上大家围坐方桌前，君山喝一口，笑逐颜开，连嘉嘉都要了一小盅尝尝。婚后为一点小事闹矛盾，气不过回了娘家，心想大不了离婚，小赵气势汹汹追过来理论，君山、素兰都愣住了，里屋两个孩子好不容易哄睡着了，吵醒了又哇哇地哭，雪颖气不过，冲出去数落小赵一通，叫他往后有个男人家样子，好好待妻子。九三年为做生意两姐妹失和，小玫怪素兰一味护着颂云，当着母亲面，砸烂一只金边白瓷牡丹碗，大家互不来往了几个月，最后不知不觉重归于好，好像什么都没发生过一样。后来颂云一家回迁，换小玫一家住进来，老虎就近读书方便，放了学被小赵逼着练琴，每天两个钟头雷打不动，琴声断断续续，交织在楼上楼下铁锅的滋油声里。

雪颖过来道，小玫，你歇一歇，差不多了，厨房我也弄清爽了。小玫道，马上好，这里拖好。雪颖笑道，你这个人劳心，拖个地拖三遍，我做事情总算仔细，也不可能到这种地步。小玫道，姜远一个人住，东西倒有十个人那么多，衣裳、鞋子、书、瓶瓶罐罐，到处都是，我是看不下去。所以说，家里平时没个女人家收作收作，到底不像样子的。姜远在书房急了，叫道，说了不用收拾，你们就不能歇着吗。小玫道，好了，已经都弄好了，你好好躺着。我昨天听你妈说，你跟你爸爸吵了一架，回来就发高烧了。家里面灰尘病菌一多，人是容易生病的。你爸爸确实，年纪越大越不讲道理，有时候我跟他打电话，气得话都说不出，小姑父在旁边都劝我，冷静，冷静，不要跟他一般见识。但是你爸爸，我知道他，他心是好的，你能让就让让他。

姜远默然。小玫转身要走，忽听他说道，我有时候会觉得奶奶还在。小玫一惊，问道，还在，在哪。姜远道，还在世界上，在这房子里。小玫心咚咚跳，不知道说什么好。姜远道，小姑姑，你坐会儿。小玫便在旁边单人沙发坐了，想了想道，昨天晚上我又梦到奶奶了。便把那梦给姜远讲了一遍。姜远点头道，我也老在梦里见到她，但是那些梦太像真的了，有时候我也分不清到底是做梦，还是醒着的时候见到她。有一次我还把对象带给她看，她还是那年最后病怏怏的样子，叫我们要好好的。小玫瞪大眼睛道，你哪来的对象。姜远笑道，你们还真一直当我孤家寡人。小玫看向雪颖，雪颖点头。小玫道，怎么不早说呢，太好了，我总算放心了，奶奶爷爷要知道，不知道怎么高兴呢。我想我们家姜远，脑子脑子这么聪明，样子样子又不差，怎么三十多岁了都找不到对象，我嘴上不说，心里一直有这个困惑，有时候还跟小姑父说起，今天总算解开了。姜远不答。小玫笑道，什么时候把她带了来，跟群众见见面，亮个相。姜远道，小姑姑，我们都大了，各有各的生活，有些事情，你要学会放手。小玫愣了愣道，当然，当然要放手，我就是想叫大家都高兴高兴。姜远道，每个人，每个小家庭，大家都过好自己的日子，尽好自己的本分，聚在一起的时候开开心心，分开的时候潇潇洒洒，这样是最好的。小玫默然。雪颖道，他们这代人，同我们想法不一样了，只要他们自己过得幸福，我们不用强求怎样。小玫想了半晌道，这当然。大家沉默一阵。姜远道，不知道为什么，我经常想起一件事，那年奶奶病重，有一天，我从学校回来看她，那时候她吃的一种药，副作用很大，会让脑子糊涂，行动失常。小玫道，我知道。姜远道，所以二叔跟她千叮咛万嘱咐，他说，妈我在厨房，你要下床一定要叫我一声。结果奶奶忘了叫，自己摸下床找痰盂，仰天摔了一跤，脑门撞在床杠子上，咚一声。我们冲进去，二叔那急脾气，当时就朝奶奶大吼，妈你怎么不听我话呢，你怎么就不长记性呢。奶奶吓坏了，哎呀哎呀叫唤。我看不下去，觉得二叔欺负病人，所以不管不顾，跟他大吵了一架。我从来没看过他那个样子，乌珠瞪出，青筋暴起，好像要吃人一样。后来他出去抽烟，奶奶神志有点清醒了，她反而怪我，说我不应该那样。她说，那是你二叔呀，你不好这么骂他的，他也是好心，是为我好，听奶奶话，以后对二叔好点。我点点头。奶奶又说，对你爸爸也是。回想起来，这就是奶奶对我说的最后一番话了，一个从你生出来就在你身边的人，互相之间说过一万句话，居然会有一句，变成最后一句。小玫道，姜远，奶奶知道你惦记她。姜远道，她让我对我爸好点，后来我尽量努力去做，但总是做不到，我跟他越来越僵，一碰面就吵，一吵完我就懊悔，不为别的，就为奶奶那句话。小玫安慰道，没事的，奶奶都理解。姜远道，我觉得对不起她，没做到她最后交代的事。小玫道，别说你，我最近晚上睡不好，翻来覆去也在想，是不是我作为家人，平时对他们的关心不够，没把他们照顾好。雪颖道，好了好了，你们两个做啥，不要这样。生老病死，一半人为，一半也是天意。小玫道，天的意思，人这一世，永远猜不透。

窗外传来钢琴声，是舒伯特的《小夜曲》，生涩，断断续续，不时弹错一两个音，再退回前面重弹。弹奏第二遍的时候，谁都会加倍地认真对待。如果日子也能像弹琴一样倒回去，小玫不会对至亲恶语相向，快活地和家人相伴一生，从没有不愉快的回忆。天成和天鸣会少抽烟、少喝酒、少熬夜，过健康的生活。姜远不会和天成吵架，有矛盾也忍下来，憋在心里消化掉。敏儿会多和老公去全国旅游，第一站就去一直向往的南京，南京能有多远呢，车上风景都还没看够就到了，还要向雪颖借自拍杆，一路拍下两夫妻的合影，再也不说自己不爱拍照。炳炎不会去做生意，不会去追逐更多的钱，穷有穷开心，既然相信情比金坚，有什么不可以克服。老虎从小就学会了拒绝小赵，等他长大以后，大概会是汽车研发工程师，或者去当业余赛车手，而钢琴，不会在他的人生里出现。

琴声越来越远，渐渐渐渐，听不见了。从里屋伸出的晒衣架上，阳光下灰尘绕着半干的毛衣静默地浮游。北屋窗帘后面，似有黑影渐渐淡去，淡成墙壁的颜色，隐在其中，狗急急地吠了几声，却无人理会。

城西一处小区里，便利店、推拿店、卤味店、面店、药店、理发店、水果店，沿路排成一排。市井烟火之中，侧面一条窄弄绿荫掩映，不甚引人注意。沿白围墙根下往里几百米，看似无甚特别，尽头处忽然开阔，一幢白色建筑抢在眼前。

但正门不可走。往西绕到侧面，有个狭窄的入口。进内先存放随身物品，再过安检，对面小窗口出示身份证，填表格，取个号。流程都是规范化和信息化的，全套完毕，有人开了旁边铁门，示意进去。

里面较外面大厅暗了许多。炳炎对号入座，二十八号窗口前坐定。瞥了一眼，旁边二十九号空着，三十号窗前一个痞气的青年，看长相是北方人，寸头，戴着粗金链，手肘压在面前台子上，抓耳挠腮，等得不耐烦。炳炎将目光收回来。面前是话机、玻璃、铁栏，以及一张空着的椅子。

一刻钟后，椅子上坐了个人。她精神尚可，没有变瘦，皮肤比以前黑了许多，在里面大概也经常晒太阳。她的眼眶很深，像化了眼妆一样。炳炎摘下电话，话筒有一股口水变干后的恶臭。爸。是她的呼唤，明明人就在眼前，声音模糊得却像隔了千里万里。爸，信我收到了。炳炎点点头。嘉嘉道，我妈……说了两个字，不知如何说下去。炳炎心跳到喉咙口，强忍着道，嘉嘉，你妈妈去了。话说出口，整个人好像在飘。嘉嘉道，哪天。炳炎道，三月十六，是晚上，大概八点半。嘉嘉道，哦。

沉默。炳炎看她无话，刚要开口，又听她道，我妈最后，有没有什么话留下。炳炎道，是意外，一口痰，喉咙堵住了，来不及交代，啥都没说，就是前一天早上醒来，说梦见你外公外婆了。嘉嘉红了眼睛道，一点点也没说到我。炳炎道，说到没说到，你妈妈的心你莫非还不懂。你还在肚皮里的时候，她那段时间爱吃酸的，外婆大舅他们都说，酸儿辣女，肯定是儿子了，我偏偏猜女儿。你妈妈说，女儿像爹，如果是女儿，要生得好看才好。我说做啥，嫌我不好看了。嘉嘉，其实我那时候，相貌还可以的，就是个子矮了点。你妈妈说，她向天许了愿，如果生下来是个女儿，第一希望生得漂亮，第二希望生得健康，为了这两个愿望，她说，她愿意用自己十年的寿命去换。嘉嘉道，爸，你不要哭，爸，爸，爸。

嘉嘉。大胖妞。张曼玉。炳炎的眼前浮现出几张不同的脸，最后又交叠在一起，变成面前这一张中年女人的脸，又熟悉又陌生。

家有什么好，家里最没自由，我就是不想在这个家待着。

有没有对象是我自己的事，不用别人操心。

爸爸，我自己有眼睛，有脑子，选对了人最好，选错了也是我的命，我自己负责，哪怕讨饭、坐牢，刀山火海下地狱，我也跟这个人一起去。

骤雨之夜，她从男人的家里冲出，几乎歇斯底里了，开车飞奔在江对岸的大街，那个时候，不知道她的脑海里是否掠过了这番话。车子箭一般直直地冲出路口，生命却从此彻底转往了另一个方向。

爸。炳炎抬起头，看见她正对他说话。爸，现在我只剩你一个了，你一定一定要照顾好自己，等我出去。炳炎道，我都好，倒是家里其他人最近不好，流年不利。嘉嘉道，只要你好，我就放心了。炳炎道，你二舅明天要做手术了。嘉嘉诧异道，是大舅吧，你说大舅心脏不好。炳炎道，二舅，二舅查出胆管癌，二舅妈跟小玫阿姨天天哭。嘉嘉嘴唇微微颤抖，眼睛里却没有泪。炳炎道，嘉嘉，我有句话一直想说。嘉嘉道，你说。炳炎道，十多年了，外婆没了以后，家庭活动你再也不肯参加了。我晓得你怪他们，怪他们多管闲事，拆散你恋爱，又要拆散你爸爸妈妈，小玫阿姨来看你，你也不见，你不肯原谅他们。嘉嘉默然。炳炎道，其实大家一直都记挂你，怎么说也是一家人。患难最见真情，妈妈最后这几年，小姨父他们没少出力，我都放下了，你为啥不好重新来过。嘉嘉眼睛直勾勾地出神。炳炎道，听爸爸一句，出来以后跟大家见见面，一起吃个饭，这么多年，以前的不愉快也都过去了，人家说血浓于水，这个世界上，只有亲情是断不掉的，你总不可能把血换掉吧。嘉嘉半天道，以后事以后再说。炳炎长叹一声，又道，你好不好。嘉嘉道，能有什么好，又不是来疗养。炳炎默然。嘉嘉想了想又道，主要是身体，一个月感冒了两次，上个礼拜一颗牙掉了，这个地方，看到没，大概是营养不够。冬天最难熬，洗澡都是冷水，就容易感冒，一发烧就关病房，隔壁床是肺病，会传染的，我关了一次，吓死了，后来感冒也不敢说。还好现在天热了，平时就是劳动学习，每天睡在五楼，干活在另一栋的五楼，中间一条走道，等于空中小姐了。

炳炎这一生中只有过两个女人，一个叫姜颂云，一个叫吴嘉玉。他原本只想要一家人快快乐乐一辈子，偏却事与愿违。十多年前嘉嘉接他的情形还在眼前，此刻他又坐在这里和她隔着铁窗相望，这到底该叫血脉相连，还是造化弄人。为了一个情字，两代三个人各自付出了代价，但假使再来一次，只怕谁也不会改变初衷。

离半小时通话结束还剩一些时间，他们提前陷入了尴尬的沉默中。嘉嘉小声道，要么你早点回去。炳炎道，干吗，时间还有，急啥呢，再等一等。两个人对面对坐着，凝视着对方，又像是在望着玻璃中映出的自己的影子。最后半分钟，炳炎瞟着电子计时器，感觉到自己心跳得越来越快了。忽听嘉嘉道，爸，你等会儿出去，给我外面小卖部买一双凉鞋，一条短裤，叫他们登记好送进来，我夏天好穿。

喇叭里的女人说话不带感情，中文一遍，英文一遍，回声充塞到四面八方。人群之中，婷婷手机翻到记事簿，一样一样核对。澳洲椰子水、紫色隔离霜、气垫粉饼、魅惑润唇膏、活化胶原透白面膜，七七八八全都买齐，大小袋子并一并，手里剩了三只，方才提了走出来。外面过道上，阿斌横着手机闷头打游戏，婷婷也不叫他，自己径直就走，阿斌余光瞥见，却又放不下游戏，两头犯难，无奈暗暗骂一句粗话，跑上去帮婷婷提袋子。

三个钟头后，人已经在杭州。叫了快车直接到医院，正好敏儿陪着，一家人相见，并没什么热烈的表示。敏儿眼睛倒亮了一亮，嘴里只淡淡道，来了啊。婷婷道，嗯。身后阿斌大包小包丢在地上，走到前面，叫了爸妈。敏儿看他比上次又胖了一大圈，婷婷倒是略瘦，穿一条金色皮短裙，刘海斜着，恰恰好遮住一只眼睛。于是腾出位子给他们坐，又对阿斌道，我微信里跟婷婷说，让她叫你不要来了，你要看店，脱不开身。天鸣也道，是说，不要来了。阿斌道，没事的，看店有我爸和我弟，俊航也有我妈在带。大家寒暄一番，阿斌象征性问一问天鸣的病情，叫他不要担心，今晚好好睡一觉，明天才有精神上手术台。沉默一阵，天鸣道，你们这回出远门，俊航知道吧，吵不吵。婷婷道，吵，怎么会不吵，不肯放我走，我一走到大门边上，他就哇哇哭，一从门边上走开，他立马不哭了，跟个小妖怪一样。后来我让他奶奶把《小猪佩奇》拿出来放，他听得开心了，才肯让我们走。敏儿笑道，他是算会哭的，去年我在海南那一个月，天天被他吵得睡不好，神经都要衰弱了。这么会哭的小孩，我总共就碰到过两个，一个他，一个姜远。你哥哥小时候每天半夜不睡觉，就是哭，声音响得唻，对面楼的人问来问去，哪家的，哪家的，最后都来提意见了，属于湖光的毛毛头里面最有名的。婷婷道，你们都说俊航像我爸，我就觉得他跟哥哥像，特别是眼睛，一笑起来的样子，还有嘴巴。敏儿道，上次叫你买鱼肝油，有没给他吃。阿斌抢道，吃了。婷婷道，一岁生日那天就开始生吞，现在完全不怕鱼腥味了，长牙早的好处。敏儿道，鱼肝油要坚持吃，哥哥就是小时候每天吃，所以才聪明。婷婷道，嗯。

有小护士进来，提醒家属准备术后用品。敏儿想起要买夜壶，拉婷婷一起去。阿斌抢着要去，敏儿道，超市你不认识，你在这里陪爸爸。母女两个坐了电梯到楼下，往另一幢楼去。下午大太阳，明晃晃照得人睁不开眼睛，敏儿拿手遮住额头，碎步前行，婷婷机灵，绕了一大圈，往路对面树荫底下走。买了回来路上，敏儿道，你看爸爸怎么样。婷婷道，看又看不出什么，我看跟以前一样，就是精神差了点。敏儿道，他也可怜，医院里关了快一个礼拜，每天没事做，心情更加差，唉声叹气。昨天还问我，俊航来不来，俊航来不来，我说来做啥，我照顾小的还是照顾老的，他听了不响，心里肯定很想见外孙。婷婷道，等他好一点，我再带俊航过来，或者你们冬天再来海南住几个月，想住县里也好，想住三亚也可以，我让别人安排一下。敏儿道，听说东北人最喜欢三亚，这两年一到冬天，三亚全是东北的大伯大妈，当地买了房，专门去过冬的，叫候鸟一族。婷婷道，他们本地人不喜欢大陆人，尤其不喜欢东北人，嫌东北话难听，但又得赚他们的钱。敏儿道，东北话我是觉得蛮亲切的，不管谁说，哪怕小品里说，我都是想到爷爷奶奶。奇不奇怪，说话的人是谁不重要，反而是发音、声调，这些更重要。婷婷道，今天候机，后面一个大妈团吵起来了，两个人吵，其他人劝，都是杭州话，一个骂，你个疯婆儿，另一个骂，你个傻婆儿。我一听，先是觉得好好笑，再一下，突然有点想哭，太亲切了。敏儿叹道，我有时光一个人想东想西，心事担死，想想你离家那么远，语言又不通，东西又吃不惯，受气了也没人说，越想越烦。俊航再大一点，你还是带他回来上幼儿班吧，对他也好，大城市，教育总比那边正规。婷婷道，看情况，以后再说。敏儿道，我主要担心你。婷婷道，我在那边还可以，你不要瞎想，上次吵架早就过去了。敏儿停下脚步，小声道，要我说，一个男人家眼高手低，还要老婆来养，这是最最要不得的。你们上有老下有小，平时开销又大，他们家店关了，他又不去找工作，靠你上班那点死工资，哪里够养一份人家。婷婷道，我有我的办法。这话不说尚可，说了敏儿更放心不下，追问半天，婷婷才道，我开了个网店，卖衣服的，已经快一年了。找网红当模特，拍照，设计页面什么的，都是朋友义务帮忙，出门靠朋友嘛，他们都不收我钱。生意么也还好，反正工作又不忙，上班也可以打理。进货就归阿斌和他家人了，他一开始扭扭捏捏，我说你不想做也可以，大家一起喝西北风。敏儿道，这么大的事，从来没听你说过。婷婷正要说话，身后有人疾呼，让一把让一把。转头看时，矮个子老护工拖着推车，三四个家属护在两旁，急匆匆向前小跑，婷婷连忙让开，敏儿愣着，被女儿一把拉到边上。人群过了，婷婷才道，怕你们担心呗，累是累，回到家又要陪俊航，又要招呼买家，不过我既然没别的本事，挣不到大钱，辛苦点挣点小钱，也没什么好抱怨的。敏儿听了无话，半晌道，网店这种东西，牢不牢靠的呢。婷婷道，我只知道钱是最牢靠的，不管怎样挣，只要不犯法，钱是越多越好。你看我今天大包小包，那么多化妆品，没一样是给自己买的，全是帮人代购，海南的机场里有面向国内航班的免税店，全国唯一的，其他地方都没有，这就是人在海南的天然优势，赚个差价，回来一趟顺便就挣了四位数。所以你有心挣钱，到处都是挣钱的机会。敏儿听了女儿这番长篇大论，心下似懂非懂，又勾起别的心事，点点头而已。婷婷看她这样，又道，妈妈，我这两年存了点钱，不多，平时不去动它，就是留着应付大事的。爸爸要治病，你们不要怕花钱，我有，用完了可以再赚，再不行去借。我在那边有几个富二代朋友，关系还可以，人家说救急不救穷，真到了要紧关头，我开口借，我想他们总归会借的。敏儿道，那不好的，跟外人借钱算什么，实在不行，宁可我去跟小姑姑他们借。婷婷道，妈妈，我还不知道你们，一个个都要面子，哪里开得了口。我那些有钱的朋友，说白了，几万块又不是很在乎的。敏儿道，不是在不在乎，家里人跟外人，到底不一样的。婷婷道，你这种是老观念，像你们这样，一生下来就在杭州，一辈子都在一个地方待着，眼睛里当然都是亲戚。我是出去了才知道，大部分人都不在老家生活，跟家里人一年都见不上一面，亲情有什么用，还不如经常一起玩的朋友更牢靠。我还算好，从小在奶奶家长大，还有点家族观念，很多现在的小年轻，九〇后，什么姑姑、舅舅，等于陌生人，过年见了面没话好说，真叫个尴尬，只好低头刷手机。你不信，不信你看俊航以后长大。敏儿仍欲争辩，婷婷道，你们自己管牢，钱的事我会搞定，我的生活你就不要瞎担心了，远水又救不了近火，帮又帮不到，说不定还给我添乱。

晚上婷婷和姜远约了店里吃饭，原想好好叙旧，却因阿斌多喝了两杯，兴奋不已，大讲海南当地民俗，一口一句我们那边，兄妹二人但相视笑笑而已。饭后婷婷夫妻走到观巷，给颂云遗像上了香。再到医院，婷婷要留下陪夜，敏儿不肯，推让一番，拗不过女儿，只得和阿斌坐地铁回郊区。夜里婷婷靠着狭窄的躺椅，连翻身的空间都没有，又兼邻床大呼小叫，这一晚注定苦不成眠，只有刷手机消磨时间。屏幕的微光点亮，已过零时，怕是自己最难忘的生日。侧着头看去，天鸣睡着的样子如此陌生。白色的枯草四面八方扎出来，因为躺着，脸看起来肿了一圈，眉眼之间似乎也有哪里不对。想起小时候，她、姜远、老虎，三个人一起和天鸣作对，他们叫他臭猴子，她便跟着叫。天鸣也不生气，嬉皮笑脸，管老虎叫纸老虎，管姜远叫小瘪三，仗着手长，一下一下撩他们头顶。姜远怒气冲冲，跳过去戳他眉毛中间的那颗大黑痣，回头大笑着说，戳到小眼睛了，戳到小眼睛了。

婷婷浑身一震。不知从哪一天开始，小眼睛从天鸣的脸上消失了。可是所有的人都没有注意到。

天鸣躺着，推车推进手术室。众人在外面，敏儿陪着进去，捏捏他手，凑到耳边说了一番话，又退出来。大门关闭。

姜远看看时间，七点出头。有护士说，派一个家属，去走廊到底的小房间等着，医生随时会小窗找家属谈话。那房间只有四五个平方，窗口下面孤零零一张方凳。众人都叫敏儿坐，敏儿失魂落魄，不推让就坐下了，其余人在门口站着。

接下来就是等。世间事没有比等待更漫长的，没有比漫长更焦心的。小玫路上买了十多只馒头，肉的、细沙的都有，家里还带来五瓶汇源，全都装在一只背心袋里，叫没吃过早饭的人各自拿去。婷婷边嚼边道，昨天晚上医生谈话，说长的位置不好，被一个什么组织包住了，所以虽然不大疼，但不代表不严重，手术的难度还蛮大的。众人无言以对。阿斌一心要表现，便道，我们那边的医生说，爸爸这种病不要紧的，很多人不动手术，活到七老八十的都有。敏儿看他一眼，又低下头去。阿斌道，反正不管什么病，只要不是肺癌就好，我们村子里以前有个男的，比我大几岁，三十出头生了肺癌，不到半年就死了，肺癌最厉害了。

众人都不答。小玫朝炳炎使个眼色，炳炎接了翎子，双手一插裤袋，自言自语道，有得好等了，起码到中饭边，我到楼下抽支香烟。往阿斌身边走过，问他抽不抽，手里已经拿出一支递过去。阿斌接过，便跟炳炎走了。小玫松一口气，知道婷婷昨晚睡不好，叫她回楼上病房，到天鸣的床位上睡一觉。婷婷推脱几下，也就从命。

周围人来人往，家属、医生、护士、护工、保洁，谈话声、呼喊声、脚步声、电梯叮咚声、金属敲打声，使人烦闷。众人都不愿谈手术，只怕触了敏儿的心事，最后还是敏儿先开口道，小赵还在北京啊。小玫叹道，本来前两天就回来，结果呆巧不巧，韵韵前天下班滑了一跤，当时没事情，后半夜肚皮痛起来，昨天小赵陪她做全面检查去了。我说真是祸不单行，一份人家，要么没事情，要么都是事情。还好查出来一切正常，我也松了口气，否则的话……说到此处，拼命摇头。敏儿道，没事就好，韵韵怀孕是大喜的事情，我说给天鸣听，他开心死了，眼睛煞亮，他说听了毛病都要好起来了，这个消息比药还要有效果。小玫笑笑，雪颖也笑道，天鸣真是跟伢儿一样，你们看他的神态，六十岁的人，还是极其单纯的。人家说天成天鸣两兄弟像，但是天成眼神里就没有这种单纯的东西。小玫道，我们阿哥好不好。雪颖道，天天电脑上查手术的资料，昨天一夜没睏，早上说要来，等我叫好了车，他说雪颖，我没力气，去不动了。我怎么会不晓得呢，他心里有事体，我怎么会看不出呢。其实看看他们两个的脸色，倒反还是天鸣好很多。敏儿道，但我就觉得天鸣这一块特别黑，对，印堂，这几天特别明显，就这块地方，特别看得出。众人听了不答。

眼看到了中午，敏儿不免又焦躁起来。小玫接完长长一只电话，过来劝道，时间不是问题，小赵特别交待，做手术不是快就好，慢就不好，叫你安心。雪颖也道，宁愿时间长一点，做得仔细一点。说话之间，有男人从走廊另一头快步走过来，五十多岁，穿着保洁工作服，一手拖把，一手空水桶，立在小房间门口，气冲冲喝道，那是我的座儿，起来。敏儿被他一吼慌了神，小玫在旁凶道，怎么是你的。那保洁也不示弱，冷冷道，我天天在这里，不是我的还是你的不成。小玫道，护士叫我们在这等，医生要找家属谈话的。保洁不耐烦道，叫你等，没叫你坐，这是员工休息室。敏儿委屈道，别人在做手术，家属心里多少焦急，你这种人，一点同情心都没有。小玫道，同这种人有啥好说，我们不需要同情。保洁冷笑道，你们自己家里的事，自己是觉得比天还大，别人可不在乎。我天天在这，哪一家人不是哭天喊地，我见得多了。

小玫一肚子火，还要再争，背后雪颖扯住。四个人退到走廊上站着干等，时间以秒流过，凄凉感渐渐从脚底涌上来。小玫朝姜远道，你和你妈先去吃饭吧，大家一道耗着，没必要的。雪颖客气，推小玫和敏儿先去，二人木着脸孔，都说吃不下。雪颖便和姜远出了医院，拐到边上小巷里，挑了家看似清爽的面馆，自己要了片儿川，姜远要了牛肉拌川，又点了几份叫服务员打包。姜远吃得快，一碗立刻下肚，雪颖碗推给他道，这家片儿川好吃，有原先的味道，你尝尝看。姜远不要。雪颖道，那么汤吃一口。姜远道，汤有啥好吃。雪颖道，片儿川这种东西，用料规规矩矩，雪菜、冬笋、肉片，都不是啥金贵花头，但是人家懂吃的人，要吃就吃它的汤，两撮雪菜味道一吊，鲜得咪，眉毛都鲜掉了。姜远喝了一口。雪颖笑道，怎样。姜远道，太烫了。

母子两个都不愿气氛太沉重，徒增对方的烦恼，因此不约而同，避开天鸣的事，只聊一些无关的话。巷内有雪颖读过的中学，吃完顺便拐过去看一眼，大门还是老位置，样子完全变了。对面几幢居民楼中间，一棵大樟树伸出粗悍的枝干，绿叶伞幕般撑开一大片。雪颖得意笑道，小时光我上学，穿过庆春路笔直走，过了酱园，到这棵大树脚底下，转个弯就是学校了，所以对这棵树感情很深。后来偶然间看报纸，说起这棵树是清朝的，一百多年了，前两年有台风……话还未说完，忽然电话响起，雪颖听了，神色大变。

二人急匆匆赶回医院，出电梯，听到小玫的哀哭。走廊尽头，小房间门口阿斌站着，另一人雪颖略觉得眼熟，猛然想起是敏儿妹夫小沈，彼此目光交汇，微微点一点头，就是打招呼了。房间里面，小玫跌坐在方凳上，掩面痛哭，另一边敏儿站在角落里面壁，背包斜挎着，看不到表情，也听不到哭声，一只手举着，攥着餐巾纸，像在擦泪。雪颖过去拍拍她，她木木僵僵，理也不理。姜远低声问道，怎么了。婷婷道，医生谈过话了，说很不理想，三个切面都是阳性，肝脏肯定要继续切，切到阴性为止，胰腺要不要切，要我们家属现在决定一下。姜远道，又是胰腺。婷婷道，他说如果胰腺也切，相当于他们肝胆胰科最大的两个手术拼到一起做，风险会很高，好比一般人挑一百斤的担子走路，我爸要挑两百斤，能不能扛得起来，真不好说。

姜远听了，哀伤不已。进了小房间，只见小玫抬起头，满脸都是泪水。雪颖，你说说看，我们阿哥这样，天鸣又这样，你说说看。她低声呜咽着，像伤透了心的小女孩，雪颖心生怜惜，轻抚着她肩道，我认为，只要这一刀动得好，那就是不幸中的万幸。小玫，哭归哭，不要自乱阵脚，自己要有数，这份人家哪个都好倒下，就是你不可以，你一定要撑牢，听话，乖。小玫哭声渐悄，虚弱地喘了许久，对着姜远喃喃道，我想想我们家，最怕有事，最怕有事，结果事情到底来了，而且就落在我们最怕有事的人头上。爷爷、奶奶，多好的人，现在上哪还能找着这么好的人，偏偏都走得这么早。兄弟姐妹，一个一个，也都是这样。外面要是听说，背地里不知道要怎么议论我们呢，人家肯定要想，这家人怎么回事，前世是不是作了什么孽。但是我们从来也没做过亏心事，从来都是本本分分的一家人。以前多好，你们小时候，忘没忘，还有印象吧，大家在一起，是不是，好不好，开心不开心。都是眼面前的事情，一眨眼的工夫，好像变了一个世界，什么都没剩下来，为什么会这样，姜远你说，为什么会这样。

一九八八

国庆节第二天，荣兴坐火车来了杭州。荣兴是素兰大姐素文的长子，七八年素兰夫妻回过一趟东北，在荣兴、荣贵、小娟子家里各住了三五天，当时畅叙天伦，和乐无比，距此一别，倏尔十年了。听说荣兴借出差之便要来，君山去信，劝素文夫妇同行，却因老韩腿疾不便，万般推辞，终未能成行。这天天鸣和小赵去城站接上荣兴，兄弟见面，亲热寒暄一番，十一路车坐到武林门，下车步行到湖光新村。荣兴看看道路两边，楼顶都竖了欢度国庆 1949—1988 的红色立体字，红旗招展，和鞍山并无大不同。

里外早已收拾停当，客人一上门，众人热情相迎，带他往北屋去。绛红布沙发上，君山坐了中间，荣兴坐在右首，小玫便坐了左首，旁边素兰、天鸣、小赵，各自坐了人造革折叠椅，敏儿客气不肯坐，上厨房弄菜去了。荣兴环视众人，小玫穿天蓝色绸衫，略抹了口红，头发在脑后结个活泼的小髻，戴一根珍珠项链，其他人都是浅色衬衫，干干净净，素兰更套了件灰西装，头发梳得一丝不乱。屋子正中一只纺锤形木头茶几，摆了苹果、茶杯、青花瓷烟灰缸，还有一盆小小的仙人掌。老虎手欠，上前欲一把捏住，吓得小玫花容失色，慌忙夺下，挪到旁边冰箱上去了。老虎倒也不怕，仍旧嬉皮笑脸，张大眼睛做怪相。荣兴看他不过茶几一般高，神态已圆熟如大人，大眼睛，高脑门子，两个招风耳最好玩，嘴巴微微撅着，穿一件藏青色白条翻领海军服，样子极为可爱，对小玫夸他长得漂亮。小玫笑道，老虎，来敬礼，快敬个礼。老虎立刻站定，歪了脑袋，右手弯弯地举到头顶上，轻轻搭了一下。众人都笑，君山乐道，再表演个迪斯科。老虎也争气，屁股立时扭了几下，逗得荣兴满脸褶子都挤出来了。小玫得意不已，削了个苹果，牙签插了一块，拿在手中晃道，老虎，老虎，来，这个拿去给舅舅。老虎接过苹果，想了一想，踉踉跄跄走到天鸣跟前。天鸣忙道，不是给我，给那个舅舅。老虎又转向荣兴，荣兴高兴接了，夸道，呀，这孩子行，是个小天才。小赵笑道，天才绝对不敢当，大哥，我跟你说，天成的儿子今天不在，那小子才叫天才，现在还在读幼儿园大班，二十四点我已经算不过他了。天鸣道，我哥带他参加智力竞赛去了，下午过来。荣兴道，三姨、三姨父有福，子孙满堂，赶明儿一家都是人才。

天鸣递了两根西湖给君山、荣兴，一时间屋内烟雾腾腾。荣兴道，这回来没有别的，带了点儿滑子蘑、驴肉、蚕蛹，三姨、三姨父吃了，保准想东北。还有几包烤鱼片，五一批发市场买的，韩玲头一个爱吃，崔丽霞想着也叫我带上，叫嘉嘉他们几个尝尝。素兰问了老韩病情，又问家中各人情况。荣兴道，我爸那是老毛病了，这两年还好点儿，头两年更厉害，腿都不能下地了，得亏我妈照顾。我这回来，他们二老也不是不想，就是怕南方潮，他的这病呢又没好透，想着再过两年，好透了再来。临走我妈还说呢，叫他们来，叫他们来。崔丽霞、我弟、小章，还有小娟子、于德有他们，也老挂着三姨、三姨父，托我带好儿。大柱子、二柱子天天说，三姨姥什么时候再回东北，和我们看纸牌玩儿。

素兰听了，想起诸人当年的厚待，不禁多生出几分思念。那时两个柱子不过五六岁，如今应该长了胡须，变成男子汉了，韩玲也到了读初中的年纪。胡思乱想间，忽听君山道，鞍山风景也好。荣兴道，鞍山就是一个千山，别的没有。君山点头道，千山，千山，奇峰怪石，古松繁花。龙泉祖越久闻名，灵迹相传半疑信。这是乾隆皇帝的诗，说的是千山的龙泉寺和祖越寺。龙泉寺我去过许多回，过去有那么一个王尔烈，在龙泉寺求学。老主同年少主师，压倒三江王尔烈。这是一个大才子，有很多故事流传下来。荣兴不住点头，小赵笑道，这个倒没听过，属于你们的乡贤了，爸不妨讲讲看。君山猛吸一口烟，顿了几秒钟，凝神沉思，方才缓缓道，王尔烈，原本应该是那一年的状元，但是这里头节外生枝，乾隆认为自己有才，心血来潮去参加了考试，结果得了个第四。主考官不是个东西，悄悄儿地把他俩调了个个儿，王尔烈按说是状元，这一调就给他落到第四了，第四叫作传胪。后来乾隆看中他的才华，叫他给太子当老师，翰林院侍读，太子就是后来的嘉庆了。三江是什么呢，江苏、江西，还有一个浙江，这三江都是出才子的地方。王尔烈主持三江会试，出的题相当难，把人考倒了一片，没有几个能答上来的。考完以后人不服气，人说你的题太偏，有本事请你自作三篇。王尔烈了不起，文不加点，挥毫而就，举座皆惊。末了又吟诗一首，叫作天下文章数三江，三江不如我家乡。我乡才子数我弟，我为我弟改文章。念完，扬长而去。

小赵因荣兴在，故意坐得笔直，听完这番故事，不禁笑道，有意思，江南书生都被东北的大才子比下去了。过去我印象中，东北就是重工业发达，鞍山也不过日本人的时候，三十年代才发展起来，再往前推，就是一片不毛之地，什么也没有，文化艺术方面好像一直也欠缺一些，想不到也孕育出这样的人物。人家说人杰地灵，我看是地灵人杰，首先是地灵，然后才能人杰。君山磕一磕烟灰，深吸一口又道，鞍山最早属于辽阳，辽阳当年还出了一个才子，就是曹雪芹。荣兴听了，拼命点头。君山道，曹家王家是世交，王尔烈是曹雪芹的叔叔辈儿。曹雪芹写《红楼梦》，又叫《石头记》，这个都知道，女娲补天，用了三万六千五百块石头，单单剩了一块没用，弃在青埂峰下。这个是书里写的，你道什么呢，真有那么一块石头，就在千山无量观后头，叫作无根石，上边宽下边窄，你寻思它要倒，它偏不倒。都说是曹雪芹小的时候游千山，在无根石下寻思了半天，从这得来的灵感。荣兴道，无根石我也去看过两回，后来听人说和曹雪芹没有关系，这故事是人家强安上去的。我读的书少，想和他们辩，又怕辩不过，三姨父怎么看呢。君山道，传说嘛，大多都是稗官野史，附会之辞，没有根据，经不起深究，不应当当作正经历史来看。但凡能自圆其说，总结出一个道理，那就很好的了。荣兴道，是，是。君山道，我还漏了一个，刚才说的王尔烈，他也有一个石头的故事。嘉庆当了皇帝，听人说有块会唱歌的石头，就派王尔烈出京城四处去找，王尔烈是历尽艰难险阻，最后在千山找到了木鱼石。这个木鱼石就在无根石附近不远，但是找到一看，很普通，也不会唱歌。所以王尔烈最后悟出一句话，叫作什么呢，不登泰山不知山高，不涉沧海不知水深，不在民间苦行，怎能分辨忠奸善恶。你瞅，它这里头就有个道理，我们很多事，结果好与不好，不是最要紧的，过程才是。

小玫听到此处，笑道，看过的，电视里放过，《木鱼石的传说》。小赵道，你什么时候看过，我怎么不晓得。小玫嗔道，同你一道看的，你这种记性。小赵坚称没看过，小玫道，里面一支歌儿，你肯定听到过。荣兴道，小玫来一句。君山高兴，也叫她唱，小赵在旁鼓掌怂恿。小玫便随意唱道，有一个，美丽的传说，精美的石头，会唱歌。还要再唱，却忘了词，自己先忍不住两只手捂了嘴巴笑起来。荣兴拍手道，小玫唱得好，有咱们东北味儿。

敏儿菜仍未烧好，素兰便带荣兴往各屋参观。外屋地不大，西边是沙发，北边靠墙是碗橱，碗碟早摞得整整齐齐，旁边一扇门连着厨房、厕所。素兰道，这都是去年后建的，原来我们这房型，茅房就在外屋地这犄角旮旯里，这么一小块，哎呀，一年到头老有一股味儿。荣兴道，三姨你别说，我们家现在还倒尿罐子呢。众人都笑。君山道，生活条件，总体是向好的，发展快一点儿慢一点儿，都是正常的。荣兴道，三姨、三姨父上回来，我们家地方小，住得不宽敞，韩玲那时候才不点儿大，夜里头闹腾，叫你们遭罪了。我现在天天想的就是一件事，等哪天我们住楼房了，大家再回鞍山，哪儿也别去，就在我们家住着，好吃好喝那是指定的。

说话间又往边屋去看，这间屋天鸣一家住着，进门左手是食品橱，右手一张木头大床，床头挂一幅绒面的海上生明月图，斜对角窗边一只黑白电视。关了门经北屋去里屋，此处是君山和素兰的房间，一大一小两只大衣橱，大的带穿衣镜，顶上皮箱子、纸盒子叠了一堆。再往外阳台上，隔着窗户看得到一排盆景。素兰道，这回你委屈委屈，睡北屋，有个小床，临要睡觉前了再搭起来。

众人于是再回北屋。荣兴看那沙发左边，用浅蓝色帘子从房顶上垂下来遮了一块，想必是储物间了，小床多半就在里边。旁边墙上，镜框里一幅彩色画，两大一小三只波斯猫，小猫横躺在大猫怀里，模样温婉可爱。再边上一盏水晶壁灯，圆筒造型，素兰见他直直盯着看，便道，这灯天成自己做的。荣兴未及答话，旁边小赵彩电边上拿了一摞长方盒子过来，笑道，大哥，你这几天要玩累了，不想出去，也可以在家看看录像带。荣兴接过看时，那些纸盒子背面透着，露出录像带侧脊，上面蓝墨水写了片名，《大白鲨》《恐怖蜡像馆》《007》，更有一部叫《一夜风流》的，令他心中暗惊，百般好奇，又不敢问，目光连忙扫过去。前后瞧了半天，笑道，这两个题目，看着还挺有意思。众人看他手里举的，是《蛇形刁手斗螳螂》和《鹰爪铁布衫》。天鸣笑道，

《鹰爪铁布衫》最好看，里面的武功厉害，我看了三遍。小赵道，武打片我是不大要看的。天鸣道，你没看过，真当好看。小赵道，我自己在药房工作，天天闻中药味道，中国传统这点东西，我最清楚不过。中国文化，不讲精确性，夸大的成分居多，四个字就能概括，哪四个字，虚张声势。好比曹操八十万大军南下，孙权听了怕不怕，怕，实际上哪有那么多，都是虚张声势，十万就不错了。武术也是，不是说它完全是吹出来的，但是真这么管用，八国联军的时候，为啥洋枪洋炮响起来了，中国人打不过，只能一路逃呢。师夷长技以制夷嘛，洋鬼子确实先进，有的时候不学西方不行，爸你说是吧。君山不答，微微晃着头，吞云吐雾。天鸣道，我是说不过你，要说武功，我们家里有一个人最有发言权。众人问是谁，天鸣道，我哥，他不还跟少林寺学过拳呢么。

一早醒来，天成做了一大两小三碗肉丝拌面，一家人吃完便骑车往少年宫去了。

半年前，带姜远去厂里玩。厂在湖西一片深林之中，此地名为石莲亭，与城市杳相隔绝，颇得世外桃源之趣，又兼厂内堆积炼制香精所需的原料，时时异香环绕，不染俗尘，职工在此久处，不能察觉，外人来访，辄以为入了仙境。那天听说姜家小神童来了，便有五六个平时和天成要好的同事特地来看，逗那孩子背唐诗，拿画石在地面上写字，写一个叫他认一个，或出算术题考他心算，从头至尾，竟无一难得倒他，众人称奇不已。逛了一圈回到计量科，同事小楼悄声对天成道，水珍她们医院成立了个少儿智力测试中心，可以测智商，你们儿子这么聪明，为啥不去测测呢。天成回家一说，两夫妻都颇感兴趣，便托小楼妻子帮忙，数日后带姜远去军区医院做了测试。

医生老大姐说普通话，事先讲明，中心只有针对七到十四岁少儿的教具，学龄前儿童一般不参加测试。天成道，不要紧，他的知识面比大孩子还要广，让他试一试。一本题目簿子，一页一页翻过去，问了姜远半天，题目无非是找规律填数，找出不同类的词，在方框里填上合适的图，爱因斯坦是哪个国家的人，等等。天成雪颖在旁听着，心里也跟着回答，别的题目尚可，直到医生给了一长串数字，叫他正背一遍，再倒背一遍，两夫妻暗暗叫苦，姜远却对答如流。测试完了，医生画表格算分数。雪颖性急，问道，医生，好不好。医生道，左右脑，基本平衡，智商，一百四十四点五。雪颖凭直觉知道是高分，压住兴奋道，我们不是很懂，这个属于什么水平呢，高还是低。医生眼镜一摘，朝他们夫妻道，我前前后后给上百个孩子测过，从来没见过这么高的，你们儿子是第一个，神童中的神童，而且三个小时的测试内容，他只用了一个半小时，不是亲眼看到，我绝对不相信。天成难掩喜悦，眉开眼笑，雪颖双膝被姜远靠着，越看这孩子越喜欢，伸手去拢他耳边的短发。医生道，苗子好，更要好好培养，要有计划，用科学的方法去教育他，尤其现在这个阶段，六岁以前，我们叫大脑的突发期，这段时间里开发幼儿智力，事半功倍。天成道，很对，很对，很对，我们一向都非常注重，给他讲故事，做智力游戏，教他认花，认动物，给他买字典，他就喜欢翻，认里面的字，四岁开始，我每个礼拜教他十个成语。医生道，这样，我跟你们说，少年宫马上要办全市第一届儿童智力竞赛，叫幼智杯，建议你们报个名。

自那之后，天成夫妇越发得意，抱定一颗红心，深信儿子将来必会成才。幼智杯初赛，五百个小孩里选三十个，两夫妻全程陪着，姜远有问必答，面无难色。主考老师叹道，开办以来，我考了三百多个小朋友，十五号考得最好。又有几个老师和《幼儿智力世界》的编辑过来，将他们团团围住。那编辑三十多岁，戴副茶色眼镜，结结巴巴道，姜远小朋友思维，如此敏捷，我跟儿童打交道，这么多年，这样的神童，难得一见。天成夫妻喜出望外，被他一番采访，答得眉飞色舞。编辑道，听说还有一个小朋友，姓刘，也相当聪明，我估计你们儿子，最后会和他争夺，一等奖。

这天到了复赛考场，姜远茫然不知何事。天成道，就坐这，老师一说开始，你就做题目。姜远道，你们不在旁边啊。雪颖笑道，我们不在，这个教室里，只有老师和小朋友。姜远自出生起，从未单独和一群陌生人共处，一脸委屈，几乎要哭出来。雪颖随口道，我们就在隔壁，离你很近，这个教室，墙上有个机关，你看不到我们，我们看得到你，像电视机一样，不要怕，乖，听话，勇敢。如此哄了一番，监考老师也来相劝，姜远将信将疑，只得眼看着爸爸妈妈出去了。

考场外面，两夫妻树荫下闲谈。雪颖上半年生了肝炎，因在丝织厂三班制做得倦了，早已萌生请长病假在家陪儿子的念头，却逢物价疯涨，周围所有人一夜之间都去抢盐抢米，六月天排队，抢冬天里穿的呢大衣，雪颖有点慌，长病假的事只好放在一边。好不容易价格稳定了，便再度和天成商议。天成道，我老早说过了，你不管做啥决定，我是绝对支持你的。再说了，三班制，日当夜夜当日，革命本钱都搞坏了，这种班上它做啥。要我说，假先请着，明年香料厂招人，我去寻人事处，想想办法给你弄进去。雪颖道，我从小没吃过苦头，原先上山下乡，照理要我去桐庐插队，我姆妈说，其他伢儿都好去，雪颖如果去了农村，肯定回不来了，命都要搭着了。不要说，我姆妈平时不管我们，这种大事上，她意志相当坚决，随便人家怎样，一定不肯给我去，等于生了我一次，又救了我一命。天成笑道，娇生惯养，金玉之躯，小姐命，福气是你好。雪颖道，哪里好同你们干部家庭比。后来高中毕业分配工作，就怕分到化工机械厂、炼油厂这种，结果一听，丝织厂，比较起来还算惬意，就是没想到三班制做长了，人都做得厌气煞了。天成道，香料厂呢。雪颖道，香料厂，环境我是欢喜的，都是树，如果进得去，当然也不错。就是一点，我想坐办公室，哪怕统计、财务，都可以去学。车间我不想去，一天到晚香来香去，鼻头也香聋掉了。上次我到你们厂，生产车间门口十来只大缸，一只只都泡着玫瑰花瓣，香是香，旁边站一站，头也晕了。天成笑道，以后这种工艺只会越来越少，现在做香精，都开始直接用进口浸膏。雪颖道，啥叫浸膏。天成道，浸膏就是，比方说玫瑰香精，不需要生产车间自己再去泡玫瑰花瓣了，厂里采购来，它已经给你配好。雪颖道，你做了快二十年，所有香精里面，你个人觉得，哪只味道最好。天成道，闻多了都没啥。雪颖道，矮子里挑长子呢。天成道，给你讲只笑话儿。雪颖道，问你问到一半。天成道，先听我说，我是东北人，对吧。雪颖笑道，说了句空话。天成道，人家说东北人嗅觉比较粗犷，给他泡一杯龙井，他吃一口，苦嗒嗒，觉不出好来。但是你随便什么茶里加一点茉莉香精，他就赞不绝口，认定了是好茶，因为北方没有茉莉，东北人闻了稀奇，以为是高级货。雪颖笑道，茉莉当然，我也觉得香，满园花草香不过它。天成道，还有一种水果香精也是，你绝对想不到。雪颖道，草莓。天成道，不对。雪颖道，葡萄。天成道，水蜜桃香精，香气冲，辨别度高，东北人一闻，哎呀老好闻了，不管啥食品里面，只要加了水蜜桃香精，东北人就抢了来买。

雪颖笑个不停，正要接话，瞥见考场那边有年轻女老师带了姜远匆匆出来。姜远头大身子小，脸哭得通红，边走边抹泪。两夫妻急忙迎上去，那女老师道，这个小朋友影响其他同学比赛，我们只好让他提前退场。天成惊道，为啥。姜远不答，只是抽鼻子。女老师道，他做得快，最后一道题目反义词连线，白连黑，红连绿，蓝应该连黄，他在位子上大叫，说题目错掉了。老师过去帮助他，他不虚心听，反而大哭大闹，同老师吵。雪颖牵了姜远的手。女老师道，家长平时是不是比较宠他。天成讪笑点头。说话间下课铃响，吵得人头痛。女老师道，独生子女娇气重，小朋友脑子灵光，也要培养他独立一点，智力因素重要，非智力因素更重要。雪颖道，确实。女老师道，你们先带他回去，成绩过两天会在外面宣传栏贴出来，如果得奖，到我们二楼办公室拿奖状。天成雪颖听了，道谢而去。

因看时间还早，两夫妻便带了姜远沿北山路往白堤骑。此堤两侧原本夹桃夹柳，冶艳无比，两个月前一场强台风袭来，将这淡妆浓抹的西子划破了相，湖边桃树、柳树、法国梧桐，几无幸免，纷纷连根拔起，横躺在地，平湖秋月的碑亭被掀了顶，三潭印月化作一片泽国，西湖水漫出岸上，淹到沿湖一带地势低的人家里。如今那些桃柳都用铁棍在底下从三面支撑住，有些明显瘦小，一看便知新栽下去，劫后挺立依旧的，大概只有沿堤的白玉兰路灯。天成摇头道，大煞风景，大煞风景，人家不晓得，还以为打了一仗。雪颖道，只不过两个月，能这样已经很好了。

断桥上，脚踏车停在一边。北边是宝石山，民国别墅群依山而建，云水光中榭外莲叶参差。南边则是市区，高楼都是灰白色的，一幢幢收入眼底。天成四望，徒兴浩叹道，白堤我最有感情，从小到大，同我们爸爸也好，天鸣也好，班里同学也好，有时光一个人，不晓得来了多少遍。雪颖听了，想起小时光同彩珍两个，六七岁刚读书，胆子大，铁罐儿里的温州小开洋，倒一盖儿装在衣服口袋里，瞒着家里大人，从白莲花寺前出发，沿庆春路走到钱塘门，拐到圣塘路、北山街，蹦蹦跳跳来到白堤，一座桥，两座桥，终于走到平湖秋月，空嘴巴嚼嚼小开洋，真鲜，真开心，觉得到了世界的另一边。忽又听天成道，我个人意见，杭州风景看西湖，西湖风景看白堤，白堤风景看桃柳。现在变了这副样子，我是蛮肉痛的，实事求是说，宁可今朝没来，宁可没看到的。雪颖道，这种话语，说了有啥用场。天成道，是没用场。雪颖道，要我说，长痛不如短痛。这样一场台风，淘汰掉一批，剩下来的都是历经了考验的，说明骨头硬，台风也吹不断。园林部门也吃一堑长一智，以后绿化更加科学。这批新树，现在看看是小，总会大起来的，再过个二三十年，风景只会更加漂亮。姜远在旁听了，扯扯妈妈裙摆，仰头问道，什么叫长痛不如短痛啦。雪颖见他泪痕已干，又是平日里纯真机敏的样子，心里烦闷稍解，笑道，你问爸爸，叫爸爸说。天成想起上个月带姜远去科技展，进门大厅七八只人造卫星模型，比人还高，功能各不相同，上面红绿小灯跳跳闪闪，姜远看得出神。转到隔壁一个厅，几只玻璃罩子里，模拟出地球、太阳系九大行星、银河系、宇宙。姜远道，宇宙怎么那么大。天成道，宇宙，宇宙当然了，宇宙是最大最大的。姜远道，那宇宙大还是世界大。天成道，当然宇宙大，世界就是地球，只有芝麻那么小一个小点，呶，看没看到。姜远道，嗯。天成道，我们人在地球上，等于比小点还要小点，比灰尘还不如。姜远道，比细菌呢。天成道，比细菌也不如，人跟整个宇宙一比，看都看不见了。姜远沉默半晌，又道，那宇宙外面是什么，如果坐人造卫星，能不能飞到宇宙外面去。天成笑道，不行的。姜远道，那太空飞船呢。天成道，宇宙是没有外面的，宇宙大得咪，无边无际。姜远皱眉道，怎么会无边无际呢，爸爸，我不懂。天成道，要关门了，抓紧去隔壁厅再看看。其实天成也不是很懂。姜远的问题，天成经常不懂，只好道，长痛就是疼得长，疼得长肯定是不如疼得短好。雪颖笑道，同伢儿解释，要用伢儿的思维。说罢弯腰道，比方说，爸爸现在光脚走在马路上，马路上都是小石头，爸爸脚疼不疼。姜远道，嗯。雪颖道，他要是怕疼，慢慢走，走得越慢，疼的时间是不是就越长，最后就嗝儿一声昏倒了。姜远咯咯咯笑个不停。雪颖道，他要是勇敢一点，小跑跑回家，是不是反而更好，回到家就不疼了。姜远点头。三人往前走了几步，风晃动水面，荡出微腻的波纹。大成道，想得蛮好，再过二三十年。再过二三十年啥样子，哪个说得好呢。譬如说二三十年前，想不想得到现在的事情，想不到的。姜远惊头怪脑道，啊，再过三十年，我都三十五岁了。雪颖哈哈大笑，想了想又故意苦着脸道，妈妈都六十一岁了，变老太婆了，怎么办。姜远一脸愁苦，惶然不知应对。天成道，不要说我们，我们爸爸姆妈都九十多了，人一辈子真是短，不好想，想起来太残酷了，不想，不想。大家沉默一阵，天成道，走，再往前头看看吧。

说话之间，弯腰将姜远抱起，放在车后的竹藤坐凳上。好没好，准备哦，手抓牢我，飞了。脚踏车载着父子的身影，顺着断桥的下坡飞一样冲了出去。呜。姜远的欢笑声被风吹乱，扯碎了掷向碧水蓝天之间。

晚上大家齐聚在湖光新村，大人给小孩碗里夹满大菜，让他们去北屋茶几上吃，外屋地才坐得下。荣兴所赠的烤鱼片，众人都说香。驴肉、蚕蛹等物，几个小孩不认识，只觉样子骇人。婷婷道，太恶心了，像毛毛虫一样。姜远笑道，像毛毛虫的大便。敏儿道，不是毛毛虫，是蚕宝宝，你养过的，忘没忘，又不怕的。婷婷道，蚕宝宝是好的，怎么能吃呢。小玫在旁喂老虎饭，见状便从敏儿碗里夹了一个，放到嘴里咬一口，笑道，看没，好吃，很有营养的。婷婷拼命摇头道，不要不要。嘉嘉到底大几岁，也要了一个吃，嚼了两下道，恶心是不恶心，就是有点腥。姜远、婷婷都看呆了，任她们怎么说，始终不肯吃，多看一眼都不敢。

荣兴素来贪杯，小赵遇到老酒朋友，轻易不肯放过，大家高兴，各自多饮了几杯，颂云夫妻喝得面如彤云，只有雪颖、敏儿仍不肯沾一滴。敏儿因见雪颖穿的衬衫式样不俗，是白色真丝荷叶襟的，表面泛着银亮的光泽，衬得皮肤白里透红，心里看得微痒，饭后便借闲聊之机，夸她衣裳漂亮，问她哪里买的。雪颖道，同学送的。敏儿道，刚才吃饭我一直在看，越看越欢喜。雪颖道，这么欢喜，要么你拿去。敏儿忙道，不好的，不好的。雪颖道，我反正衣裳多。二人推让一番，最后商定，后天晚上敏儿去雪颖家拿衣服。

这天敏儿下了班，车子骑往河滨新村，中北桥上西眺，一幢在建的高楼突兀地立着，以前看书上写摩天大厦，大概就是这样。翻下桥迷路一阵，总算找到雪颖家，外墙上碎石子、玻璃渣，密密麻麻铺满。慢悠悠爬到六楼，雪颖开门迎入。敏儿窘道，这两天越想越难为情，带了几盒中国花粉。雪颖道，做啥做啥，一家人，这样弄起来。敏儿道，不是给你，给姜远的。雪颖客气两句，到底收下。敏儿往长藤椅坐了，环顾四壁，客堂间刷成鸭蛋青色，对面一张方桌，右手壁橱，左手一只雕花木橱，上面录音机、压力瓶等物，旁边草绿色双开门冰箱，去年浙江展览馆办展销会，天成买下，天鸣借了辆三轮车，帮他拉到河滨新村，合力抬到六楼。两个房间门都关着，门帘是草做的，编成一节一节。雪颖去开了大房间门，朝里叫道，长青，快点，敏儿来了。只见长青和姜远一前一后出来，敏儿打量两眼，笑道，长青瘦呢。长青道，好些日子没见了，大家都好吧。敏儿道，都好，都好，姜远爷爷奶奶对你印象很好，老是一口一个长青地记挂你，那天吃饭他爷爷还说起，他说浙大也不太远，怎么不叫长青有空常来呢。雪颖笑道，是说过，我作证。长青道，爷爷奶奶太客气了。敏儿道，不是客气，大家确实欢喜你，你是大学老师，他爷爷去苏联进修过，搞技术的，也可以算知识分子，知识分子同知识分子，总归惺惺相惜的。长青笑道，那我不客气了，明年年三十再去蹭饭。敏儿道，怎么是蹭饭呢，你是我们的贵宾。年夜饭来吃，平时也好来的，欢喜吃啥菜，叫雪颖告诉我，我来准备。长青还未答话，姜远在旁抓他手臂发嗲道，小舅舅，好没好啦，好没好啦，快点陪我打坦克。

舅甥二人回大房间去了。敏儿问道，长青怎么来了。雪颖道，他们系里一个老师，弄了一只电子游戏机，他看蛮好玩的，就借了来给姜远也玩玩。敏儿道，电子游戏机，天鸣他们电视机厂也可以借，有一次他想带回来，我说不准带，婷婷还小，眼睛都弄坏。天鸣乌珠瞪出说，伢儿这么小，不给她玩游戏机，要给她做啥。我说人的童年时光是最宝贵的，为啥不教她认字，给她讲故事，你作为父亲，哪天安安耽耽给婷婷讲光一只故事，我就谢天谢地了。为了这桩事体，两个人闹了一架，最后爸爸听到，说了天鸣不对，爸爸说，玩儿可以，但主要任务还是学习嘛，天鸣听了，只好装哑巴子。雪颖笑道，天鸣可能是想拿回来自己玩。敏儿小声道，我还不晓得他，嘴巴上说说为了婷婷，其实为了自己。像这种事体，每天十七八件，每件都可以吵，有时光吵得心灰意冷，一个人关在房间里七想八想，雪颖，不瞒你说，我就想自杀，我是真真正正想过死的。雪颖听了，唯有吃惊而已，一时说不出话来。敏儿道，人家说夫妻同心，我们却是同床异梦，我的心得不到理解，得不到尊重，他越是在我眼面前，我越是倍感孤独，这样的生活，过下去有啥希望呢。雪颖怕她哭，连忙安慰道，两夫妻在一道，长长几十年要过，不可能没矛盾。敏儿道，我有时光在想，他们两兄弟完全两种脾气，天成这种男人家，体贴、善解人意，世界上不多的，姜远又争气，我说句真心话，雪颖，我真当羡慕你，你是啥都好。雪颖道，其实我同天成也闹架儿的，但是我认为，感情最重要的是交流，你心里有疙瘩，要同他说出来，你越是压抑，他越是不晓得，疙瘩就越来越大。敏儿愣愣地出了一会儿神，又道，交流，怎么交流。你不要看我这样，其实我也是要漂亮的人，哪个女人家不要漂亮，你说是吧。我记得结婚第一年，那时光还没婷婷，有一次我们敏红上海回来，带了两条裙子，让我先挑一条。我两条都拿回去，穿上脱下试了半天，两条都欢喜。天鸣下班进来，我叫他帮忙选，他正眼都不看一眼就说，裙子么，都差不多，有啥好看难看，不是破的就好。当时我眼泪水就滴下来了。这样的人，雪颖，我怎么同他交流。那次之后，我就很少再买新衣裳了。我想到我姆妈，年轻的时光是千金小姐，锦衣玉食，真叫个不可一世，自从嫁给我阿爸，样样苦头都吃过。我总觉得，历史在重演，我又在走她的老路，越是想避，越避不开。

忽然钥匙丁当响，天成开门进来。敏儿慌忙强作笑颜，和他打招呼。天成去厨房放了菜，来和敏儿寒暄两句，说起今天带荣兴去自己办公室坐了坐，又陪他去单位附近飞来峰和灵隐玩了一圈。敏儿因心中烦恼之事已被勾起，无心闲谈，木然地听他说了一通，便要告辞回去，任他们怎么挽留，也不肯留下吃饭。雪颖只得将那洗好的衬衫拿给她，送她到楼下。晚上吃完，长青也要回宿舍去，姜远玩着游戏机不肯放手。长青道，我又不拿去，放在你们家，借你玩一个礼拜。说完笑嘻嘻要走，雪颖又要送，天成心疼，要代她去。长青道，不用送的。雪颖道，饭吃得太饱，同你荡一圈。两姐弟下了楼，长青车子停在一楼楼梯斜角下面。雪颖道，姜远参加智力竞赛，本来很有希望夺冠，结果复试的时候哭了，一等奖哭没了，只得了个三等奖，昨天一天不声不响，自尊心受到挫折了，亏得你拿游戏机来陪他。长青道，没发挥好也是正常的。雪颖道，这个伢儿，人人说他智力超群，说他是小长青。但是智力之外，我现在越来越有一种隐隐的担心，他是不是孤独，是不是怕同比他强悍的伢儿在一道，我不晓得，到底是身体素质上的原因，比如个子小，豆芽菜，还是心理上的，还是兼而有之。长青道，不会吧。雪颖道，原先每次去幼儿园，他都是紧紧拉了我手不放，班里面自由活动，老师说他从来不同其他小朋友一道。我想到自己小时光，一样拉了爸爸的手，一样寻借口不想去幼儿园，一样不合群。但是我不一样，我是全托，又是姑娘儿，多愁善感一点也是正常的。他呢，老师欢喜他，我们爱他，大家都宠他，可以说是众星捧月，他为啥还如此落寞，我实在不懂。

天色渐暗，对面房子灯光亮起，星星点点跳动，远处运河上汽笛几声长啸，似乎闻得到纱白色水汽朦朦胧胧的鱼腥气。雪颖进厨房拿橘子，路过客厅，天成弯着腰在打蜡，对她道，走进走出脚下当心，滴滴滑。雪颖道，嗯，想了想又道，弄好休息休息。天成抬头道，人家都说了，这么好的男人家，哪里去寻。雪颖才知道他在门外听到了，便笑道，作为一个男人家，有这么漂亮的老婆，这么聪明的儿子，你更加要珍惜。两夫妻调笑一阵，雪颖拿了半筐橘子去剥给姜远吃。进大房间一看，他已将游戏机关了，蜷在单人沙发里。雪颖道，怎么不玩了，累了是不是。姜远道，嗯。雪颖道，哪里累，眼睛是不是。姜远摇摇头道，不是眼睛，是脑子里面，眼睛一闭上，坦克好像在脑子里开来开去。雪颖暗暗心疼，叫他去床上靠一靠。姜远怕热，不肯盖被，好在夏天的毯子还没收，雪颖帮他肚子上搭了一个角，以防受凉。八点钟，姜远毯子一掀跳起来，原来电视剧时间到。这一天，《怒海萍踪》和《火凤凰》都是最后两集，一个杭州台，一个上海台。姜远要看《怒海萍踪》，天成雪颖要看《火凤凰》，姜远一翻报纸，《火凤凰》早结束半个小时，只好先凤凰，这里一结束，马上换萍踪。可惜那时安德延已被打得吐血，倚在树下颓坐着。晓霞，我并没有让你失望，我不后悔我为你所做的一切，我很高兴，我今天做了一件让你开心的事。晓霞，你这么爱我，我就是死了也不枉此生。晓霞，不管发生什么事，你都要坚强地活下去。安德延死了，老六结婚了，《怒海萍踪》结束了。

荣兴在杭州待了一个多礼拜，沿湖景点去了个遍，最远到钱塘江畔的六和塔。十号早上九点半，随君山夫妇从湖光新村走到北山路，上了一只电动船，斜穿过西湖，往花港码头去。还未靠岸，已听到岸上人尖着嗓子欢叫，奶奶，奶奶。素兰认得是姜远声音，循声望去，只见这孩子戴顶金黄色檐帽，穿一套白衣白裤，两袖和裤腿边是黑的，手里一只五彩纸风车，滴溜溜转个不停。身边婷婷毛线衣内翻出两片粉白色花瓣领，下面黑色健美裤，两个孩子一般高，见船来了，激动不已。眼看姜远离水只有一步，素兰着急又使不上劲，待要大叫，那孩子早被人一个箭步上前拉住，又把婷婷一只手也牵着。素兰定睛一看，粉红色尖领连衣长裙，上半身罩了件咖啡色白点马甲，梳一根高高的马尾辫，眼角飞扬，腰肢只有一握，不是雪颖又是谁。再看周围，人已经到齐，当中嘉嘉朝船这边指指点点，不知对颂云说些什么。

船缓缓停稳，三人上了岸，和大部队胜利会师，经御碑亭往南而去。天鸣拎着旅行袋，脚步飞快，后面跟着嘉嘉、姜远、婷婷三个，手牵手走成一排。姜远淘气，故意同手同脚，把两个女孩子拽得东倒西歪。其后天成、雪颖、炳炎、小赵，拎袋子的拎袋子，背包的背包，包里除开吃的喝的，还有换的衣服，只因女人爱美，出来一趟拍两卷胶卷，少不了变出几身不同造型。颂云烫了头，穿灰色衬衫罩蓝色碎花毛线背心，敏儿则是黑色阔边眼镜，红衬衫外面披件藏青色西装，颈上一根细细的金项链，两姑嫂一个文气一个庄重，走近了窃窃私语。敏儿道，我说一道坐船来，天鸣不肯，他说一只船最多坐六个人，爸爸、姆妈加大哥，再加我们一家，这样已经六个了，再加一个船工，超出了，船要沉的。我说婷婷这么小，又不好算的，他不听，我没办法，他脚踏车又坏了，只好都坐公共汽车。我一向来晕车，车厢里味道重，又只有最后排两只位子，半路上就开始恶心，全身冒冷汗。颂云忙道，现在呢。敏儿道，码头吹了歇风，又问雪颖借了风油精搽，好是好多了。颂云道，秋天了，风油精还有人随身带。一旁雪颖走过，正好听见，忙道，我也容易晕车，皮肤又招蚊子虫儿，所以一年四季都带在包里。颂云道，我是没晕过车，汽油味道我最欢喜闻，有的车子里味道重，我还要拼命深呼吸两口。人家说花香、太阳香，我倒觉不着。敏儿愣了半天，转头见雪颖早已快走几步往前去了。后面君山、素兰、荣兴三个，都是背着手，踱方步，一路左右闲看。素兰见花坛里种满一串红，立在原地盯了一会儿，回头对荣兴道，嗨嗨，我就喜欢这红的花儿。背后小玫抱着老虎赶上，笑道，前面有的是呢。

一行人走过红鱼池上九曲石桥，水中鲤鱼摆尾穿行，数十条都是大红色，也有几条通体乳白，唯独背上两三点胭红。几个孩子见了，嘻嘻哈哈不肯走。天成从包里翻出面包，撕了一小块，朝池中一掷，群鲤瞬时化作支支红箭射出，当中一条最敏捷的一口吞下，其余的都悻悻然转头散去了。姜远向天成要了半块，和婷婷两个一小撮一小撮扔下去，那些鲤鱼东聚一下，西攒一下，搅动琉璃般一池水。嘉嘉边走边吃苹果，也要将那核儿丢下去，小赵眼尖，连忙劝住，叫她去问姜远讨一块面包来喂。

君山远远看着几个孩子天真可爱，又见云气清朗，心中甚是快慰。对面绿树掩映中，曲曲折折一道竹廊水榭，匾额是篆体濠上乐三字，用的是《庄子》的典。早年来过数次，君山总不觉其味，今天不知为何，忽然悟到它不可言的妙处。正在暗暗寻思，只听天成叫道，姜远，你们几个过来。原来前面那片池中，安了一尊钓鱼小孩塑像，姿态生动，天成便要取景拍照。三个孩子站成一排，老虎尚不甚会说话，却一心要抢姜远手中那只风车，气得姜远挤眉弄眼，两只手抓住杆儿不肯放，一旁婷婷傻笑，不知如何是好。天成大叫道，给老虎拿。姜远仍不放手，一脸委屈，几乎要哭出来。周围一群秋游的小学生等着拍照，带队老师脾气倒好，也不催，只笑嘻嘻看着这家人。小玫急了，快走几步上前蹲下，一把抢过风车，塞到老虎手里，又将姜远的手抓住老虎手臂，笑道，你扶着弟弟，这样拍，好，好。

咔嚓。天成才按下快门，又听有人远远叫他，像雪颖的声音。四望一圈，见她在一座八角亭外朝他招手。急急小跑过去，只见颂云、炳炎、敏儿都已在亭内坐着，几只包都搁在长凳上，外面水光粼粼，倒映在亭子的内顶。天成道，你们倒会寻地方。边说边抬头，只见那亭叫印影亭，楹联上字体却晦涩难辨，如甲骨文一般，看了半天，大概认得是八面虚亭春色满，四围佳气锦鳞回十四个字。天成暗想，这两句又得雅趣，又见富贵，只不知是谁所题。身旁颂云道，还是敏儿选的这个景儿好，又有鱼，又有亭子，又有柳树，在这照一张相吧，小玫呢。话音未落，几个孩子嘻嘻哈哈地跑来，小玫领着老虎走在最后。颂云道，小玫，来这来，我们四个女的照一张。

荣兴随天鸣等人穿过幽深的小径，眼前豁然一片大草坪，绿中微微带黄。君山作主，挑了个位置，大雪松树荫底下，面前就是西湖，几只石凳上并无一人，再远处横着一片黛色，是湖西的丁家山，低低几幢灰白色建筑。等众人到齐了，颂云和炳炎铺开塑料布，大包小包里搪瓷碗、铁饭盒、塑料袋拿出来，吴山烤鸡、卤鸭儿、卤牛肉、茶叶蛋、鹌鹑蛋、素烧鹅、盐水虾、水煮花生、午餐肉、面包、苹果、梨儿、桔红糕、巧克力、甜果冻、百事可乐、黄酒、啤酒，全都摊在中间，众人围着，脱了鞋，热热闹闹坐了一圈，唯独君山捡了一块空心砖来，往上一坐，腰板挺直，比众人都高了一头。

吃了一阵，小赵便请君山讲话。君山笑道，荣兴先讲，待了这么些天，讲讲有什么体会。荣兴羞赧，半天道，今天我能到杭州花港公园来，和三姨、三姨父全家，欢聚一堂，感到我一生最大的荣幸，这也是难遇的机会，希望以后我再来。总的来看，这几天玩得挺有意思，挺好，三姨、三姨父、我大姐，及这几个妹夫、弟弟们，都陪我去玩儿、参观。小玫笑道，哪里印象最深。荣兴想了想道，岳坟，岳飞精忠报国，是个大英雄，秦桧和他老婆干坏事，害了人，在那里头跪着，一跪就是一千年，这个对我的触动是最大的了。君山含笑点头。荣兴又道，还有灵隐寺也挺好，香火很旺。黄龙洞也好，天鸣带我去的那里，里头有几个亭子，每个亭子里头都有唱越剧的，什么《打金枝》《书房会》，听着是好听，就是听不明白唱的什么，可惜了。

众人都笑，荣兴也陪笑，又叫君山讲话。君山早脱下灰西装，解了领带，叠了放在一旁，白衬衫袖子卷到胳膊肘上，清清嗓子道，过去说，东北和杭州远隔千里，现在交通方便了，交通一上去，好像书上说的缩地之术，也就不觉着远了。我也在想，你爹妈人到老年，总是要走一走，看一看，玩一玩，心情才能愉快，对身体也有好处。你三姨也常叨咕，常想你们全家，知道你爹身体不好，我们也很担忧。人嘛，一生能有几何呢。人到老年，首先身体要好，性情要和，没有什么病，那是最幸福的。咱们都五六十奔七十岁的人，算一算，还能有多少年呢，啊。从我个人来说，神州大地，除了新疆、西藏没到，剩下的有时候参加会议什么的，我可以说都去过。我想杭州有条件，叫你爹妈争取来嘛，山南海北，聚在一堂欢乐一下子。

君山讲完，荣兴道，三姨父是最平和的，将来指定长命百岁。众人都笑，小玫拼命点头。君山摆手笑道，我的看法，一百岁也好，九十岁、八十岁也好，人活一辈子，第一个是无愧于心。小赵道，爸讲得好，下面有请，妈，来，妈发言。素兰不肯，嘉嘉抢着道，我来。小玫道，嘉嘉好样的。说罢带头给她鼓掌，嘉嘉叉开两腿歪坐着，一时想不出说什么，瞪了半天眼睛，憋出几句道，东北舅舅，我代表全家人邀请你下次再来杭州，来玩。荣兴笑笑点头。小玫提醒道，还有东北外公外婆。嘉嘉道，还有东北外公外婆，一起来玩，明年春天，杭州不冷不热，希望你们来。小玫道，还有，韩玲。嘉嘉道，还有韩玲好姐姐，她送我一支钢笔，我将好好保存它，希望韩玲姐姐好好学习，天天向上。小玫道，有机会和……嘉嘉道，有机会和我妈妈一起，到东北找你玩。颂云听了，掩口而笑。

众人又叫姜远说两句。姜远头大身子小，盘腿夹坐在雪颖和颂云之间，他因幼智杯只得了三等奖，近来有些不自信。雪颖怕他怯场，便鼓励道，给东北舅舅表演个节目也行。姜远道，什么节目。天成道，背首诗。颂云道，朗诵个儿歌。雪颖道，唱首歌也行。姜远皱眉，抓住雪颖手臂问，到底歌还诗啦。雪颖也急了，激他道，随你便，你爱怎么样就怎么样。姜远忸怩半天，一字一顿，背了首岳飞的《满江红》，荣兴不禁叫了声好，众人都鼓掌。小玫见老虎在旁边草坪上玩风车，叫道，老虎，老虎，打个拳给舅舅看，来，霍元甲。老虎听了，忽然弯下腰，头抵在草地上，开裆裤一开裆，屁股翘得半天高，逗得众人同声大笑。敏儿正好在喝可乐，一口呛到气管里，咳了半天，两只眼睛血红。

小赵又叫天成讲几句，代表年轻一辈。天成紧张，笑得两边腮帮子都僵了，眼睛眨巴眨巴道，今天和大哥到花港观鱼来玩，天气也好，我们全家都很高兴。希望大哥回去带个话，叫我大姨和大姨父呢，明年有机会，最好是春天、夏天，正是百花齐放的时候，到我们杭州来玩，我妈和我大姨姐妹两个呢，也好团聚了。这是这些年最重要的事，我们全家一定好好款待。

一圈转回来，又请素兰讲。素兰推脱不过，叹了口气道，荣兴到杭州来，每天都在外头玩，你说，要是你妈妈这次能来呢，那不很好嘛，她怎么这个家就离不开呢，是不是这个家没有她，就不能行了呢，地球不转了，啊。众人大笑。素兰又道，再一说，我听你说她明年来，到那个时候，你爸爸身体要是好呢，和她一起来，顶好，我们孩子大人都欢迎。他要是不见好，那个时候坐车可就有困难了，千里迢迢，这东西不容易，要考虑好。再加你爸爸呢，走南闯北都走过了，我看呢，还是于德有和小娟子来的时候，把你妈送来好。于德有这孩子我也挺想，因为我回家，这孩子照顾我和你姨父俩，照顾得很周到了，样样的都问，三姨你吃着没吃着过这东西，都是问三姨。我呢，这个于德有我是老也不忘，什么时候于德有能和小娟子两个人，能带你妈一起到杭州来，再加崔丽霞、韩玲，荣贵和小章他们一家子，还有大柱子、二柱子，有机会来杭州，那是顶好的了。荣兴忙道，三姨的话我记下了，回去给大伙儿带好，特别是转告我妈，叫她排除万难，明年指定来，我爸呢，首先是好好养病，争取也能来。

吃饱喝足，众人面对湖水而坐。草地开阔，几个孩子都去打滚。哥哥，我抢来了，我抢来了。姜远听见婷婷喊，回头一看，是那只风车，杆子和叶片的连接处已经歪了，像一个人耷拉着头。来此处的路上，天成在路边买了给他，自行车把手上绑着，随风转了一路，心里当成宝贝，谁知半天不到，竟被老虎弄成这样。好在雪颖手巧，对儿子道，放心，妈妈给你修好。说话间已将后面线头解开，重新缠绕一番。姜远指着风车叶片道，妈妈你看，红的对面是绿的，蓝的对面是橘黄的，红蓝黄是三原色，橘黄就是红加黄。雪颖至此恍然大悟，心中百感交集。手上一边绕，一边听见荣兴道，西湖美景，名不虚传，杭州真是人间的天堂。我读的书少，心里头有很多的想法，不知道怎么说出来。这回来，好看的，好吃的，好玩的，都有了，我心满意足。明天就回去了，唯独还有一个心愿，不知道能了不能了。众人都问，荣兴道，那天一来，在三姨家里，小玫唱了首歌，很好，虽说是就两句，我还是头一回听人唱得和电视里头一样。我想今天大家都在，我也还在，小玫能不能再来一首，给我们大伙儿助助兴，留下一个难忘的回忆。众人听了都叫好，雪颖抬头看去，只见小玫也不推却，大大方方笑道，大哥这么说了，那我就献个丑，唱两句《春光美》。小赵道，虽然是秋天，也要记得春光的美，这种精神，good，相当好。小玫不理他，双手向上理了理云鬓，略微欠一欠身，清清嗓子便唱道，我们在回忆，说着那冬天，在冬天的山巅，露出春的生机。我们的故事，说着那春天，在春天的好时光，留在我们心里。

白堤

接叶巢莺

平波卷絮

断桥斜日归船

能几番游

看花又是明年

东风且伴蔷薇住

到蔷薇 春已堪怜

更凄然

万绿西泠

一抹荒烟

《高阳台 · 西湖春感》

张 炎

即白沙堤，自断桥至平湖秋月，将西湖分为里湖与外湖。两岸夹桃夹柳，景色殊胜，为游人最喧处。或以为即白居易主持修筑之白公堤，误。白公堤在钱塘门外石函桥左近，今已无迹可寻。

白莲花寺前

香浓烟穗直
茶嫩乳花圆
岩倚团团桂
筒分细细泉

《慈云寺小憩》
陆 游

白莲花寺，始建于后晋，初名华藏院，宋时因池中生白莲，名白莲慈云院、白莲妙惠寺。寺前小巷名白莲花寺前，附近自古是绸业集中生产地，民初时巷内茶店纷成交易场所，名曰茶会。抗战时拆屋填池塘，作观成小学操场。20世纪末，长庆街改造，将白莲花寺前并入。寺、巷、名，今俱不存。

第六章

二〇一七

十二点半，月高悬。清冷的夜里，寒光照在一根竹梯上，从隔壁阿强屋里伸出，搭到炳炎家的露台。炳炎身手依旧敏捷，像猢狲下山，十秒钟，已经顺着梯子爬回来。小玫说过无数次，到隔壁搓麻将可以，麻烦你安全注意，门外蛮好有路不走，一定要爬，多少危险，万一出个事情，对得起哪个。炳炎不听，每次都嬉皮笑脸，说爬比走快。

房间里也冷，同外面相差无几。去厕所，脚盆接了热水，马桶盖上一坐，脚泡泡，手机翻翻。不晓得怎么就设了静音，错过几条微信，都是群里的。小赵傍晚通知，孙儿诞生百日，周日晚六点望湖酒家，恭请各位赴宴，喜气同沾。下面是小玫发的婴儿照，雪颖、敏儿都赞了，天成平日群里闷声不响，这次破例道，真好，超可爱，才一百天已然像大孩子了，看了非常非常欣慰。炳炎将照片放大，那孩子圆头圆脑，眼睛老大，确实讨人欢喜。

无奈好话已被别人说尽，想了又想，决定留言道，姜远你看可爱吧，今冬明春，给我们也来一个，加油哦。消息发出，越看越得意，自己笑了半天，可惜已经后半夜，不见有人搭理。

脚泡好，电灯关掉，回客堂间。炳炎递上手机，得意道，颂云，给你看看，老虎的儿子。颂云看了一眼，不禁笑道，遗传这个东西，真是不得了，长得跟老虎原先一样一样。炳炎道，哪里，你是没看到过韵韵。颂云道，韵韵是哪个。炳炎道，你忘记了，昨天还同你讲过，韵韵是老虎的老婆。我看这个伢儿，还是像娘多，眼睛大。颂云点点头。炳炎笑道，好比我们这样，嘉嘉幸亏像你，像我就没戏好唱了。老虎两夫妻都漂亮，不管像哪个都好。颂云忽然背过身去，幽幽道，生了一个出来，全家高兴，我倒想问问，怎么走了的人，你们就急着要忘记呢。

靠窗一只墙角，写字台辟作颂云的灵位。中间一张半身旗袍照，大概四十五岁，对镜头微微露齿，笑得温柔蕴藉。前面日常摆些瓜果零食，非重要日子则无香烛。侧面一只瓷瓮，盛着颂云的骨灰。当日追悼会后，因下葬的事暂时搁置，骨灰便暂厝殡仪馆，只是炳炎心里放不下爱妻，便以这只瓷瓮分了小半骨灰，摆在家中，时时相对低语，以慰幽隔之情。只听颂云道，老早同你说过，我死之后，哪里都不想埋，就想进到西湖里，这句话语，天长日久，你大概忘记了。炳炎长叹一声道，颂云，你是人去一身轻，你不晓得我的苦衷。上次我提起这桩事体，小玫第一个不同意，雪颖也说，西湖里撒骨灰，你属于异想天开，扣牢肯定罚款，搞不好还要拘留，好事变坏事，阿姐在天上也不得安宁。我万般无奈，后来退而求其次，又说，西湖呢，大概确实不适合，我想来想去，不如这样，当年我同颂云谈恋爱的地方，好比柳浪闻莺、平湖秋月，反正草坪上挖个洞，埋一点下去，换个地方再挖，再埋，这样沿西湖边埋一圈，好叫她的魂儿永远留在这些地方。这个折中办法，我想也算对得起你，结果小玫、雪颖还没表态，旁边姜远听了拼命摇头，他说大姑父，现在哪里没监控，拿个铁锹挖草坪，摄像头全都给你拍下来，明天就变网红。我听不懂，啥网红，姜远说，就是你出名了。天成也急死急活，他说，这种事体弄不来的，螳螂捕蝉，监控在后，你不要自作聪明。颂云，这桩事体，我是深以为恨，恨不能遂了你的遗愿，只好眼睛闭起，耳朵扪牢，念个拖字诀，拖到嘉嘉出来，到时再见分晓。颂云默然。炳炎道，颂云。颂云默然。炳炎起身道，颂云，迟了，我进去睏了。

倏忽一年过去，一切好像停留在原地，嘉嘉仍未回来，颂云仍未下葬，给颂云的信只写了两页，再也写不下去，麻将输输赢赢扯扯平，开心不算开心，难过也不够难过，只有老虎升级这件事暗暗提醒，日子还在向前走。回到床上，仍旧没有睡意。电视打开翻一圈，一半是古装戏，一半是购物。其中一个购物频道，小姑娘穿个套装，倒有几分像嘉嘉原先。价格谁敢跟我比，然而品质谁又敢跟我比呢，观众朋友们，欢迎收看谁敢跟我比，我是柚子。炳炎心想，柚子又大又胖，小姑娘儿眉清目秀，叫啥不好，要叫柚子。柚子道，今天要向观众朋友介绍的是传世和田碧玉，也就是传说中的帝王玉。玉是古代君王尊贵的象征，玉是当今玉女必要的配备，早在公元前二百二十一年，秦始皇统一中国的时候就有了帝王玉，在古代，帝王玉就是帝王才能有的，普通老百姓根本想都不要想，所以呢它是尊贵的象征，那在今天来说，依然也是高贵的象征。那作为东方女性呢，更是跟玉息息相关，比如说，很多人起名字都会有一个玉字，你知道吗，我的全名里就有一个玉，如假包换哦。炳炎心里一抖。柚子道，那我觉得，作为一个东方女子，首饰盒里一定要有一块自己的玉。说了这么多，到底什么玉好呢，请您看仔细了，下面我就要请出这块精美的和田碧玉。传世和田碧玉，稀有珍贵，经典时尚。传世和田碧玉，玉中之王，高贵不贵。

到了礼拜天，天成开车接上炳炎，同赴望湖酒家。停车场坐电梯，刚好碰到姜远，他因离得近，自己慢慢走过来。上了七楼宴会厅，报赵先生大名，服务员七绕八绕，带到一块靠窗区域，和大厅以屏风相隔开。雪颖瞟了一眼，总共五桌，中间一桌尚未坐满，都是老虎的赵家堂兄弟，外围四桌，右手一张空空荡荡，只有天鸣夫妻二人。众人入座，敏儿低声道，今朝没想到，这么许多人。炳炎附和道，本来以为自己家里聚聚，随便庆祝庆祝，没想到小赵大办特办，生意朋友都请了来。雪颖道，姐夫，这你就错了，小赵要面子，这种规格，说句老实话，已经算袖珍了。你看我们家里一桌，小赵家里亲戚一桌，老虎丈母娘家里一桌，丈人老头儿家里一桌，中间一桌主桌，刚好五桌，都是亲戚，属于内部聚会，不对外的。

炳炎还要再说，忽然刹车。只见小玫笑意盈盈，穿一件暗红色牡丹花旗袍，发侧别了一朵真花，从休息室步出，来和众人寒暄。小赵西装笔挺，腰杆也笔挺，老远就跟姜远打招呼，叫他上主桌坐，姜远一定不肯。小赵笑道，主桌老虎两个堂哥，一个堂弟，还有他们的老婆小孩。老虎小时候我就对他们说，老虎是地才，姜远是天才，你是名声在外了，他们都很仰慕你，你坐过去，年轻人凑到一起有话讲。我们老头老太婆了，不是我说，差不多了，要给年轻人让让路了，你一个小伙子，八九点钟的太阳，老是跟我们凑在一起干啥。姜远冷着面孔道，小姑父，现在什么年代，二〇一七，早就没有什么天才了，我就一个普通人，你看现在，六点差一刻，我也日薄西山了。

雪颖听他又说这些丧气话，桌子底下拼命拉他。小赵一愣，抬眼望去，只见穹苍澄澈，西边群山之间，斜阳探出渐弱的余晖，在湖面上遍洒碎金，天地相映，如同一只镀金的宝奁半开着，竟别有一种神圣的气氛。西湖是从小看到大的，桃红柳绿见多不怪，然而这种角度，这种情调，却是第一次体会。此情此景，小赵不觉痴住，一时竟不知如何接话。听见老虎圆场道，这桌本来就人少，姜远再过去，更冷清了，别人看着也不好看。小玫顾及姜家面子，也拼命附和，小赵于是作罢，两夫妻告个罪，招呼别桌去了。

老虎也要离开，又怕失礼，便在姜远旁边的空椅子上坐一会儿。姜远道，韵韵呢。老虎指休息室道，小孩吃奶。姜远看他套件天蓝色休闲西装，头发也打了蜡，朝一边斜翘起，脸却较上次圆了一圈，笑道，工作那么忙，又当了爸爸，应该瘦，怎么反而胖了。老虎道，比去年重了十五斤，想运动也没时间。天成听见，凑近来道，身体，身体是第一位的。老虎道，大舅、二舅现在身体好不好。天成道，我好了。老虎吃惊道，是好，还是好了。天成道，好了。老虎道，完全好了吗。天成点头道，每次复查医生都说，你这种情况属于奇迹，基本上跟完全好了差不多。旁边雪颖喊了一声，拼命摇头，姜远只当没听见，东张西望。老虎会意，又问二舅怎么样。天鸣道，你看呢。老虎道，我看跟原先差不多，稍微瘦了一点，头发白了一点。天鸣道，谁说的，我身上是瘦，他们都说我脸胖了。敏儿瞪眼道，老虎，今天你在，你来评评理看。去年出院之后，我想给他巩固巩固，带他去上气功课，那个老师不是一般性厉害，班里都是病人，有一个，胃里也是这个毛病，五年前做的手术，后来一直练气功，练到已经跟正常人一样了，全国各地到处去旅游、爬山。好，我就逼着你二舅去上课，每天在家也要练，练满六个小时，这样慢慢慢慢，加上坚持吃药，这一年恢复得蛮好。结果他现在懒了，不肯练了，说浪费时间，我一劝就和我吵。我说你也不想想，去年一只脚已经踏进鬼门关了，阎罗王簿子上你名字登记在案了，如果不听我的，哪里有今天，老虎你说是吧。天鸣在一旁不语。老虎道，睡眠和胃口好不好。敏儿又道，说起胃口，你要吓一跳，昨天他一口气吃了十二颗提子、一个苹果、一个梨，这么大的凤梨有半只好吃。天鸣道，他们要我吃中药，吃了中药就要忌口，除了鸭肉，什么肉都不能吃，天天给我炖鸭子，要么就是卤鸭，弄得我看到鸭子就怕。那我想，肉我不吃了，多吃水果总好了吧，吃多了她又要说。众人听了都笑，敏儿急道，我是为了哪个。炳炎道，这一年大家看在眼里，这种老婆，是天鸣你的福气。天成也劝道，复查出来好，吃就吃一点，医生的话不要全部去听，自己要有判断，有攻有守。此时主桌有亲戚大声招呼，老虎赔个笑，转身往那边去了。

敏儿转头又对天成道，我是亲眼看到，他们的气功练了，效果真当很好，你现在，反正退休在家了，练一练，巩固巩固，不是蛮好。雪颖窃笑不已，实在忍不住道，他的个性，一分钟都静不下来，原先蹦进荡出吃老酒、搓麻将，现在生了毛病，麻将老酒不碰了，改成拍照片。天成道，啥叫拍照片，我是摄影。众人都笑，敏儿道，摄影就是摄影，不好给他降级的。我看他朋友圈偶尔发的摄影，梅花、鸟儿、西湖里的鸳鸯，都是大师级水准，好去参加全国比赛了。天成笑笑不语。敏儿道，我同天鸣说，我是你们阿哥的粉丝。雪颖道，表扬他一句，回去有一个礼拜好得意，以后愈加起劲了。我说你又不是国家总理，白天家里看不到人，只要不下雨，照相机一背，车子一开，比原先出去得还要勤，到底算啥呢。天成转了头冲敏儿道，我们有个摄影俱乐部，一期一期要交作业，请了专家来点评。我是想通了，酒桌上虚度光阴，那么许多年如梦一场，原先还有借口，说是说为了事业，其实年纪一到，下车走人，事业是老板的事业，同你哪里有一点关系，索性修身养性，从此做个林泉散人。敏儿道，不是蛮好，我今天还同天鸣说，人到老年，一定要培养点正能量的爱好，学学你们阿哥。姜天鸣，有没听到，哎，人呢，天鸣人呢。

一瞬间，世界好像静了下来。敏儿茫然四顾。

天鸣从洗手间回座的时候，大灯陡然熄灭，不知哪里射出幽蓝的光线，四面八方交织在空中。老虎自己去旁边弹钢琴，一首《梦中的婚礼》当背景音乐，大屏幕上幻灯片滚动，一百天，每天一张照片，婴儿娇憨可爱，老虎、韵韵、小玫、小赵、韵韵、爸妈，个个有份入镜，下面宾客窸窸窣窣，人头三五一聚，都说这家人幸福美满。天成自言自语道，老虎给儿子起这个名字，好，真好。天鸣问怎么好，天成道，他们祖孙三代，赵一耀、赵振华、赵轩宇，你看这里面，格局一代比一代大，以后这小孩长大不输老虎，前途不可限量。敏儿道，听小玫说，韵韵临盆前一天晚上，梦里面两夫妻去冰岛旅游，看到了北极光，按照老底子说法，生有异象，属于人中龙凤，非富即贵，我看他们赵家有得旺了，还好再旺一百年。天鸣点头，天成听了，闷头吃一口茶。

雪颖只觉口中无味，也吃一口茶。旁边炳炎举起手机要拍大屏幕，忽然一只电话进来，手忙脚乱，急急揿掉。雪颖挑眉笑道，心虚了，有情况了。炳炎笑道，不认识的。又对姜远道，姜远帮我看看，怎么搞的。姜远看了几眼，冷冷道，我靠，哪来这么多陌生来电，这都好几百条了吧，你搞什么。炳炎讪笑道，电视里卖项链，和田玉的坠子，我一看，这个东西倒蛮好的。我想你姐姐明年就回来了，我作为爸爸，别的没有，送条项链给她，好比一个仪式，希望她重新开始，这样好不好，姜远你讲，是不是挺好的。电话打过去，我咨询了一下，听起来好像不太对头，我就想，会不会是骗钱的呢，想了半天，最后没买。好了，不得了了，每天各种号码打过来，车轮战，一定要叫我掏皮夹。我这个人呢，姜远，你不要看大姑父这样，我也有点硬脾气，我属牛的，人家叫我牛头颈，越是逼我，他妈的我越是不买账，我就是这样。姜远低头不响，啪啪啪按了半天，说一声，好了，便将手机交还，再无多言。炳炎不知他所恼何事，只当他精神不振，便故意逗他道，姜远你看到没，我那天说了，老虎有了，你当哥哥的，反而落后了，要抓紧了。姜远脸色一变，还未答话，已被雪颖桌子底下踢了一脚。雪颖道，姐夫现在，大概隔壁麻将搓得少了。炳炎笑道，哪里少，一个礼拜四五场。雪颖道，比如说我，除非空下来没事情做，穷极无聊了，才会东想想西想想，操人家的闲心。炳炎道，姜远哪里是人家，不管我姓吴，你姓叶，这么多年下来，至少我认为，大家都是姜家的。雪颖道，既然说到姜家，明年嘉嘉回来了，阿姐下葬问题，房子问题，嘉嘉以后的问题，哪一样你不头痛。你现在，不过中场休息，旁边靠一靠，优哉游哉，吃支香烟罢了，这种好日子，要晓得珍惜，不要自寻烦恼，下半场还要争取好好表现。炳炎笑道，雪颖说得都对，只错了一样，不是下半场，是加时赛，眼睛一眨，我明年七十了，还要为这些事劳心劳力，没得休息，譬如旧社会了。

雪颖还欲再说，却听琴声渐悄，画面停在婴儿脸上，大特写。几十双眼睛齐刷刷盯着，老虎走到舞台正中，鞠了一躬，缓缓道，各位亲朋，今天很高兴，跟大家相聚在望湖，举办这么一个小小的仪式，来庆祝轩宇来到这个世界上一百天。台下有人带头鼓掌，小玫春风满面。老虎道，从儿子，到丈夫，到爸爸，这两年里，我的身份在迅速转换，我其实有点儿惶恐，有的时候夜深人静会问自己，我是不是真的做好准备了，好像昨天我还是一个小伢儿，被爸爸逼着练琴，跟哥哥姐姐玩摸摸儿，忽然之间，我变成另一个人的爸爸了，这一切是不是太快了。没有为人父母，就不会真正知道父母的艰辛，我想趁这个机会，在这里感谢我的父母，感谢爸爸教我坚强、进取，教我做一个男子汉，去担负起对家庭和社会的责任，也感谢妈妈，永远给我无私的爱和关怀。小赵波澜不惊，淡淡地鼓掌，转头跟小玫对视一眼，却见妻子泪光闪闪，眼睛早红了一圈。又听老虎道，还要感谢所有的家人，真的很幸运，从小能在一个有爱、有凝聚力的大家庭里边成长，让我感受到，好的家庭环境对人的一生是多么重要，让我感受到，尽管世界不像我们小时候想象的那么美好，生活偶尔也会有它黑暗的一面，但更能够打动人，并且推动人类前进的情感，是爱，是人与人之间的包容、信任和牵挂。所以我也会尽最大的努力，去给我的下一代提供更好的环境，让他接受更好的教育，成为一个更好的人。都说杭州是人间天堂，我在这里出生，在这里长大，对这个城市有非常深的感情，这里永远是我心里的一方净地和乐土。现在站的地方，外面就是西湖，非常美，我非常不舍得，看不够，但是以后，我回来的日子很可能会越来越少。我的外公外婆是北方人，六十年前，他们背井离乡，来到这个陌生的江南城市，在这里落地开花，六十年后，我和韵韵两个杭州人，却要离开家乡，在北方定居。而轩宇呢，他的未来，也许在北京，也许在另一个国家，他对杭州的概念，可能只是个有点耳熟的传说，可能只是残存在基因里面的一段被忘记的密码。对此我多少都会感到遗憾，但对于他来说，这是再自然不过的选择。一代一代人来来去去，我们大家身在历史中，大概都是不得不这样。

说罢，又深鞠一躬，全场静默一秒，稀稀拉拉响起掌声。人群中姜远回首，向外长长一眺，只见残阳已落，群山静默无言，水面荡起粉红的波晕，沿岸灯光星星点点，湖边一条大马路上，车与人长流不息。

轩宇出生，小玫吃苦，城西滨江天天两头跑。虽说韵韵调了职，暂在杭州带儿子，又请了月嫂照顾，小玫毕竟劳心，生怕她们年纪轻，做事不牢靠。众人担心她，群里劝她适当放手，老虎电话也劝道，月嫂都是专业培训过的，经验比你丰富。小玫不听。撑到五月初，韵韵姆妈退休，担子总算卸下一半。韵韵阿爸客气，送小玫一箱六斤、一共五箱枇杷。小玫急道，自己人这样客气起来，算啥意思。韵韵阿爸道，不是客气，这是正宗塘栖枇杷，这两天熟了，我特意车子开了去买的，分你们一半，送送人也蛮好。另外还有几只五花肉粽，当地百年老店买的，我同她姆妈吃不光，你们多拿点去。

小玫恭敬不如从命，五箱枇杷连肉粽悉数收下。问小赵怎样分法，小赵头也不抬道，我们家里不用考虑，以姜家为主。小玫道，这算啥。小赵道，我老早说过，从结婚开始，我一天也没把自己当外人，姜家的事情就是我的事情，姜家人就是我的家人。小玫心里起伏，偏嘴硬道，厚此薄彼总归不好。

小赵开车，先去郊区天鸣家。城西到城东将近四十公里，路上快两个钟头。敏儿开了门道，这么远特地送过来，实在太谢谢了。小玫道，一家人，这种话语，下次不要再说。敏儿道，进来坐一歇。小玫看她穿着睡衣，便道，走了走了，小赵在楼下等，天鸣呢。敏儿道，刚吃过，有点饭瞌眈，里面房间在睏觉。小玫点头道，这一年，敏儿你也辛苦了。说罢转身要走，背后敏儿叫道，小玫。小玫道，嗯。敏儿道，我想现在天鸣身体还可以，你也轻松了，端午节如果都有空，要么聚一聚，多少年了，麻将没再一道搓过，不嫌憎远的话，中饭吃过到我们家里来，搓个一下午，夜饭我来烧，楼下农贸市场，都是附近农民自己种的菜，新鲜是真新鲜，你说呢。一番话正中小玫下怀，她近来多有此意，只怕众人没这份兴致，尤其敏儿。此时见她主动提出，不禁笑道，这样最好不过，就是你又搓又烧，尽不了兴。不如你们坐地铁来市区，天水桥附近有家棋牌房，老板小赵认识，厨房师傅几只拿手好菜，都是正宗老底子味道，又清爽，现在要寻这样一只地方，多少不容易，我想这样你也轻轻松松，没负担。

回城仍走高架快速路。开到观巷口子上，小玫提着东西，往高高低低晾衣杈下面穿过，吸一口气，有洗发水和带鱼鲞的味道。爬到顶楼，敲半天门不见人应，电话也没人接，小玫进退两难，怔怔地立了一阵，长叹一口气，无奈回去，楼底下却望见炳炎背着手看人家石桌上下棋，小玫眼尖，老远叫他。炳炎迎过去笑道，啥东西。小玫道，塘栖枇杷，卖相是难看了点，人家说歪瓜烂枣，塘栖的枇杷就是黑龊龊，烂污滴答的样子，实际上味道最好。炳炎道，晓得晓得，塘栖枇杷，超山杨梅，这种都是好东西。小玫道，赶快吃，没几天好放。炳炎道，晓得晓得。小玫道，端午节空不空，大家寻一天，下午搓场麻将，就在天水桥那边，有只棋牌房，你觉得呢。炳炎道，我都可以，只要你们可以，特别是敏儿可以。小玫道，敏儿已经表态同意了。炳炎道，那我也没问题。小玫道，你一个人住着，没事多同我们联系联系，好叫大家放心，打你电话要接，群里的消息要看。炳炎道，晓得晓得。小玫道，不要一天到晚静音，手机没声音不叫手机，叫白斩鸡。炳炎笑道，晓得，慢去哦，小玫。

再去天成家，却因心急火燎，认错了一栋楼，辛辛苦苦爬到顶楼，开门一对外地小年轻，小玫才知不对，只好下了楼，走到前面一栋，六楼重新爬了一遍，心跳一百八。天成开门，客厅电视机放谈话节目，声音震天响。小玫递上东西，喘道，雪颖呢。天成道，茅家埠，喝茶打麻将，和她一帮小姐妹。小玫道，蔡九莲吧。天成道，蔡九莲和你一样，带小孩，好长时间没去了。经常去的有雪颖的同学、丝织厂同事、麻友，都是通过雪颖介绍互相认识的。她要热闹，四面八方，都给她们凑到一起。小玫道，挺好。天成道，其中七个人，每个礼拜二固定聚会，风雨无阻，号称七仙女。小玫笑道，还是雪颖最想得通。天成道，嗯。小玫道，你今天不去拍照。天成道，前两天都去，今天歇一歇。小玫道，哥。天成道，嗯。小玫道，没啥。两个人沉默一阵。小玫道，你自己也要有数。天成道，轩宇呢，他外婆带着啊。小玫点头道，她退休了，我和她匀一匀，今天等于放个假。天成道，多拍点照片发群里，这么小的小孩，一天变一个样，现在不拍，以后想起来要可惜的。小玫笑道，拍了好多，根本发不光。

车子从河滨新村开出，须臾即到松木场。姜远却不在家，电话里说，过大半个小时回来。小赵将车停在大马路对面的岔路上，两夫妻走出来舒展筋骨。小玫道，去年天鸣住院，姜远说起过，叫我们几家把市区房子卖了，一道选个周边的郊区，住到同一个小区，他说环境又好，房子又新，差价养养老，平时进市区有车开车，没车坐地铁，不是蛮好。我想也有道理，还同他说，叫他也把这边老房子卖了，同我们一道过去。这样眼睛一霎，一年过去，这桩事体姜远不提，雪颖不提，我也不想提了，好像现在日子既然还过得去，为啥没事情要寻事情呢。还有我们阿哥，去年兴冲冲说，要联系老家的人修家谱，把我们名字加进去，后来这件事情再也没听他提过，也不晓得联系了没有。小赵道，人嘛，都是这样，有得过，乐得过，其实你仔细去想，一辈子当中，多少事情都是有头没尾，哪里会像电影一样，有因必有果的。小玫听了，长长一叹。

拐角处一间小院，青砖堆叠，翠竹掩映，是张苍水后人张寿镛的别业，名为约园。绕过约园，则是弥陀寺路。小玫印象中的此处，沿路都是建造有年的平房，啤酒瓶儿，破桌子烂凳儿，垃圾满地，路中段一间公共茅坑，倒粪处大路朝天，一年四季，真叫臭不可闻。前几年路过，仍旧老方一帖，只是破房子多出租给外来民工。那次还对小赵感慨，这样市中心的地方，离西湖边一炮仗路，寸土寸金，居然藏了一片贫民窟，同旧社会一样。如今再临，破房子拆得一间不剩，整片区域打通，建成簇簇新一座弥陀寺公园。小玫道，你看看，真是一觉睏过，世界变过。

公园外围种了一圈蝴蝶花，沿竹径弯弯曲曲入内，忽然一片广阔天地。正对面一道山岩，深深浅浅刻了数千个摩崖大字，小赵凑近看了一会儿，见是一部佛经，只不清楚其中名堂。小玫悟道，原先我爸爸说过，弥陀寺路过去有个弥陀寺，听说香火很旺，寺里头还有个摩崖石刻，可了不得。但是那时光，“文革”刚刚结束，寺是老早没了，菩萨也烧了，这个地方变成向阳晶体管厂，一般人严禁入内，不要说我们，连我爸爸都没看到过，今朝呆巧不巧，倒反一见真容。小赵未及答话，旁边有人冷笑道，那天一把火，真是，烧了整整一天一夜嘞。二人都转头去看，只见一个瘪嘴小老太婆，又像自言自语，又像同他们搭话。小赵道，阿姨。老太婆道，嗯。小赵道，那天你亲眼看到啊。老太婆道，肯定是亲眼，我生就生在流水桥边上，住在这里八十多年，啥事体没亲眼看到过。小赵笑道，现在迁到哪里，住楼房了吧。老太婆摆手道，不说了，不说了，说这种还有啥意思呢。大家沉默一阵，小玫道，我们原先住在对面湖光新村，七六年搬进来的，同你算半个街坊了。老太婆道，难为我看你们面善，一定是路上碰着过。小玫笑笑，小赵道，佛经前相认，阿姨，我们是有缘人。老太婆自顾自道，人还认得出，住了几十年的家，回来一看，倒是一点影子都没了。我生下来的时光，弥陀寺已经落魄了，小时光这片地方，只有几间殿堂的空壳儿，除此之外，空空荡荡，前面一只大池塘，原先是放生池，边上都是田坂。听我姆妈说，过去这一片全都是寺，我家住的房子，过去就是寺的厢房。小玫惊道，造公园之前，沿路那么多破房子，莫非都是当年弥陀寺的厢房。老太婆道，嗯。

淡云流无声，空地上小孩踢皮球，滚到小玫脚边，小赵一挡，将球挡了回去。那孩子母亲道，要有礼貌。孩子便大叫道，谢谢爷爷。小赵笑笑。老太婆道，原先外面大马路，只是一条田坂小道，湖光新村还是水田，松木场河边一带，都是破瓦寒窑。盖叫天晓得吧，本身四九年之后，他拿四千块工资，红线女一千块，可以说，整个曲艺界来讲，他是全国最高了。结果形势一变，那年青年路灯光球场，他两只脚彻底断掉，变了一个废人，被人家扫地出门，赶到松木场的破房子里，了此残生。松木场是啥好地方呢，老杭州都晓得，过去是乱坟岗，日本佬儿枪毙人的地方，盖叫天一世英雄，从来不肯低一低头的，到此已经无用武之地，夫妻两个同个老帮工，挤在一间朝北的木头棚儿里，十个平方都不到，不见阳光，四面透风。门，破的，天花板，破的，板壁、方桌子、藤椅子、茶壶盖儿，没有一样不是破的，这样过了几年，死在松木场。盖叫天哎，武松哎，打老虎的哎，一声不响死掉了，就死在这里，死在松木场。小赵小玫听了，各自点头叹息。老太婆道，那时光我年纪轻，不知深浅，同人家去他棚儿外面往里张过，他就躺在床上，一动不动，真叫罪过相。他老婆呢，相貌儿倒是相当好，像《红珊瑚》里的七奶奶，人也蛮忠厚，这种苦日子，她陪他撑到最后一口气。几个孙子、孙女赶来奔丧，一个一个，生得也都漂亮。

一九八四

十二月初，已经很冷了，手套太薄，车把手像冰一样。雪颖嘴上不说，脚下越踏越慢。天成放慢速度，与她并肩同骑。眼看前面一个上坡，他伸出左手，掌心抵在她后背，脚上力道加大，推她向前。雪颖大笑，随之一股白汽，散在黄昏的空中。天成道，笑啥，给你运功还不好。雪颖道，啥气功。天成道，不是气功，是武功。雪颖又笑。天成道，笑啥，我又不骗你，我的武功，是李连杰的师父教的，正正式式拜过师的。雪颖笑得停不下来，怪道，你再乱说，我彻底踏不动了。两个人一脚接一脚，终于骑到桥顶。天成道，姜远怎么一声不响，大概睏着了，你帮我看一眼。雪颖眼睛一飞，却见姜远正对她笑，咿咿呀呀道，没，睡，着。

小玫结婚，是在大华饭店二楼。菜蔬自不必说，更有小赵、小玫这一对佳人，本身就生得漂亮，又因喝了点酒，脸孔略微泛红，一个黑西装，一个红缎袄，胸前各别了一朵红绸小花，远远一望，真如珠玉生辉。天成饭也没心思吃，只对付到处拍照。敏儿笑道，到底是小赵，我吃过的喜酒里，今朝最洋了，天鸣，是吧。天鸣道，嗯。转头又去朝姜远做怪相。颂云道，其实按小玫的意思，本来不想办这么大，她说过好几次了，那年天成他们结婚，就是雪颖她妈院子里摆了几桌，我们一家，她们一家，还有几户邻居，大家吃了一顿，两夫妻就去北京旅游了，简简单单，不是也蛮好。主要小赵不肯，他说结婚终身大事，不隆重点哪行。君山抽一口烟，缓缓道，俭，以养德，但是呢，小赵说得也对，一生就那么一回，生活条件好了，大家乐一乐，不也很好嘛。众人都点头称是，炳炎道，爸，我先敬你一杯。

吃到一半，小玫出来抛绣球，有几桌年轻男客多，都纷纷起哄。那绣球平平射出，向这边飞来，嘉嘉伸手一撩，恰好够到，却被隔壁桌的男孩冲过来也抓着，两个人各捏住一角，都不肯放。眼看那男孩可怜巴巴就要哭了，颂云忙叫道，嘉嘉，让让那个小弟弟。嘉嘉听了不急也不恼，笑嘻嘻放了手，转头回桌子，嘟着嘴巴，扫了几眼台面，吵着要鱼眼睛吃，炳炎给她夹了。嘉嘉道，还有一个也要。炳炎朝众人笑笑道，吃鱼眼睛好，吃了眼睛亮。说罢又把鱼头翻面，将另一只也夹了。敏儿侧身向素兰道，妈，这回你放心了吧，儿女的个人问题都解决了，到时候小玫再一生，姜家就齐了。素兰笑道，哎呀，我愁呢。众人都抬起头来看她，敏儿厚厚一对镜片后面，圆眼睛瞪得越发大了，不解问道，愁什么。素兰道，我寻思着和你爸爸回一趟东北呢，今年赶不上趟儿了，明年冬天待到过年差不多，小玫明年要有了，我可不又走不成了。敏儿愣了一愣，又道，我倒不知道你想明年回去，本来么，婷婷还小，姜远你带他到十九个月，我想也叫你帮我们多带带婷婷的，起码也带到十九个月。我上班忙，天鸣做事情又毛手毛脚，我妈妈呢，帮是想帮忙，说了好几次了，但是她关节炎，走路都不方便，我说你还是自己先保牢要紧。众人不语，素兰瞟了雪颖一眼，见她一门心思夹菜，对付喂姜远吃，脸都不转一下。

此时新郎新娘转到这桌来敬酒递烟。先敬君山、素兰，又敬颂云夫妻。炳炎道，新娘子今朝漂亮。小赵杯子举到一半，忽地收回手，佯作怒色道，姐夫，啥意思，平时不漂亮是吧。炳炎笑道，又说错话了，我自罚一杯。说着仰头干了，旁边傧相又斟满。炳炎道，今朝尤其漂亮，尤其漂亮。你们阿姐平时问我，你看小玫举手投足，像不像上海那个沈小岑。今朝一看，管她沈小岑岑小沈，全部比下去了。众人欢笑一阵，小赵、小玫大笑，和他叮叮两声碰杯。烟递到雪颖面前，雪颖摆手道，香烟我吃不来的。炳炎道，今朝大日子，雪颖，吃一口，意思意思。雪颖不肯。小赵笑道，大嫂要当榜样，大嫂不抽，二嫂也不肯抽了。众人都笑。天成小声道，稍微抽一记，装个样子。雪颖轻轻吸了一下，一口辣到眼睛里，眼泪都辣出来了，呛个不停，天成连忙叫她吃口茶压一压。小赵道，还是大嫂靠硬，我敬大嫂一杯，你随意就行。雪颖举杯道，夫妻恩爱，白头到老。天成补充道，我祝小赵、小玫，早生贵子，早生贵子。一边说，眼角皱纹笑成一朵花。傧相手脚麻利，在旁一一分糖。

忽听喇叭里有人道，喂，喂。众人看时，只见台上一个小个子男青年，半长头发，茶色眼镜，双颊略有点鼓，手握话筒，身体朝前一倾一倾，微微亢奋的样子。小赵回头，低声对众人道，普希金又来了。敏儿掩口笑道，普希金，为啥叫他普希金。小赵道，小玫办公室的小金，这位老兄，人是不错的，就是有点孤僻，平时同大家也不大来往，听说同几个外单位的人搞了个诗社，男男女女都有，好像他的诗还到杂志上发表过，是吧，小玫，叫啥题目。小玫道，大概叫《永恒的声音》，要么就是《永恒的回忆》，忘记了。敏儿推了推眼镜，笑道，不是蛮好，诗歌是艺术的最高形式，姜天鸣，好好听听。一边说，胳膊肘一边朝后顶了丈夫一下。只听台上普希金道，今天，两位新人喜结良缘，我代表我们清波诗社，谨献上特别创作的诗一首，以此表达最诚挚的祝愿。台下有人带头叫好，随即掌声四起，一双双眼睛充满好奇，都等着看新鲜。普希金顿了顿，便朗诵道，《远航》。在有风的渡口，别只顾着散步，或者面露悲伤。买一张今夜的船票，迎着小雨，勇敢地去往他乡。年轻人呵，莫再眷恋着昨天，且把心事放在一旁。生活的浪花起起落落，何不拥抱明天，海上那初升的太阳。

门口一只石英钟，时针指向八点，渐有宾客要告辞，小赵一概恳请留步。等到全体酒足饭饱，过来凑到天鸣耳边说了几句，天鸣会意离席。素兰问颂云他干啥去，颂云又问敏儿，敏儿笑道，还剩最后一只特别节目，轮到天鸣上场。众人都不解其意。片刻之后，窗外忽然礼花蹿天，伴着噼啪炸响，红光绿光一片。宾客无论年纪少长，都凑到窗边去看，嘉嘉喜滋滋冲在第一个，别家小孩三三两两，也挤到楼下去看。小赵、小玫一道过来，在颂云旁边空位子坐下，小赵笑道，阿姐，怎么样，我想今天这个日子是大日子，以后回想起来，总要多留点记忆，把它深深地记住，爸，我说得对不对。君山道，东风夜放花千树，好，很好。小赵道，爸，你放心，我小赵，以后待小玫，妈，不是吹牛，那是绝对，我现在，唯一一个目标，就是让小玫过好日子，对不对，再进一步，让大家都过好日子。素兰看他喝多了，只是笑笑点头，颂云、敏儿第一次见识他的醉态，不禁都呆了。小玫瞪他一眼，嗔道，瞎说八说，牛皮要吹破了。说罢自己也忍不住笑了，又怕被别人瞅见，连忙趁势撇下丈夫，走到素兰身后，两手搭在她肩，头低下来，柔声道，妈，你不去窗口看，新式礼花，比国庆节放的还好看呢。素兰道，不去，我嫌那玩儿闹心。小赵听了，哈哈大笑，右手猛敲桌子，却将旁边一只白瓷酒盅震倒，啪嗒跌在地上，碎成几片。

酒席散了，药房几个同事年纪轻，原想起哄闹洞房，见小赵实在烂醉，他东北丈人老头又一本正经，大家都觉得没趣，互相使个眼色，悻悻地结伴骑车走了。天成一心要参观新房，却因雪颖说喝了酒头痛，一家三口便先告了辞。君山一看表快九点，也说要走，大家嘱托颂云夫妻留下帮忙，素兰便由天鸣骑车带着回湖光新村去了。

这边颂云夫妻叫了三轮车，将小玫小赵送回新房。炳炎个子小，力气倒大，和小玫两个一头一脚，将小赵抬上床。床上两叠各色红花棉被，叠了有几尺高。颂云道，等会儿给他鞋脱了，身上揩一把。小玫道，嗯。颂云道，有热水袋没，脚底下灌一个。

小玫道，有，有，放心。颂云道，痰盂罐拿到床头，万一半夜要吐。小玫道，姐，你当我是木头了。颂云笑道，小赵今天是真高兴，来我们家这么多回，回回喝酒，头一回看他喝醉。小玫道，早上我还特意提醒他呢，今天这种日子，你心里有数，结果还是这副样子，刚才人多，我拼命压着火气，恨是恨得咪。颂云道，我看小赵属于性情中人，高兴就是高兴的样子，你不要怪他。炳炎也笑道，两夫妻之间，天天抬头不见低头见，实事求是说，最重要一个字就是忍，你问问你阿姐，是不是这样。颂云笑笑不答。小玫道，折腾一晚上，你们也累了，早点回去休息。颂云道，那我们先走了。小玫送到门口。颂云道，小玫，以后你自己好好的。小玫笑道，做啥，又不是生离死别。

安置停当，已经十一点多。一进屋，却见小赵换了个姿势侧躺着，双眼圆睁。小玫吃了一惊，低声唤道，赵一耀。小赵直直盯着她道，做啥。小玫道，说醒就醒，心脏病都被你吓出来，以为你睏觉不闭眼睛。小赵道，过来。小玫道，做啥。小赵笑道，这种问题，怪不怪，洞房花烛，春宵一刻，你说做啥。小玫道，毛病。小赵道，登也登记过了，喜酒也办过了，你姜颂玫现在是我的老婆，合法夫妻，国家批准了，做啥事情都可以，不用再偷偷摸摸了。小玫一笑，弯了腰凑过去，小赵便从被子里蹿起，扑上来就要啃。嘴巴还未相碰，一股酒气已经袭来，小玫眉头一皱，使劲推他开去，假作正经道，忘记了，胭脂口红还在，我洗把脸孔再来。小赵道，有啥要紧。小玫道，吃进肚皮里不好的。小赵无奈，隔了老远嗔道，时间宝贵，抓紧。

小玫进厕所，将那妆都细细洗了，再回屋里，只见丈夫已经鼾声如雷，连贴墙的大橱都跟着共振。她心中略觉得嫌恶，想起姐姐、姐夫刚才的话，才觉得烦忧稍解。坐到床沿，盯着他的脸，怔怔地看了一会儿。面前这个熟睡的人，烂醉如泥仍是英俊的，脸庞轮廓分明，像欧洲古代的雕塑，眼睫毛比她的还要长，喉结一上一下地跳动。她没有睡意，环顾四周，天花板挂着塑料纸拉花，大红大绿和金色，从四只角向中间汇拢，像交错的蟠龙。梳妆台镜子上，窗玻璃上，都贴了大大的囍字。窗台放了几包金猴，是喜酒吃剩下的。小玫走过去，拿起一包，正正反反看了一会儿。关了灯，推开阳台门，外面冰天冻地，冷得骨头发紧。四周黑漆漆一片。点起香烟，哆哆嗦嗦吸了一口，火光在卷纸中缓缓延烧。

她是抽过烟的。去粮站路上，天鸣忽然递给她一支。是哪一年的六月天，或者七月，阳光晃眼，穿透泡桐树的大叶片，深深浅浅绿之间，长长蝉鸣不已。她一脸惊讶问道，干吗。天鸣偷蔫儿笑道，抽一口，敢不敢。她愣一愣，也笑了，哪个慌你。

两个人躲到电线木头后面。小玫抽了一口，皱眉道，呸，这么苦。天鸣夹回来，放到自己嘴里叼着，一吸，凝神静气半天，缓缓吐出圆圆一个圈，再顿一顿，又是一个圈，从前一个中间穿过。小玫看得呆了。天鸣道，厉不厉害。小玫笑道，还是你。天鸣笑了。小玫道，好小子，搁哪学来的。天鸣道，别告诉我爸，他要知道我教你抽香烟，指定削死我。小玫道，我又不是木头。天鸣道，也别告诉我哥，反正，谁也不许说。小玫笑着点头。天鸣把那烟头往地上一扔，踩了一脚，两个人往粮站去了。

而现在，住进新房，就要展开新的生活，仿佛感到一种宏大的心情。原来，人就是在一代一代的重复中传承下去。她想起敏儿私下讲过的玩笑话，我妈当年结婚的时候，心里不知道都在想啥。姆妈同爸爸找对象，绝对是姆妈追求爸爸。爸爸多少帅啦，你们说是不是，那张黑白一寸照，去苏联之前拍的，绝对英俊小生。姆妈呢，聪明，爸爸肯定是欢喜她的聪明。

幽幽密密的深夜里，天地之间只剩两个光点，手中的香烟，对面那户人家窗内亮着的灯。那个女人，多半是起来上厕所的。看不到正脸，只看身形侧影的话，大概五十多岁，年纪和素兰相仿。人都差不多，好像总在被什么追逐着生活，女的到了这个年纪，柴米油盐，儿孙满堂，该退休退休，一切都定了，大概是不会困惑的。

烟烧了半支。她的心里充满困惑。小赵这个人，她嘴上不放过，心里深知他的好。他像个外交家，头脑灵，手段活，没有他解决不了的问题。连素兰都说，小赵在药房待着，那指定是屈才了。他自己倒笃定，金鳞岂是池中物，关键问题，要待时而动，中国人嘛，都是政治动物，注意政策，把握动向，总归有机会的。她眼睛看着地下，手指头绕着麻花辫梢打圈儿，半信半疑道，我又不要穿金戴银，只想安安耽耽过日子。他道，日子有很多种过法，有新衣裳穿，你不要，一定要打补丁，革命觉悟这么高，为了啥呢，现在啥年代了。她抬起头，看着他道，我怕日子好了，你就变了，金钱使人异化，这种例子，身边又不是没有。他摇头，嘴角挂着笑意，说不出是轻蔑还是自信。人家怎样我犯不着管，我赵一耀是哪种人，你姜颂玫还不晓得，你就是想得太多，想来想去，自家心事担死，人家看你平时雷厉风行，以为你是王熙凤，殊不知你心里是林妹妹。

不知道以后会怎样。不知道会生儿子还是女儿。小赵嘴上不说，她知道他想要儿子。她自己也喜欢男孩。假如生了女孩，不知道会怎样。不知道。不知道。想起普希金的诗。不知道。一切都不知道。不去想了。不去想。烟快烧到手指头了，她把烟头在阳台的石栏杆上揿灭，嗞一声过后，空气好像更冷了。转身回屋的那一瞬间，瞥见对面亮着灯的窗户，那个女人转过头，朝这边探头看。全世界都是暗的，只有那里亮着。两个人对视，小玫看见她的脸。她们长得一样，只是差了几十岁。两幢楼，隔了一条小路，两个女人，就像在照镜子。

喜酒那天，敏儿要素兰依姜远旧例，也管婷婷到十九个月。雪颖因是三班制，身不由己，看素兰平日带两个孩子，累得牙床都肿了，心里又愧疚，又怕人说闲话，又恨自己工作不称心，只有下班后多替素兰分担。有时白天在家左右开弓，手上抱一个，推车里推一个。本已捉襟见肘，却又被敏儿无意中当众将了一军，在旁憋了一肚子火，只是不便发作。那次之后，便不肯再去湖光新村。起初天成不觉有异，后来日子一长，看她总不肯去，软磨硬泡了半天，才知道缘故。天成道，小事情，算了吧。雪颖道，人争一口气，我叶雪颖做人，是讲尊严的。天成道，好了，好了，敏儿也为难，再说，他们现在同我爸爸姆妈住一道，你不去湖光，人家以为你生我姆妈的气，传了出去，难不难听。雪颖道，人家，哪一个人家。天成道，隔壁邻居，我爸爸原先同事，远房亲戚，多了，人心隔肚皮，哪个晓得。你以为人都是好的，实际上你不晓得，有种人的心理，表面对我们客客气气，背地里专门等着看我们的笑话，到处去传，到处去说，唯恐天下不乱。所以说，不要只顾自己，要以大局为重，大局懂不懂。雪颖道，随你怎么讲，反正这生这世，我不会再踏进湖光一步。天成怒道，敬酒不吃吃罚酒，要造反了。

结婚两年多，两个人第一次大吵一架，雪颖气不过，不顾半夜三更，砰一声摔门出去了。外面孤孤单单几栋居民楼，再往前就是茭白田，两边地势低洼，中间田埂蜿蜒，夜里走路都艰难，幸好随手带了电筒。远处的芦草之间，影影绰绰看得见几座旧坟，更远处似有一座凉亭，突兀地扎在地上，更使人心生悚惧。北风呜呜咽咽从耳边扑过，雪颖心气虽高，也不免害怕，又吃不起冻，心里早暗自后悔。忽然身后脚步声响起，心跳咚咚咚加快，猛一转头，却被人张开双臂，将她搂入怀中。

阿春眉头原本一路皱起，听到结尾才开颜道，我就说，叔叔对你那么好，不会不管你的。雪颖笑笑摇头。阿春道，阿姨，你说叔叔骂你，我没亲眼看到，真是想不出来。雪颖道，他是人前君子，人后就变一个样子。阿春道，不会吧。雪颖笑道，我骗骗你的。阿春比雪颖小十岁，套了件雪颖穿过的灯芯绒棉袄，侧卧在床上，一只脚伸出被子外面，两只手向前举着，撑着一大圈毛线，是紫红色的。雪颖坐在床沿，从阿春那里将毛线绕成球，手腕像工厂的机器一样飞快转动，头发没用牛皮筋扎着，随意地披在肩上。两个人中间，姜远睡得正熟，只从被窝里露出一张脸。阿春道，要我说呢，叔叔待人是真的好，从来也不黑一下脸的。不瞒你说，像我们这样十七岁逃出来当保姆，心里是很慌的，遇到主人家不好，受了气，要对谁说呢，城里无亲无故的。还好还好，叔叔阿姨都是好人，我自家爸爸哥哥还要打我呢，你们比我家里人还要好。雪颖道，人跟人之间都是互相的，我那天看到你，本本分分一个姑娘儿，眼睛里充满稚气，所以就要了你，这样一来快两个月，大家知根知底，你带远远我也放心。阿春欲言又止，面有难色。雪颖道，怎么了，好像有心事一样。阿春道，阿姨，过年我想请半个月假，回趟富阳，我想来想去，还是想去看看我爸爸。雪颖笑道，我还以为啥事情，过年回家，天经地义的。阿春道，远远怎么办呢。雪颖道，总有办法，你不用担心。阿春感激笑道，过完年我一定马上回来，我那个家里，我是一天也不想多住。又道，阿姨，你以后不要生叔叔的气了。雪颖撇嘴道，他呢，为人的确很好，在外对朋友好，在家里对爸妈孝顺，对我呢，雪颖顿一顿，见姜远翻了个身，迷迷糊糊又睡，便继续道，人家都说，姜天成最宠老婆，名声在外。但不晓得为啥，我总归觉得哪里不大对，好像少了一点东西。原先看《青春之歌》，余永泽爱不爱林道静，爱的，当然爱，但是这种爱归根结底是自私的。世界上就是有这样的爱。比方说，我们自己保牢就好，世界天翻地覆，不公义的事情发生在面前，我们不闻不问，这是自私吧。又比方说，我对你好不是为了你好，而是为了我能够得到你、拥有你、控制你，如果得不到你，我就……你懂我啥意思吧。阿春愣了半晌，小声道，阿姨，我不知道，好像懂了，好像没懂。雪颖道，爱应该是无私的，没有条件、没有目的，应该是包容一切的。阿春道，嗯。雪颖道，阿春，问你一个问题。阿春道，嗯。雪颖道，你有没有对象。阿春笑了，拼命摇头。雪颖笑道，从来没谈过。阿春道，嗯。雪颖道，那我说的这些，你可能体会不到。阿春道，你和叔叔，你们怎么好的。雪颖道，我有个女同学，姓周，他们两个是隔壁邻居，有一次大家出去玩，就这么认识了。阿春道，真好。雪颖道，刚开始也只是相互有好感，没正式定下来，大概一年左右，我觉得不很合适，想跟他断了算了。阿春乌珠瞪得老大。雪颖道，但是我自己不敢去说，拉了两个最要好的同学，一个彩珍，上次来我们家你看见过。阿春道，嗯。想起前日彩珍来，两只眼睛红红的，雪颖写信写到一半，忙叫阿春看着孩子，自己去给彩珍泡茶。彩珍道，这次来，主要是同你说一声，我大概是定了。雪颖惊道，不是同建国断了吗。彩珍道，不是他，其他人。雪颖道，哪个。彩珍道，你不认识，反正是个凑合，不是称人心意的。雪颖道，凑合就算了，强扭的瓜不甜，有啥意思呢。彩珍道，此人比我小几个月，他最大的问题，对我来说，是文化水平太低，低到啥程度，远比我想象当中还要不如，同他交流，几乎是对牛弹琴。此外体贴心也较差，只会要求我怎样怎样，好像他是个大官儿。如果他有超人的才华，我也就迁就迁就，但他是一个庸人，一个平凡到了极点的人，毫无个性，毫无兴趣，十有九不懂。雪颖道，如果真当这样，你何必呢。我看这件事，不成功的。彩珍道，我也不清楚自己到底对他怎样，他唯一一点好，就是脾气不错，虚心接受，屡教不改。我想如果以后他家务上多承担一点，啥文化水平有啥用场，生活的满足大概会弥补其他地方。我现在只希望平平安安过一辈子，精神上的安慰也就算了，反正世界上这种婚姻要多少有多少，人家可以，我也肯定可以凑合着生活下去。雪颖道，彩珍。彩珍道，我一生当中，只有一个半知心的人，那半个已经离我而去了，而你呢，说实在，你同我有许多相似之处，重感情，又有文化水平，反应敏捷，接受能力强，同你相处是种享受，只有你理解我。从小住在一个教师宿舍，十几年同窗共读，手足之情，我过生日，你为我写的诗，给我的礼物，下城会场看罗马尼亚电影，《奇普里安·波隆贝斯库》，记不记得，漫山遍野的野花，小提琴曲一响，你就哭了，还记不记得。你结婚之前，即将结束少女生涯的时光，那番肺腑之言，我被你的诚恳打动了，那一刻我们沉浸在一种神圣之中。雪颖道，不可能忘记的。彩珍凝噎半晌，又道，我姆妈生白喉，资本家女儿，人人踏上一脚。你悄悄同我去医院，她一望见你，两行眼泪就流了下来，哭得不能自已。整个宿舍，只有你这个十岁的小姑娘肯去看她。雪颖，我忘不了，你一定也记得。这份纯洁的友谊，我看得比任何事情都重要，我从来没忘记我们的诺言，但是一结婚回来，你就……雪颖道，彩珍，不是的，你听我说。彩珍冷冷道，你现在，也是个普通女人家了。雪颖默然。彩珍道，有了老公，有了伢儿，根本不需要我了，在我最需要关怀的时光，你没了影子，你寻到幸福，寻到归宿了，共享天伦之乐，是不会再想到我了，如果我今朝不来，你也永远不会再来寻我。雪颖道，彩珍，你不晓得，有了伢儿之后，时间根本不够用，之前同天成爸爸姆妈住一道，他姆妈烧饭，我呢，就带儿子，带一个不够，还有天鸣女儿，根本没一点点空。现在搬出来，又请了这个小保姆，我本来是想过两天去看你。阿春听见说到自己，才敢抬起头来看一眼她们。彩珍道，算了，我想如果这次仍旧不成功，我大概是要孤独终老的。其实这又怎么样，人就算花前月下，欢声笑语，本质上何尝不是孤独的。高级动物，就要承受高级的代价。只求以后大家七老八十了，你能来望望我，这是我唯一的请求。彩珍走了，雪颖下楼送她，阿春抱着忽然大哭的姜远，从大房间走到客厅，又从客厅走到小房间。雪颖道，一个彩珍，上次来我们家你看见过，还有一个慧娟，三个人在他家弄堂口。其他事情上我很勇敢，但是这种事情，那时光我跟你一样大，十八岁，没经历过，我实在是不敢去，慧娟胆子小，也不敢，就叫彩珍去。我同慧娟在弄堂口等着，度秒如年，心跳一百八十多。突然之间，彩珍从他们院子里冲出来，死命地往巷口跑，一边跑一边叫，不得了了，不得了了。我一听，拉起慧娟就逃，从宝极观巷一直逃，逃到二圣庙前，性命都不要了，最后逃不动了才停下。彩珍上气不接下气，她说，我进了天成房间，同他说，我今朝代表雪颖来的，雪颖经过考虑，觉得你们不是很适合，要跟你断掉。我话语还没说光，他脸孔一下子煞白煞白，浑身发抖，腿也软掉了，整个人咣当一记，仰天瘫倒在地上。我想这怎么办呢，只好逃命。听彩珍这么一说，我同慧娟也不晓得怎么办，实事求是说，当时心里是有点感动的，觉得这个人用情很深，但是事已至此，索性也就不回头了。这样，我们就算是分开了。一直到一年以后，有一天我跟另外几个同学到植物园去，回来骑过黄龙洞，突然之间，右边有人从山坡上冲下来，骑到我边上，我余光一瞥，马上认出是他。我下巴扬一扬，同他打了个招呼。他穿了件白衬衫，短袖的，他说，我爸爸分到一套新房子，五层楼的，就在前面松木场，钥匙拿到了，搬还没搬，要不同我看一眼，去不去。我又没住过新式楼房，觉得稀奇，就同他去了，就这么心照不宣，两个人又重新好起来了。他人聪明，自己做的书橱，自己拍自己印的照片，自己装的半导体，我们有共同语言，交流起来是很轻松的。但是要说真正确定恋爱关系，那是再后来了，他叫我去见他爸爸姆妈。对他来说，可能是蛮正式的事情，我又不讲究，大大咧咧，去就去了。那时光他们已经搬到松木场了，一进门，先是他阿妹迎出来，十七八岁，身材高挑，鹅蛋脸孔，同我一样扎了根麻花辫，笑眯眯的，普通话跟我说，请坐。她进去了两分钟，扶着他姆妈出来，他姆妈个子小小的，又大方又亲切。我有点恍恍惚惚，好像小时光看《红楼梦》，看到贾母出场。那天下午他姆妈切菜，我要帮忙，她客气，不让我动手，结果切菜切到手指头。门外有脚步声，自下而上，越来越近，雪颖屏息不讲，和阿春对视。有人敲两下门，姜远惊醒。雪颖道，哪个。

泡饭就着鱼冻和酱瓜，吃完就出门了。车棚的瓦楞上挂了一排冰条，长长短短的。素兰侧坐在后面，抱住丈夫的腰，君山用力踏着，穿着海富绒领军大衣，戴一顶狗皮帽子。雪积得不算厚，有些地方已经化了，融成浅褐色的泥水，靠路边的地面偶有几处结了冰。他龙头倒把得很稳，车兜里一只塑料袋，隐约看得见里面的红枣。

素兰想孙子，也想劝大媳妇回来。头一回见雪颖，这姑娘大方有礼貌，心里虽喜欢，只是她腰细如柳，素兰看了心惊。第二天素兰道，我看小叶那小腰一匝，风一吹就断了，往后怕是没有福。天成听了笑道，迷信。天成是真喜欢这个叶雪颖，素兰想。

她宠儿子，是儿子喜欢的人，她就同意。姜远出生，素兰给了五十块钱，后来婷婷出生，她给了一百。雪颖啊，我寻思不管孙子孙女儿，都是姜家人，都是一样的，给他们多五十，是叫他们知道我不偏孙子。雪颖道，没事，妈，这种事我根本不上心的。想起这句话，就觉得雪颖懂事，这样一个儿媳妇，说不来了就不来了，素兰心里怪难受的。君山知道她心事，便道，我看我们俩去趟河滨新村，劝劝雪颖。素兰道，新鲜不新鲜，哪有公公婆婆给媳妇登门赔礼的。君山道，我们去，那不叫赔礼，不要那么个叫法，就是做做思想工作，思想通了，一通百通。素兰道，这么说也对。君山道，挑个日子，雪颖哪天轮到休息了，咱俩过去，天成来了我先和他说一声。素兰道，我看还是别和天成说，他要在，夹在中间，雪颖还得考虑他，就算一时答应了，心里还是有道坎儿，他要不在更好，雪颖有啥想法都说出来，那不你说的么，一通百通。

沿天目山路往东，海军招待所、武林门长途汽车站、汽车制造厂、炼油厂、展览馆，各自都白了头。长长电线交错，将沉灰色的天割成几块。十字路口大幅宣传画，努力建设高度的社会主义精神文明，工农商学兵，张张都是笑脸。天太冷了，路上骑车的人比往常少一些，两辆深蓝色大解放一前一后，雄赳赳从身边开过，黑烟和噪音腾起，终归又都渐渐消散。君山道，看着没。素兰道，啥。君山道，那不，那呢，右边。素兰道，啊。君山道，认得不。素兰道，红太阳呗，我哪能不认得。君山道，改了，不叫红太阳了，叫武林广场，瞅，看着没，那老多人，里里外外的。素兰道，干啥呢这是。君山道，摆摊儿，卖东西。素兰道，卖的啥呢。君山道，啥都有，衣服、眼镜、皮大衣，颂云给的那把伞，就搁这买的。素兰叹道，天头那么冷，不怕冻着啊。君山道，个体户嘛，自负盈亏。赶明儿天好点，咱们来逛逛，别整天家里头圈着，外头的事啥也不知道了。我有这么一个感觉，我呢，虽说是退了，你看还没到一年吧，外头有的新形势、新变化，我已经跟不上了。素兰未及说话，君山又道，你瞅这红太阳，中间新修的喷水池，挡住了，看不见，估计水都得冻住了，我记得是国庆节开放的，报上说，来的人里里外外好几层，最外头一圈儿花坛，里头种的矮树都叫压倒了，倒了一大片。素兰道，人多的地方我头一个不喜欢，过去开大会，一到那里头，我的心呐，怦怦乱跳。

骑过红太阳左转，中北桥桥面开阔，桥头一块牌子上写着，2T。素兰看那桥陡，知道不好骑，跳下车，两只手揣到衣服口袋里，缩着脖子走在君山边上，君山道，慢点儿，这地滑。黄沙船在马达声中呜咽着鸣笛，拨开黢黑的运河水，穿过桥洞缓缓驶往东去了，君山推车四顾，对面岸边一幢青灰色六层高楼，楼顶四个极醒目大字，杭苏旅馆。君山道，京杭大运河，搁武林门码头上船，经苏州，一路往北，最北就是北京。隋炀帝这小子，反动透顶，什么好事没干，就这一件，开了运河。中国多大呀，搁那以后，南方和北方就慢慢联系到一块儿了。

素兰似懂非懂。天忽然亮了几分，是太阳开了出来。冬天的太阳好像比平时更暖和一些，慷慨地洒在人身上，将那些沉睡的手手脚脚都烤活了。过了桥向前不远，马路就断了，只剩一条泥泞小路，西侧一排两层楼房子，是铝制品总厂，两根大烟囱朝天耸着，一根直挺挺喷着白烟，一根没有，东侧是制动材料厂，再往前都是田。素兰道，哎呀。君山道，干啥。素兰道，我愁。君山道，愁，愁啥呢。素兰半天道，愁天成，这孩子住哪儿不好，分到这老破地方，来一趟不容易，往后可怎么整呢。君山道，还没到呢，还得有两里地。咱们刚搬松木场那时候，外头不也前不着村后不着店，现在好点儿了吧。他们那房子，天成说了，六层楼，带独立茅房，还有传达室，比咱们住的强。儿孙自有儿孙福，做爹妈的，头一个心要宽。素兰沉默半晌，走了几十步，忽然又道，你别说，光看这一大片田，像不像张家峪前头。君山道，哪儿。素兰道，张家峪。君山看了半天，没有说话。四十年前，也是一个雪后初晴的早晨，十五岁的少女和二十岁的少年并肩下山，去给各自的母亲送饭。他高大英俊，见她歪着头一笑，知道心事已被那双慧眼看了个透。都是过去的事了，过去了，还要再提吗，再提，还有人听吗。将来的事，谁能够预料得到。什么过去、将来，不过是脚下有条路，便顺着走罢了。

松木场

晚饭之后

在回廊上灰暗的空气里坐着

看看东面松木场镇上的人家的灯火

数数苍空里摇闪着的明星

也很可以过一二个钟头的极闲适极快活的时间

不到八点钟就上床去睡了

《蜃楼》

郁达夫

唐时西湖北有下湖，其后渐成下湖河。宋时呼为棕毛场，河称松木场河。明初设厉坛于此，以祀无主孤魂。明时浙北苏南人至杭州进香，都在松木场河泊岸，此地因成香荡，市肆繁盛。民国以来水域渐狭，至于不存，厉坛亦毁，松木场遂成行刑之地。

弥陀山

棋盘石耸立山顶

其下烈士祠

为朱跸 金胜 祝威诸人

皆宋时死金人难者

以其生前有护卫百姓功

故至今祀之

《西湖梦寻·哇哇宕》

张 岱

即棋盘山、霍山。为宝石诸山之余脉。山下有弥陀寺。山顶原有庆忌塔，其后塔毁基存，好事者履险而上，以为棋枰，刻棋子当三十二，而阙一卒。或谓弥陀山为小霍山，而别有一霍山，在昭庆寺与弥陀山之间，今已不存。未知孰是。

尾声
雪颖的信

亲爱的孩子：

马上又是新的一年了，你又将长大一点。

还记得你出生的前一天，妈妈在医院里抚摸着肚子，对你说着悄悄话，心里充满了期待。从你能睁眼看世界时，我和你爸爸就惊奇地发现爱情使我们如愿以偿，她的琼浆哺育了一个“小精灵”，一个集父之才华、母之灵气的“神童”。

六个月大，你能听懂家里人的话，并做出积极反应，以后一发而不可收。一周岁，你认识了大多数颜色、形状，知道了方位、方向。更令人惊奇的是，有一回奶奶家的电视机音响开关坏了，只有画面，没有声音。当时电视台正在报告气象，小不点的你竟能把余下的十几个地名一字不差报完了。开始，我们还以为你认识的是画面，第二天又试了一回，还是一字不差。当爸爸迟疑地把“沈阳”两字写在纸上给你看，你准确无误地念出来时，爷爷、奶奶、二叔、二婶，大家都带着高兴和惊奇鼓掌，我们当时的心情，直至今日还没有淡忘……如今，你认识了好几百字，你的悟性极高，遇问题能举一反三，你的记忆力，逻辑思维都好于同龄的孩子。你的智力是超群的，所有的这一切，都给我们带来了多少欢乐、欣慰。

孩子，妈妈为你的出众之处而骄傲。可是，为人之道更重要的，是要懂得正直和善良，谦和与孝顺，还有爱——爱生活，爱生命。什么是爱呢？一千个人有一千种理解。我想起第一次去爸爸家里作客，那天奶奶切菜，一不小心切到手指，出血了。爷爷听见她“哎呀”一声，立刻从北屋飞奔过去，一把抓过她的手，放到自己嘴里吮吸伤口，问她疼不疼。在我的成长中，外公外婆从来没有任何亲密的动作，一直到那天，看到爷爷一脸担心的样子，我才知道夫妻之间的恩爱，不只是电影里演演而已。那天，我第一次真真切切了解到，什么是爱。

爱是人们最珍贵、最高尚的情感。也正是因为爱，妈妈不会因为你智力高而强迫你去学什么、做什么，因为我知道：走一条什么样的人生之路，全靠你自己选择，父母只能为你参谋，只能在你确定了方向之后助你一臂之力。在妈妈看来，凡是真的、善的、美的，走什么样的路都行。不一定要成为什么“名家”，只要问心无愧。总之，无论你将来干什么，我都不加干涉，因为我懂得束缚只会损害你的天才。但作为母亲，有几句忠言必须事先禀告：凡懒惰、浮夸、贪娄、虚伪、庸俗和愚昧是一点儿也不能有的，我希望你能做到。

我的孩子，未来你也许会觉得奇怪，怎么父母身上竟然也会有很多弱点。我们所喜欢的，很可能你会觉得讨厌；当我们说不许你做某件事时，很可能你会立刻告诉我们说，其他所有的孩子都获准做这件事。结果，有时你会认为我们是不公平的父母。我猜想，这并不要紧，因为我们那么爱你，即使你有时不喜欢我们，我们也不介意，因为我们相信，培育子女是父母的天职。

“每一个人都有一个童年，每一个人都只有一个童年。假如把这童年比作一只小船，母爱就是那深情接纳着小船的港湾。错过了港湾，漂泊的小船将会走得很累、很累。”小远，亲爱的孩子，如果你累了，不要忘记停靠过多次的港湾。妈妈希望你长大之后，记忆中的童年是金色的、幸福的。

就在前天，在你希望我全神贯注地听你说话而又感觉我心不在焉时，你用手捧着我的脸，提醒着我说：“妈妈，你看着我呀！”哦，你是要我用眼睛听你说话，用心看着你呀。我会的，孩子，只要你能给我说。你教会了我很多东西，我会珍惜这份感情，也愿你用心而不单是用眼睛去看人生。

快些长大吧，孩子，我和爸爸在为你祝福，所有的家人都在期待，愿世界一切的幸福都属于你！

爱你的妈妈　雪颖

一九八四年十二月三十一日

得济：得到小辈的奉养。　**眼花六花**：眼花缭乱。　**上横头**：坐席或厅堂的尊位。

日脚：日子。　**小乐胃**：改善并享受伙食，多指单人的行为。

哭出乌拉：哭泣的样子。　**呆巧不巧**：好巧不巧。　**安安耽耽**：安安稳稳。

料作：布料。　**接翎子**：接上话茬。　**饭瞌眬**：饭后昏昏欲睡的样子。

图书在版编目(CIP)数据

是梦／张哲著. —桂林：广西师范大学出版社，2018.10
ISBN 978－7－5598－1099－1

Ⅰ.①是… Ⅱ.①张… Ⅲ.①长篇小说－中国－当代
Ⅳ.①I247.5

中国版本图书馆CIP数据核字(2018)第202448号

出 品 人：刘广汉
策划编辑：阴牧云
责任编辑：阴牧云
助理编辑：谭思灏
装帧设计：王鸣豪
护封图片版权：全景视觉

广西师范大学出版社出版发行
(广西桂林市五里店路9号　　邮政编码:541004
网址:http://www.bbtpress.com)
出版人:张艺兵
全国新华书店经销
销售热线：021－65200318　021－31260822－898
山东鸿君杰文化发展有限公司印刷
(山东省淄博市桓台县寿济路13188号　邮政编码：256401)
开本：890mm×1 240mm　1/32
印张：9.5　插页：3　字数：180千字
2018年10月第1版　2018年10月第1次印刷
定价：49.00元

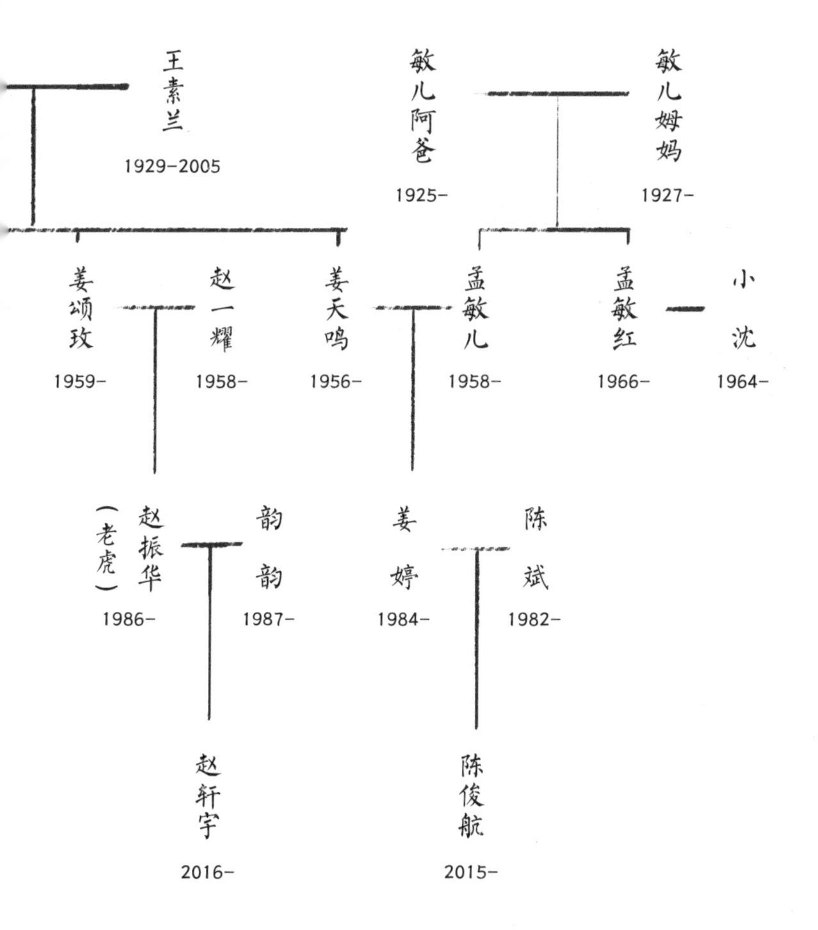

王素兰
1929-2005
敏儿阿爸
1925-
敏儿姆妈
1927-
姜颂玫
1959-
赵一耀
1958-
姜天鸣
1956-
孟敏儿
1958-
孟敏红
1966-
小沈
1964-
赵振华
（老虎）
1986-
韵韵
1987-
姜婷
1984-
陈斌
1982-
赵轩宇
2016-
陈俊航
2015-

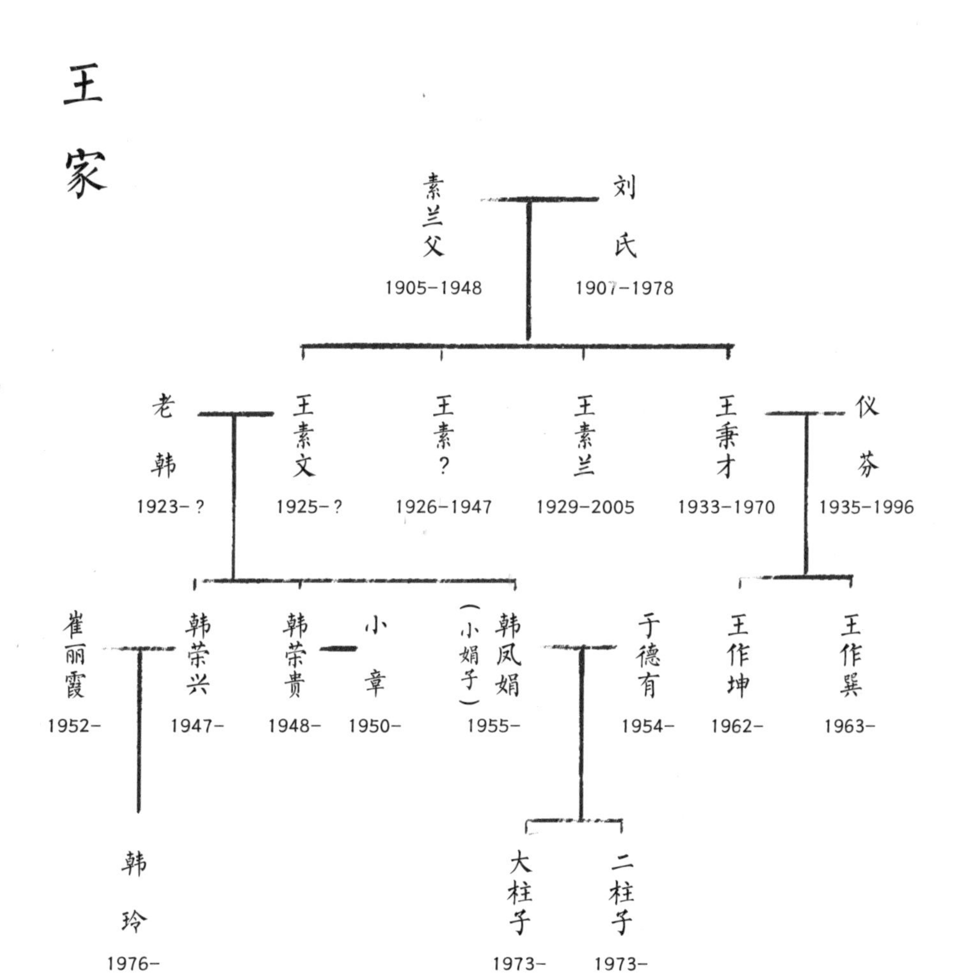
王家
素兰父
1905–1948
刘氏
1907–1978
老韩
1923–？
王素文
1925–？
王素？
1926–1947
王素兰
1929–2005
王秉才
1933–1970
仪芬
1935–1996
崔丽霞
1952–
韩荣兴
1947–
韩荣贵
1948–
小章
1950–
韩凤娟（小娟子）
1955–
于德有
1954–
王作坤
1962–
王作巽
1963–
韩玲
1976–
大柱子
1973–
二柱子
1973–

姜家

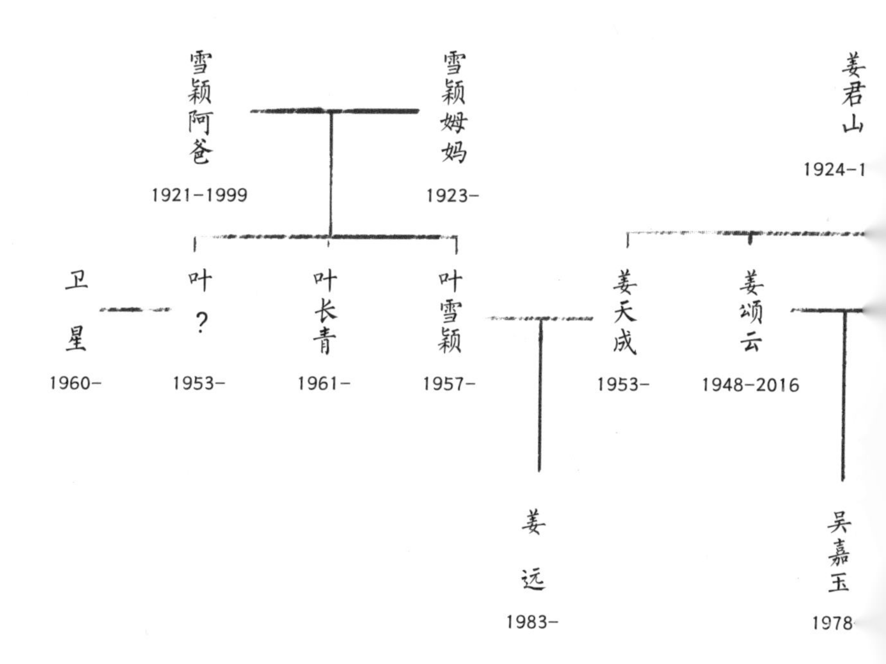
雪颖阿爸
1921–1999
雪颖姆妈
1923–
姜君山
1924–1
卫星
1960–
叶？
1953–
叶长青
1961–
叶雪颖
1957–
姜天成
1953–
姜颂云
1948–2016
姜远
1983–
吴嘉玉
1978